महान साहित्यकार

रवीन्द्रनाथ टैगोर की सर्वश्रेष्ठ कहानियाँ

साक्षी प्रकाशन
एस-16, नवीन शाहदरा, दिल्ली-110032
फोन: 011-22324833, 9810461412

ISBN : 81-86265-96-1

प्रकाशक : साक्षी प्रकाशन
एस-16, नवीन शाहदरा, दिल्ली-110032
फोन : 22584833

हिन्दी अनुवाद : सपन कुमार लाहिरी

संस्करण : **2017**

मुद्रक : क्वालिटी ऑफसेट
शाहदरा, दिल्ली-110032

RABINDERNATH TAGORE KI SARVSHRESHTH KAHANIYAN
(Stories) compiled by Balram Aggrawal

अनुक्रम

प्रथम प्रकाशन/साधना/माघ, बंगाब्द 1298
मूल शीर्षक : देना पावना

दहेज

घर में पाँच लड़कों के बाद एक लड़की का जन्म हुआ। माँ-बाप ने बड़े लाड़ से उसका नाम निरुपमा रखा। इससे पहले इस घर में ऐसा नाम कभी किसी ने सुना नहीं था। प्रायः देवी-देवताओं के नाम ही प्रचलित थे—गणेश, कार्तिकेय, पार्वती आदि।

अब निरुपमा के विवाह की बातचीत चल रही है। उसके पिता रामसुन्दर मित्र ने बड़ी खोज की, लेकिन मनपसन्द वर नहीं मिला। अन्त में एक बड़े रायबहादुर के इकलौते लड़के को उन्होंने खोज निकाला। उक्त रायबहादुर के पैतृक ज़मीन-जायदाद बहुत कम रह गई है, पर घर तो ख़ानदानी ही था न।

वर-पक्ष ने दहेज में दस हज़ार की रक़म और अनेक प्रकार की दान-सामग्री की माँग की। रामसुन्दर बिना सोचे-विचारे ही राजी हो गए; ऐसे पात्र को छोड़ा भी नहीं जा सकता था।

किसी भी तरह रुपयों की व्यवस्था नहीं हो पा रही थी। गिरवी रखकर भी छः-सात हज़ार रुपये बाक़ी रह ही गए। इधर विवाह का दिन क़रीब आता जा रहा है। आख़िरकार वह दिन आ ही पहुँचा। एक आदमी अधिक ब्याज पर बाक़ी रुपये उधार देने को तैयार हो गया लेकिन ऐन मौक़े पर वह भी ग़ैर-हाज़िर रहा। विवाह-मंडप में भारी हलचल मच गई। रामसुन्दर ने रायबहादुर से हाथ-पैर जोड़कर कहा, "शुभ काम सम्पन्न हो जाने दें, मैं रुपये अवश्य ही अदा कर दूँगा।"

रायबहादुर बोले, "रुपए मिले बिना वर को मंडप में नहीं लाया जाएगा।"

इस दुर्घटना के कारण अन्तःपुर में रोना-धोना मच गया। इस बड़ी विपत्ति का जो मूल कारण है, वह विवाह की लाल साड़ी पहने, गहना पहने, माथे पर चन्दन चुपड़े चुप बैठी है। भावी ससुर-कुल के प्रति उसमें बड़ी भारी भक्ति या अनुराग उत्पन्न हो रहा हो, ऐसा नहीं कह सकते।

इस बीच एक आसानी हो गई। सहसा ही वर अपने पिता से कह बैठा, "खरीद-फ़रोख़्त, मोल-भाव की बात मैं नहीं समझता। विवाह करने आया हूँ, विवाह करके ही लौटूँगा।"

पिता ने जिस किसी को सामने पाया उसी से बोले, "देख रहे हैं न, आजकल के लड़कों का आचरण?"

दो-एक बुजुर्ग लोगों ने कहा, "शास्त्र-शिक्षा, नीति-शिक्षा तो बिल्कुल रही नहीं, इसी से तो ऐसा है।"

रायहादुर हताश होकर बैठ गए। किसी तरह विवाह सम्पन्न हुआ।

ससुराल जाते समय निरुपमा को हृदय से लगाकर पिता आँसू नहीं रोक सके।

नीरू ने पूछा, "बाबूजी, क्या ये लोग मुझे फिर कभी आने नहीं देंगे?"

रामसुन्दर ने उत्तर दिया, "आने क्यों नहीं देंगे, बेटी। मैं तुम्हें लिवा लाऊँगा।"

अक्सर ही रामसुन्दर लड़की से मिलने चले जाया करते, पर समधियाने में उनकी कोई इज्जत नहीं रही। यहाँ तक कि नौकर-चाकर तक उन्हें नीची निगाह से देखते। अन्तःपुर से बाहर अकेले कमरे में किसी दिन पाँच-मिनट के लिए बेटी से मिल पाते तो किसी दिन मिल तक नहीं पाते। समधियाने में इस तरह का अपमान तो सहा नहीं जाता। रामसुन्दर ने निश्चय किया—जैसे भी हो, वे रुपया चुकाएंगे।

लेकिन क़र्ज का जितना बोझ अभी कन्धे पर था, वही सँभाले नहीं सँभल रहा था। खर्च में बेहद कटौती करनी पड़ी और क़र्जदार की आँख से बचने के लिए हमेशा कई तरह के कौशल अपनाने पड़ते हैं।

उधर ससुराल में उठते-बैठते कन्या को उलाहने मिलते। पिता के घर की निन्दा सुनकर कमरे का दरवाजा बन्द कर आँसू बहाना उसका नित्य-कर्म बन गया है। विशेष रूप से सास का आक्रोश किसी भी तरह कम नहीं होता। यदि कोई कहता, "वाह, कैसा रूप है; बहू का मुख देखकर आँखें जैसे शीतल हो जाती हैं।" सास गरज उठती, "हाँ, बड़ी रूपवती है। जैसे घर की बेटी, वैसा ही रूप-रंग।" यहाँ तक कि बहू के खाने-पहनने तक की कोई परवाह नहीं करता। यदि कोई दयालु पड़ोसी किसी प्रकार की कोई कमी बताता तो सास उत्तर देती, "इतना ही बहुत है।" यानी कि बाप ने पूरे दाम दिये होते तो बेटी की भी पूरी सार-सँभार होती। सभी ऐसा भाव प्रदर्शित करते जैसे बहू का इस घर पर कोई अधिकार नहीं, वह धोखा देकर घुस आयी है।

शायद कन्या के अनादर-अपमान की ये सारी बातें कानों-कान अन्त में रामसुन्दर तक पहुँची होंगी। वे घर-बार बेचने की कोशिश करने लगे। लेकिन लड़कों को बे-घरबार का करने जा रहे हैं—यह बात उनसे छिपाए रखी। उन्होंने निश्चय-किया—घर बेचकर फिर उसी घर को किराए पर ले लेंगे; ऐसे कौशल से चलेंगे कि उनके मरते दम तक यह बात लड़के जान तक नहीं पाएंगे।

लेकिन लड़के जान गए। सब आकर रोने-चिल्लाने लगे। खासकर बड़े तीनों शादीशुदा लड़के, जिनमें से किसी-किसी के सन्तान भी है। उनकी असहमति बड़ी महत्त्वपूर्ण थी। घर की बिक्री स्थगित रही। तब रामसुन्दर इधर-उधर से भारी ब्याज पर थोड़े-थोड़े रुपये उधार लेने लगे। इसका नतीजा यह हुआ कि गृहस्थी का खर्चा चलना मुश्किल हो गया।

नीरू पिता का मुख देखकर सब कुछ समझ गई। वृद्ध के पके केश, सूखा चेहरा

और सदा संकुचित भाव में दीनता और दुश्चिन्ता प्रकट हो आई। कन्या के आगे जब पिता अपराधी है तब वह अपराध क्या छिप सकता है? जब समधियाने की अनुमति से क्षण भर के लिए कन्या से सामना होता तब पिता की छाती कैसी फट रही होती, यह उनकी हँसी देखकर ही अनुमान हो जाता है।

नीरू उस व्यथित पितृ-हृदय को सान्त्वना देने कुछ दिन के लिए मायके जाने को अत्यन्त अधीर हो उठी। वह पिता का बुझा चेहरा देख अब दूर नहीं रह सकती थी। एक दिन रामसुन्दर से बोली, ''बाबूजी मुझे एक बार घर ले चलो।''

रामसुन्दर ने कहा, ''अच्छा।''

किन्तु उनका कोई जोर नहीं। अपनी पुत्री पर पिता का जो स्वाभाविक अधिकार होता है वह जैसे दहेज के रुपयों के बदले गिरवी रख दिया गया हो। यहाँ तक कि अत्यन्त संकोच के साथ पुत्री से मुलाक़ात की भीख माँगनी होती और उसमें कभी-कभी निराश होने पर भी दूसरी बार कुछ कहने की हिम्मत नहीं रहती।

किन्तु पुत्री के स्वयं मायके आना चाहने पर पिता उसे न लाकर कैसे रह सकता है। इसलिए समधी के पास इस आशय की अर्जी पेश करने से पहले राम-सुन्दर ने कितनी दीनता, कितने अपमान, कितने नुकसान सहकर जो तीन हज़ार रुपये संग्रह किए उस इतिहास का गोपनीय रहना ही भला है।

वे कुछ नोटों को रूमाल में लपेट, चादर में बाँधकर समधी के निकट जा बैठे। पहले हँसते हुए मुहल्ले की चर्चा छेड़ी। हरे कृष्ण के घर में बड़ी भारी चोरी हो गयी, उसका विवरण शुरू से आखिर तक कह सुनाया। नवीनमाधव और राधामाधव दोनों भाइयों की तुलना करते हुए राधामाधव की विद्या-बुद्धि-स्वभाव की प्रशंसा और नवीनमाधव की निन्दा की। शहर में एक नये रोग का आना हुआ, उस विषय में अनेक अजीबो-ग़रीब आलोचनाएँ कीं। अन्त में हुक्का ज़मीन पर रखते हुए बातों-ही-बातों में बोले, ''अरे हाँ, समधी जी, दरअसल वे रुपए जो बाक़ी रह गए हैं। रोज़ ही सोचता हूँ आते हुए कुछ साथ लेता आऊँ, लेकिन समय पर ध्यान ही नहीं रहता। अरे भाई, बूढ़ा जो हो गया हूँ।'' ऐसी एक लम्बी भूमिका बाँधते हुए अस्थि-पंजर की तीन अस्थियों के समान तीन नोटों को अत्यन्त सहज भाव से अत्यन्त लापरवाही से बाहर निकाला।

केवल तीन हज़ार के नोटों को देखकर रायबहादुर ने ठहाका लगाया। बोले, ''रहने दीजिए समधी जी, इसकी मुझे ज़रूरत नहीं।'' प्रचलित देसी कहावत का उल्लेख करते हुए बोले, ''छोटी-सी बात के लिए हम अपने हाथों को बदबूदार नहीं करना चाहते।''

ऐसी घटना के बाद कन्या को घर ले जाने का प्रस्ताव कोई ज़बान पर नहीं ला सकता था। केवल रामसुन्दर ही थे जिन्होंने सोचा—यह सब रिश्ते-नातों का संकोच अब मुझे शोभा नहीं देता। काफ़ी देर चुप रहने के बाद अन्त में मीठे स्वर में बात

चलाई। रायबहादुर ने बिना कोई कारण बताते हुए कहा, "यह अभी नहीं होगा।" और यह कहते हुए वे काम के बहाने उठकर चले गए। रामसुन्दर, पुत्री को मुँह न दिखाकर काँपते हाथों से उन तीन नोटों को चादर की खूँट में बाँधकर लौट आए। मन-ही-मन प्रतिज्ञा की, जब तक सारे रुपये अदा करके निःसंकोच कन्या के अधिकार की माँग नहीं कर सकेंगे, तब तक फिर समधियाने नहीं जाएँगे।

बहुत दिन बीत गए। निरुपमा आदमी पर आदमी भेजती रही। पर पिता नहीं आए। अन्त में रूठकर उसने आदमी भेजना बन्द कर दिया। इससे रामसुन्दर के मन पर भारी चोटी पहुँची, लेकिन फिर भी वे नहीं गए।

क्वार का महीना आ गया। रामसुन्दर ने कहा, "अबकी पूजा में बेटी को घर लाना ही है, नहीं तो मैं··· ।" खूब लम्बी-चौड़ी-सी क़मस खाई।

पंचमी या छठी के दिन चादर की खूँट में कुछ नोटों को बाँधकर रामसुन्दर ने यात्रा की तैयारी की। पाँच साल के एक पोते ने आकर पूछा, "दादाजी, क्या मेरे लिए गाड़ी खरीदने जा रहे हो?"

ठेलागाड़ी चढ़कर हवा खाने का बहुत दिनों का उसे शौक़ है, पर किसी भी तरह उसे पूरा करने का उपाय नहीं सूझता। छः वर्ष की पोती रोती हुई आकर कहती है, "पूजा के मौके पर पहनकर जाने के लिए मेरे पास एक भी अच्छा कपड़ा नहीं है।"

रामसुन्दर यह सब जानते थे। तम्बाकू पीते-पीते उन्होंने इस विषय में काफ़ी सोचा। जब रायबहादुर के घर से पूजा का निमन्त्रण आएगा, तब उनकी बहुओं को बेहद मामूली गहनों के साथ दीन के समान वहाँ जाना होगा, इन सब बातों को सोचकर उन्होंने बड़ी गहरीं साँस भरी लेकिन इससे उनके भाग्य की बाधा-रेखा के और अधिक गहरी हो जाने के सिवाय कोई फल नहीं हुआ।

वृद्ध ने अपने समधी के घर में प्रवेश किया। आज उनमें संकोच का भाव नहीं, मानों उन्होंने अपने ही घर में प्रवेश किया हो। सुना, रायबहादुर घर में नहीं है, कुछ देर प्रतीक्षा करनी होगी। मन के उच्छ्वास को न संभाल पा रामसुन्दर ने कन्या के साथ मुलाकात की। दोनों नेत्रों से आँसू बह चले। पिता भी रो रहे हैं, कन्या भी रो रही है; दोनों में से कोई भी बोल नहीं पा रहा है। ऐसे ही कुछ समय बीत गया। फिर रामसुन्दर ने कहा, 'बेटी, अबकी तुझे ले जाऊँगा। अब कहीं कोई रुकावट नहीं।"

उसी समय रामसुन्दर के बड़े लड़के हरमोहन ने अपने दोनों छोटे बच्चों के साथ सहसा कमरे में प्रवेश किया। वे पिता से बोले, "बाबूजी, तो फिर आपने हम लोगों को रास्ते पर बिठा दिया?"

रामसुन्दर ने आगबबूला होकर कहा, "तुम लोगों के लिए क्या मैं नरक में जाऊँ? तुम लोग मुझे मेरे सत्य की रक्षा नहीं करने दोगे?"

रामसुन्दर घर बेच बैठे हैं; लड़के कैसे भी कुछ जान न पाए इसके लिए अनेक

उपाय किए, फिर भी वे जान गए हैं, जानकर उनके प्रति अचानक क्रोधित हो उठे।

पोता बुआ के दोनों घुटनों से लिपट मुँह उठाकर बोला, "मुझे एक गाड़ी ख़रीद दोगी बुआ!"

निरुपमा सारा मामला समझ गयी, बोली, "बाबूजी, यदि तुमने अब एक पैसा भी मेरे ससुर को दिया तो अपनी कन्या का मुँह फिर कभी नहीं देख पाओगे, तुम्हारी देह छूकर मैं क़सम खाती हूँ।"

रामसुन्दर ने कहा, "राम! राम! ऐसी बात नहीं कहते। फिर, ये रुपये यदि मैं न दे पाऊँ तों तुम्हारे पिता का अपमान होगा और तुम्हारा भी।"

नीरू बोली, "रुपया देना ही अपमान है, तुम्हारी कन्या का क्या कोई सम्मान नहीं। क्या मैं केवल रुपये की थैली भर हूँ कि जब तक रुपये हैं तब तक मेरा दाम है। नहीं बाबज़ी, ये रुपये देकर तुम मेरा अपमान मत करो। इसके अलावा, मेरे पति तो यह रुपये नहीं चाहते।"

रामसुन्दर ने कहा, "बेटी, तब यह तुम्हें जाने नहीं देंगे।"

निरुपमा बोली, "न जाने दें तो क्या कर सकते हो बोलो, फिर तुम भी ले जाने के लिए कुछ मत कहना।"

रामसुन्दर काँपते हाथों नोट बँधी चादर को कंधे पर डाल, चोर के समान सबसे आँखें बचाकर घर लौट गए।

रामसुन्दर रुपये लाए थे और बेटी की मनाही के कारण वे रुपये दिए बिना ही लौटा ले गए, यह बात छिपी न रही। द्वार पर कान लगा कौतूहल स्वभाववाली दासी ने नीरू की सास के पास यह खबर पहुँचा दी। सुनते ही उनके क्रोध की सीमा न रही। निरुपमा के लिए उसकी ससुराल अब काँटों की सेज बन गई। इधर उसके पति विवाह के थोड़े दिनों बाद ही डिप्टी-मजिस्ट्रेट होकर किसी दूर शहर में चले गए। कहीं नीरू को गलत शिक्षा न मिले, इसी बहाने अब मायके की ओर के रिश्तेदारों से मुलाक़ात की बिल्कुल मनाही हो गई थी।

इसी समय नीरू दुसाध्य रोग से पीड़ित हो गई। पर इसके लिए उसकी सास को पूरी तरह से दोषी नहीं ठहराया जा सकता। अपने शरीर के प्रति वह अत्यन्त लापरवाही बरत रही थी। कार्तिक महीने की ओस में रात भर सिरहाने का द्वार खुला रखती, जाड़े के दिनों में देह पर कपड़ा नहीं रखती, खाने-पीने में कोई नियम नहीं मानती। दासियाँ जब अक्सर भोजन लाना भूल जातीं, तब एक बार भी मुँह खोलकर उन्हें याद नहीं दिलाती। वह पराये घर में दास-दासी की तरह स्वामी-स्वामिनी की कृपा पर जी रह रही है, यही बात उसके मन में पल रही थी। लेकिन इस प्रकार का भाव भी सास को सहन नहीं था। यदि खाने के प्रति बहू की किसी प्रकार की लापरवाही देखती तो वह कह उठतीं, "नबाव के घर की बेटी है न। ग़रीब के घर का अन्न इनके मुँह में रुचता नहीं है।" फिर कभी कहती, "एक बार देखो तो, कैसी बुरी

शक्ल बना रखी है, दिन-ब-दिन कैसी जली सूखी लकड़ी-सी हुई जा रही है।''

रोग जब गंभीर होता गया तब सास बोली, ''ये सब इसके नखरे हैं।''

आखिर एक दिन नीरू ने अत्यन्त विनयपूर्वक सास से कहा, ''माँ, मैं एक बार अपने बाबूजी और भाइयों को देखूँगी।''

सास बोली, ''यह मायके जाने का बहाना है।''

कहने का कोई विश्वास नहीं करेगा—जिस दिन संध्या के समय नीरू की साँस उखड़ने लगी, उसी दिन पहली बार डॉक्टर ने उसे देखा था और उस दिन ही डॉक्टर के देखने का अन्त भी हो गया।

घर की बड़ी बहू मरी। अत्येष्टि-क्रिया खूब धूमधाम से सम्पन्न हुई। ज़िले में प्रतिमा-विसर्जन-समारोह के बारे में राय चौधरियों की जैसी बड़ी लोक-प्रसिद्धि है, बड़ी बहू की अन्त्येष्टि सम्बन्धी रायबहादुरों की बहुत कुछ वैसी ही ख्याति फैल गई। चन्दन-काठ की ऐसी चिता इस इलाके में कभी किसी ने नहीं देखी। ऐसे समारोह से श्राद्ध- अनुष्ठान भी केवल रायबहादुर के घर में ही सम्भव था। सुना जाता है, इससे उनके ऊपर कुछ क़र्ज भी हो गया।

रामसुन्दर को तसल्ली देते समय, उनकी बेटी की जिस तरह के महा-समारोह के बीच मृत्यु हुई, सभी ने बड़े विस्तार से उसका वर्णन किया।

इधर डिप्टी-मजिस्ट्रेट का पत्र पहुँचा, ''मैने यहाँ सारा बन्दोबस्त कर लिया है··· इसलिए मेरी पत्नी को फ़ौरन यहाँ भेज दें।''

रायबहादुर की श्रीमती ने लिखा, ''बेटा, हमने तुम्हारे लिए एक दूसरी लड़की का रिश्ता तय किया है, इसलिए छुट्टी लेकर फ़ौरन चले आओ।''

इस बार बीस हज़ार का दहेज तय हुआ और अदायगी हाथों-हाथ। ❑

प्रथम प्रकाशन : हितवादी, बंगाब्द 1298

पोस्टमास्टर

पहले पहल काम शुरू करते ही पोस्टमास्टर को उलापुर गाँव आना पड़ा। गाँव बहुत साधारण था। पास ही एक नील-कोठी थी। कोठी के स्वामी ने बड़ी कोशिश करके यह नया पोस्टऑफ़िस खुलवाया था।

पोस्टमास्टर कलकत्ता के थे। पानी से निकालकर सूखे में डाल देने से मछली की जो दशा होती है, वही दशा इस बड़े गाँव में आकर इन पोस्टमास्टर की हुई। एक अँधेरी झोंपड़ी में उनका ऑफ़िस था। पास ही काई से घिरा एक तालाब था, जिसके चारों ओर जंगल था। कोठी में गुमाश्ते वगैरह जितने भी कर्मचारी थे उन्हें अक्सर फुरसत नहीं रहती थी, न वे शिष्टजनों से मिलने-जुलने के योग्य ही थे।

खासतौर से कलकत्ता के बाबू ठीक तरह से मिलना-जुलना नहीं जानते। नई जगह में पहुँचकर वे या तो उद्धत हो जाते हैं या अप्रतिभ। इसलिए स्थानीय लोगों से उनका मेल-जोल नहीं हो पाता। इधर काम भी ज्यादा नहीं था। कभी-कभी एकाध कविता लिखने की कोशिश करते। उनमें इस प्रकार के भाव व्यक्त करते—दिन-भर तरु-पल्लवों का कम्पन और आकाश के बादल देखते-देखते जीवन बड़े सुख से कट जाता है। लेकिन अन्तर्यामी जानते हैं कि यदि अलिफ-लैला का कोई जिन आकर एक ही रात में तरु-पल्लव समेत इन सारे पेड़-पौधों को काटकर पक्का रास्ता तैयार कर देता और पंक्तिबद्ध अट्टालिकाओं द्वारा बादलों को दृष्टि से ओझल कर देता तो उस मृतप्राय भद्र वंशधर को नया जीवन मिल जाता।

पोस्टमास्टर को बहुत कम तनख्वाह मिलती थी। अपने हाथों बनाकर खाना पड़ता और गाँव की एक मातृ-पितृ-हीन अनाथ बालिका उनका काम-काज कर देती थी। उसको थोड़ा-बहुत खाना मिल जाता। लड़की का नाम था रतन। उम्र बारह-तेरह। उसके विवाह की कोई विशेष सम्भावना नहीं दिखाई देती थी।

शाम को जब गाँव की गोशाला से कुंडलाकार धुआँ उठता, झाड़ियों में झींगुर बोलते, दूर के गाँव में पियक्कड़ बादलों का दल ढोल-करताल बजाकर ऊँचे स्वर में गीत छेड़ देता, जब अन्दर बरामदे में अकेले बैठे-बैठे वृक्षों का काँपना देखकर कवि-हृदय में भी हड़कंप होने लगता! तब कमरे के कोने में एक टिमटिमाता हुआ दिया जलाकर पोस्टमास्टर आवाज़ लगाते—"रतन!"

रतन दरवाजे पर बैठी इस आवाज़ की प्रतीक्षा करती रहती। लेकिन पहली आवाज पर ही अन्दर न आती। वहीं से कहती, "क्या है बाबू, किसलिए बुला रहे हो?"

पोस्टमास्टर—"तू क्या कर रही है?"

रतन—"बस चूल्हा जलाने ही जा रही हूँ, रसोईघर में।"

पोस्टमास्टर—"तेरा रसोई का काम पीछे हो जायगा। पहले हुक्का भर ला।"

थोड़ी देर में अपने गाल फुलाए चिलम में फूँक मारती-मारती रतन भीतर आती। उसके हाथ से हुक्का लेकर पोस्टमास्टर चट-से पूछ बैठते, "अच्छा रतन, तुझे अपनी माँ की याद है ?"

बड़ी लम्बी बातें हैं। बहुत-सी याद हैं, बहुत-सी याद भी नहीं। माँ की अपेक्षा पिता उसको अधिक प्यार करते थे। पिता की उसे थोड़ी-थोड़ी याद है। दिन-भर मेहनत करके उसके पिता शाम को घर लौटते। भाग्य से उन्हीं में से दो-एक शामों की याद उसके मन में चित्र के समान अंकित है। उन्हीं की बात करते-करते धीरे-धीरे रतन पोस्टमास्टर के पास ही ज़मीन पर बैठ जाती। उसे ध्यान आता, उसका एक भाई था। बहुत दिन पहले बरसात में एक दिन एक तालाब के किनारे दोनों ने मिलकर पेड़ की टूटी हुई टहनी की बंसी बनाकर झूठ-मूठ मछली पकड़ने का खेल खेला था। अनेक महत्त्वपूर्ण घटनाओं की अपेक्षा इसी बात की याद उसे अधिक आती। इस तरह बातें करते-करते कभी-कभी काफ़ी रात हो जाती। तब आलस के मारे पोस्टमास्टर को खाना बनाने की इच्छा न होती। सबेरे की बासी तरकारी रहती और रतन झटपट चूल्हा जलाकर कुछ रोटियाँ सेंक लेती। उन्हीं से दोनों के रात्रि-भोजन का काम चल जाता। कभी-कभी शाम को उस विशाल झोंपड़ी के एक कोने में ऑफ़िस की काठ की कुर्सी पर बैठे-बैठे पोस्टमास्टर भी अपने घर की बात चलाते—छोटे भाई की बात, माँ और दीदी की बात, प्रवास में एकान्त कमरे में बैठकर जिन लोगों के लिए हृदय कातर हो उठता उनकी बात। जो बातें उनके मन में बार-बार उठती रहतीं, पर जो नील्-कोठी के गुमाश्तों के सामने किसी भी तरह नहीं उठाई जा सकती थीं, उन्हीं बातों को उस अपढ़ नन्हीं बालिका से कहते उन्हें बिल्कुल संकोच न लगता। अन्त में ऐसा हुआ कि बालिका बातचीत करते समय उनके घर वालों को चिर-परिचितों के समान खुद भी माँ, दादा, दीदी कहने लगी। यहाँ तक कि अपने नन्हें-से हृदय-पटल पर उसने उनकी काल्पनिक मूर्ति भी चित्रित कर ली।

एक दिन बरसात की दोपहर में बादल छँट गए थे और हल्का-सा ताप लिये सुकोमल हवा चल रही थी। धूप में नहाई घास से और पेड़-पौधों से एक प्रकार की गन्ध निकल रही थी। ऐसा लगता था मानों क्लान्त धरती का उष्ण निःश्वास अंगों को छू रहा हो और न जाने कहाँ का एक हठी पक्षी दोपहर-भर प्रकृति के दरबार में लगातार एक लय से अत्यन्त करुण स्वर में अपनी नालिश दुहरा रहा था। उस दिन पोस्टमास्टर के हाथ खाली थे। वर्षा से धुले लहलहाते चिकने मृदुल तरु-पल्लव और धूप में चमकते पराजित वर्षा के बचे-खुचे स्तूप के आकार बादल सचमुच देखने लायक थे।

पोस्टमास्टर उन्हें देखते जाते और सोचते जाते कि काश, इस समय यदि कोई आत्मीय अपने पास होता, हृदय के साथ एकान्त संलग्न कोई स्नेह की प्रतिमा मानव-मूर्ति। धीरे-धीरे उन्हें ऐसा लगने लगा मानो वह पक्षी भी बार-बार यही कह रहा हो, और मानो उस निर्जन में तरु-छाया में डूबी दोपहर के पत्तों के स्वर का भी कुछ ऐसा ही मतलब हो। न तो कोई विश्वास कर सकता, न जान पाता, लेकिन उस छोटे-से गाँव के सामान्य वेतन-भोगी उस सब-पोस्टमास्टर के मन में छुट्टी के लम्बे दिनों में गम्भीर सुनसान दोपहर में इसी प्रकार के भाव उदय होते रहते।

पोस्टमास्टर ने एक दीर्घ निःश्वास लिया और फिर आवाज़ लगाई, "रतन !"

रतन उस समय अमरुद के पेड़ के नीचे पैर फैलाए कच्चा अमरूद खा रही थी। वह मालिक की आवाज सुनते ही तुरन्त दौड़ी हुई आई और हाँफती-हाँफती बोली, "भैयाजी, बुला रहे थे ?"

पोस्टमास्टर ने कहा, "मैं तुझे थोड़ा-थोड़ा करके पढ़ना सिखाऊँगा।" और फिर दोपहर-भर उसके साथ 'छोटा अ', 'बड़ा अ' करते रहे। इस तरह कुछ दिनों में संयुक्त अक्षर भी पार कर लिए।

सावन का महीना था। लगातार वर्षा हो रही थी। गड्ढ़े, नाले, तालाब सब पानी से भर गए थे। रात-दिन मेढ़क की टर्र-टर्र और वर्षा की आवाज़। गाँव के रास्तों में चलना-फिरना लगभग बन्द हो गया था। हाट के लिए नाव में चढ़कर जाना पड़ता।

एक दिन सवेरे से ही बादल खूब घिरे हुए थे। पोस्टमास्टर की शिष्या बड़ी देर से दरवाजे के पास बैठी प्रतीक्षा कर रही थी, लेकिन और दिनों की तरह जब यथासमय उसकी बुलाहट न हुई तो वह खुद किताबों का थैला लिये धीरे-धीरे भीतर आई। देखा, पोस्टमास्टर अपनी खटिया पर लेटे हुए हैं। यह सोचकर कि वे आराम कर रहे हैं, वह चुपचाप फिर बाहर जाने लगी। तभी अचानक सुनाई पड़ा, "रतन !"

झटपट लौटकर भीतर जाकर उसने कहा, "भैयाजी, सो रहे थे?"

पोस्टमास्टर ने कातर स्वर में कहा, "तबियत ठीक नहीं मालूम होती। ज़रा मेरे माथे पर हाथ रखकर तो देख!"

घोर वर्षा के समय प्रवास में इस तरह बिलकुल अकेले रहने पर रोग से पीड़ित शरीर को कुछ सेवा पाने की इच्छा होती है। तप्त ललाट पर शंख की चूड़ियाँ पहने कोमल हाथ याद आने लगते हैं। ऐसे कठिन प्रवास में रोग की पीड़ा में यह सोचने की इच्छा होती है कि पास ही स्नेहमयी नारी के रूप में माता और दीदी बैठी हैं। और प्रवासी के मन की यह अभिलाषा व्यर्थ नहीं गई। बालिका रतन बालिका न रही। उसने फौरन माता का पद ग्रहण कर लिया। वह जाकर वैद्य को बुला लाई, यथासमय गोली खिलाई, सारी रात सिरहाने बैठी रही, अपने हाथों भोजन तैयार किया और सैकड़ों बार पूछती रही, "भैया जी, कुछ आराम है क्या?"

बहुत दिनों बाद पोस्टमास्टर जब रोग-शय्या छोड़कर उठे तो उनका शरीर दुर्बल

हो गया था। उन्होंने मन में तय किया, अब और नहीं। जैसे भी हो अब यहाँ से बदली करानी चाहिए। अपनी अस्वस्थता का उल्लेख करते हुए उन्होंने उसी समय अधिकारियों के पास बदली के लिए कलकत्ता दरख्वास्त भेज दी।

रोगी की सेवा से छुट्टी पाकर रतन ने दरवाजे के बाहर फिर अपने स्थान पर अधिकार जमा लिया। लेकिन अब पहले की तरह उसकी बुलाहट नहीं होती थी। वह बीच-बीच में झाँककर देखती—पोस्टमास्टर बड़े ही अनमने भाव से या तो कुर्सी पर बैठे रहते या खाट पर लेटे रहते। जिस समय इधर रतन बुलाहट की प्रतीक्षा में रहती, वे अधीर होकर अपनी दरख्वास्त के उत्तर की प्रतीक्षा करते रहते। दरवाजे के बाहर बैठी रतन ने हज़ारों बार अपना पुराना पाठ दुहराया। बाद में यदि किसी दिन सहसा उसकी बुलाहट हुई तो उस दिन कहीं उसका संयुक्त अक्षरों का ज्ञान गड़बड़ न हो जाय इसकी उसे आशंका थी। आखिर लगभग एक सप्ताह के बाद एक दिन शाम को उसकी पुकार हुई। काँपते हृदय से उसने भीतर प्रवेश किया और पूछा, "भैयाजी, मुझे बुलाया था?"

पोस्टमास्टर ने कहा, "रतन, मैं कल ही चला जाऊँगा।"

रतन—"कहाँ चले जाओगे भैयाजी !"

पोस्टमास्टर—"घर जाऊँगा।"

रतन—"फिर कब लौटोगे?"

पोस्टमास्टर—"अब नहीं लौटूँगा।"

रतन ने और कोई बात नहीं पूछी। पोस्टमास्टर ने स्वयं ही उसे बताया कि उन्होंने बदली के लिए दरख्वास्त दी थी, पर दरख्वास्त नामंजूर हो गई इसलिए वे इस्तीफा देकर घर चले जा रहे हैं। बहुत देर तक दोनों में से किसी ने और कोई बात नहीं की। दीया टिमटिमाता रहा और घर के जीर्ण छप्पर को भेदकर वर्षा का पानी मिट्टी के सकोरे में टप-टप करता टपकता रहा।

बड़ी देर के बाद रतन धीरे-धीरे उठकर रसोईघर में रोटियाँ बनाने चली गई। पर आज और दिनों की तरह उसके हाथ जल्दी-जल्दी नहीं चल रहे थे। शायद उसके मन में रह-रहकर तरह-तरह की आशंकाएँ उठ रही थीं। जब पोस्टमास्टर भोजन कर चुके तब उसने पूछा, "भैयाजी, मुझे अपने घर ले चलोगे ?"

पोस्टमास्टर ने हँसकर कहा "वाह, यह कैसे हो सकता है!" किन कारणों से यह बात सम्भव न थी, बालिका को यह समझाना उन्होंने आवश्यक नहीं समझा।

रात-भर जागते और स्वप्न देखते हुए बालिका के कानों में पोस्टमास्टर के हँसी-मिश्रित स्वर गूँजते रहे : 'वाह, यह कैसे हो सकता है।'

सवेरे उठकर पोस्टमास्टर ने देखा कि उनके नहाने के लिए पानी पहले से ही रख दिया गया है। कलकत्ता की अपनी आदत के अनुसार वे ताजे पानी से ही स्नान करते थे। न जाने क्यों बालिका यह नहीं पूछ सकी थी कि वे सवेरे किस समय यात्रा

करेंगे। बाद में कहीं तड़के ही जरूरत न पड़ जाय, यह सोचकर रतन उतनी रात में ही नदी से उनके नहाने के लिए पानी भरकर ले आई थी। स्नान समाप्त होते ही रतन की पुकार हुई। रतन ने चुपचाप भीतर प्रवेश किया और आदेश की प्रतीक्षा में मौन भाव से एक बार अपने मालिक की ओर देखा।

मालिक ने कहा, "रतन, मेरी जगह जो सज्जन आयेंगे मैं उन्हें कह जाऊँगा। वे मेरी ही तरह तेरी देख-भाल करेंगे। मेरे जाने से तुझे कोई चिन्ता करने की जरूरत नहीं है।"

इसमें कोई सन्देह नहीं कि ये बातें अत्यन्त स्नेहपूर्ण और दयार्द्र हृदय से निकली थीं, किन्तु नारी के हृदय को कौन समझ सकता है! रतन इसके पहले बहुत बार अपने मालिक के हाथों अपना तिरस्कार चुपचाप सहन कर चुकी थी, लेकिन इस कोमल बात को वह सहन न कर पाई। उसका हृदय एकाएक उमड़ आया और उसने रोते-रोते कहा, "नहीं, नहीं। तुम्हें किसी से कुछ कहने की जरूरत नहीं है, मैं रहना नहीं चाहती।"

पोस्टमास्टर ने रतन का ऐसा व्यवहार पहले कभी नहीं देखा था, इसलिए वे अवाक् रह गए।

नया पोस्टमास्टर आया। उसको सारा चार्ज सौंप देने के बाद पुराने पोस्टमास्टर चलने को तैयार हुए। चलते-चलते रतन को बुलाकर बोले, "रतन, तुझे मैं कभी कुछ न दे सका, आज जाते समय कुछ दिये जा रहा हूँ, इससे कुछ दिन तेरा काम चल जायगा।"

तनख्वाह में जो रुपये मिले थे उनमें से राह-खर्च के लिए कुछ बचा लेने के बाद उन्होंने बाकी रुपये जेब से निकाले। यह देखकर रतन धूल में लोटकर उनके पैरों से लिपटकर बोली, "भैयाजी, मैं तुम्हारे पैरों पड़ती हूँ, मेरे लिए किसी को कोई चिन्ता करने की जरूरत नहीं।" और यह कहते-कहते वह तुरन्त वहाँ से भाग गई।

भूतपूर्व पोस्टमास्टर दीर्घ निःश्वास लेकर हाथ में कारपेट का वैग लटकाए, कन्धे पर छाता रखे, कुली के सिर पर नीली-सफेद धारियों से चित्रित टीन की पेटी रखवा कर धीरे-धीरे नाव की ओर चल दिए।

जब वे नौका का सवार हो गए और नाव चल पड़ी, वर्षा से उमड़ी नदी धरती की छलछलाती अश्रु-धारा के समान चारों ओर छलछल करने लगी, तब वे अपने हृदय में एक तीव्र व्यथा अनुभव करने लगे। एक साधारण ग्रामीण बालिका के करुण मुख का चित्र मानो विश्वव्यापी वृहत् अव्यक्त मर्म-व्यथा प्रकट करने लग गया।

एक बार बड़े जोर से उनकी इच्छा हुई कि लौट जायँ और जगत् की गोद से वंचित उस अनाथिनी को साथ ले आयें। लेकिन तब तक पाल में हवा भर गई थी, वर्षा का प्रवाह और भी तेज हो गया था। गाँव को पार कर चुकने के बाद नदी किनारे का श्मशान दिखाई दे रहा था और नदी की धारा के साथ बढ़ते हुए पथिक के उदास

हृदय में यह सत्य उदित हो रहा था—'जीवन में न जाने कितना वियोग है, कितना मरण है, लौटने से क्या लाभ! संसार में कौन किसका है !'

लेकिन रतन के हृदय में किसी भी सत्य का उदय नहीं हुआ। वह उस पोस्ट-ऑफिस के चारों ओर चुपचाप आँसू बहाती चक्कर काटती रही। शायद उसके मन में हल्की-सी आशा जीवित थी कि हो सकता है, भैया जी लौट आयें। आशा के इसी बन्धन से बँधी वह किसी भी तरह दूर नहीं जा पा रही थी।

हाय रे बुद्धिहीन मानव-मन! तेरे भ्रम किसी भी तरह नहीं मिटते। युक्ति-शास्त्र का तर्क बड़ी देर बाद मस्तिष्क में प्रवेश करता है। बड़े-से-बड़े प्रमाण पर भी अविश्वास करके झूठी आशा को अपनी दोनों बाहों से जकड़ कर तू भरसक छाती से चिपकाए रहता है। अन्त में एक दिन सारी नाड़ियाँ काटकर, हृदय का सारा रक्त चूसकर वह निकल भागती है। तब होश आते ही मन किसी दूसरी भ्रान्ति के जाल में बँध जाने के लिए बेचैन हो उठता है।

प्रथम प्रकाशन/हितवादी/बंगाब्द 1298
मूल शीर्षक : रामकानाहेयेर निर्बुद्धिता

रामकन्हाई की मूर्खता

गुरुचरण की मृत्यु के समय उसकी दूसरी घरवाली अन्तःपुर में बैठकर ताश खेल रही थीं—ऐसा कहने वाले विश्वनिन्दक हैं, तिल का ताड़ बनाते हैं। असल में उस समय वह एक पैर के ऊपर बैठी दूसरे पैर के घुटने को ठुड्डी तक उठा कच्ची इमली, हरी मिर्च और झींगा मछली की चटपटी चच्चड़ी के साथ पान्ता भात बड़े बड़े मजे से खा रही थीं। बाहर से जब बुलावा आया तब चूसे हुए डंठलों और खाली थाली को छोड़ गम्भीर भाव से बोली, "ज़रा-सा भात मुँह में देने के लिए भी समय नहीं मिलता।"

डाक्टर जब जवाब दे गया, तब रोगी की बगल में बैठे हुए गुरुचरण के भाई रामकन्हाई ने धीरे-धीरे कहा, "भैया, यदि तुम्हें वसीयत करने की इच्छा हो तो बताओ।"

गुरुचरण क्षीण स्वर में बोले, "मैं बोलता हूँ, तुम लिख लो।"

रामकन्हाई काग़ज़-क़लम लेकर तैयार हुए। गुरुचरण कहते गये, "मेरी चल-अचल सम्पत्ति, सारी ज़मीन-जायदाद मैंने अपनी धर्मपत्नी श्रीमती बरदासुन्दरी को दान में दी।"

रामकन्हाई ने लिखा, पर लिखते हुए उनकी क़लम चल नहीं रही थी। उन्हें बड़ी आशा थी कि उनका इकलौता पुत्र नवद्वीप निःसन्तान ताऊ की सारी सम्पत्ति का अधिकारी होगा। हालाँकि दोनों भाई अलग हो गए थे लेकिन इसी आशा में नवद्वीप की माँ ने नवद्वीप को किसी भी तरह नौकरी नहीं करने दी और बचपन में ही उसका विवाह करा दिया। दुश्मनों का मुँह काला करते हुए विवाह निष्फल नहीं हुआ। लेकिन न चाहते हुए भी रामकन्हाई ने लिखा और हस्ताक्षर करने के लिए भैया के हाथ में क़लम थमा दी। गुरुचरण ने निर्जीव हाथों से जो हस्ताक्षर किया वे मात्र कुछ काँपती टेढ़ी लकीरें थीं या उनका नाम, यह समझना बड़ा मुश्किल था।

पत्नी भात खाकर जब आई तब वह गुरुचरण की घिग्घी बँधी देख रोने लगी।

वसीयतनामे का वृत्तान्त सुनकर नवद्वीप की माँ दौड़ती आई और बड़ा बखेड़ा खड़ा किया। बोलीं, "मृत्युकाल में बुद्धि नष्ट हो जाती है। ऐसे सोने के चाँद से भतीजे के रहते..."

रामकन्हाई पत्नी को अत्यन्त सम्मान देते थे—इतना अधिक कि दूसरे शब्दों में कहें तो उसे 'भय' कहा जा सकता है। लेकिन उनसे रहा नहीं गया। दौड़े हुए आकर बोले, ''मझली, अभी तुम्हारे बुद्धि-नाश का समय नहीं हुआ है, फिर तुम्हारा ऐसा व्यवहार क्यों? भैया चले गए—मैं तो हूँ, तुम्हें जो कुछ कहना हो मौक़ा आने पर मुझसे कहना, अभी ठीक समय नहीं है।'

समाचार पाकर जब नवद्वीप पहुँचा तब उसके ताऊ जी का देहावसान हो चुका था। नवद्वीप ने मृत व्यक्ति को धमकी दी थी, 'देखता हूँ, तुम्हारी मुखाग्नि कौन करता है? श्राद्धा और शान्ति अनुष्ठान यदि मैं करूँ तो मेरा नाम नवद्वीप नहीं।'' गुरुचरण नामधारी व्यक्ति कुछ भी नहीं मानते थे। वे डफ़ साहब के छात्र थे। शास्त्र के अनुसार जो न खाने योग्य वस्तु थी, उसी से उनकी विशेष तृप्ति होती थी। लोग यदि उन्हें ईसाई कहते, तो वे जीभ काटकर कहते, ''राम-राम! यदि मैं ईसाई होऊँ तो गोमांस खाऊँ।'' जीवित रहते जिनकी यह हालत थी, मरकर वे पिण्डनाश की आशंका से ज़रा भी विचलित होंगे, ऐसी संभावना कोई नहीं थी। लेकिन फ़िलहाल इसके अलावा बदला लेने का कोई दूसरा तरीका नहीं था। नवद्वीप को यह एक सान्त्वना मिली कि यह व्यक्ति परलोक में जाकर मरा रहेगा। जितने दिन इस लोक में रहा जाए ताऊ जी की सम्पत्ति न पाकर भी किसी तरह पेट पल जाएगा। जीवित रहते अनेक सुविधाएँ हैं। पर ताऊजी जिस लोक में गये वहाँ भीख माँगकर पिण्ड नहीं मिलता।

रामकन्हाई वरदासुन्दरी के पास जाकर बोले, ''भाभी साहिबा, भैया तुम्हें ही सारी सम्पत्ति दे गए हैं। यह रहा उनका वसीयतनामा। इसे लोहे की सन्दूक़ची में सँभाल कर रख देना।''

उस समय विधवा ऊँचे स्वर में विलाप कर रही थी, दो-चार दासियाँ भी उनके स्वर में स्वर मिलाकर बीच-बीच में दो-चार नए शब्द जोड़कर शोक संगीत से सारे मुहल्ले की नींद हराम कर रही थीं। बीच ही में इस कागज़ के टुकड़े के आने से एक प्रकार का लयभंग-सा हो गया। प्रसंग ने नीचे लिखे अनुसार रूप धारण कर लिया।

''हाय राम, मेरा सर्वनाश हो गया, सर्वनाश! अच्छा, देवर जी, यह लिखावट किसकी है? तुम्हारी ? ओ जी, अब तुम्हारे जैसे जतन से मेरी कौन देखभाल करेगा, मेरी ओर कौन मुँह उठाकर देखेगा जी—तू ज़रा रुक तो, इतना मत चिल्ला, बात सुनने दे। ओ जी, मैं क्यों नहीं पहले चली गई जी—मैं क्यों जीती रही!''

रामकन्हाई मन ही मन गहरी साँस भरते हुए बोले, ''यह हमारे भाग्य का दोष है।''

घर लौटकर नवद्वीप की माँ रामकन्हाई के पीछे पड़ गई। भारी बोझ से लदी गाड़ी समेत गड्ढ़े में गिरने पर अभागे बैल जिस तरह हज़ारों बार धक्के मारे जाने पर भी निश्चल भाव से खड़े ही रह जाते है, रामकन्हाई भी उसी तरह बहुत देर तक

चुप रहकर सहते रहे। अन्त में बड़े दीन स्वर में बोले, "मेरा क्या अपराध है?"

नवद्वीप की माँ ज़ोर से कड़क कर बोली—"नहीं, तुम कुछ नहीं समझते। भैया ने कहा, 'लिखो', भाई वैसा ही लिखने लगा। तुम सभी एक-से हो। तुम भी समय आने पर वैसा ही करम करने के लिए बैठे हो। मेरे मरते ही किसी मुँह-झौंसी डाइन को घर में ला बैठाओगे—और मेरे हीरे के टुकड़े नवद्वीप को अथाह सागर में झोंक दोगे। पर ऐसी बात सोचना भी नहीं, मैं जल्दी मरने वाली नहीं।"

इस प्रकार रामकन्हाई के भावी अत्याचारों की आलोचना करते हुए गृहिणी और भी असहिष्णु होती चली गई। रामकन्हाई निश्चित रूप से जानते थे। यदि इन सब बे-सिर पैर की आशंकाओं के निवारण के लिए तिलभर भी प्रतिवाद करेंगे तो उल्टा ही होगा। इस डर से वह अपराधी-से चुप बने रहे—जैसे कि कोई बुरा काम कर डाला हो, जैसे अपने लाल नवद्वीप को सम्पत्ति से वंचित कर दूसरी घरवाली को सब लिखकर मरे बैठे हों। अब अपराध स्वीकारने के अलावा दूसरा कोई चारा नहीं था।

इस बीच नवद्वीप अपने बुद्धिमान मित्रों के साथ अनेक सलाह-मशविरा करने के बाद माँ से आकर बोला, "कोई चिन्ता नहीं। यह सम्पत्ति मैं ही पाऊँगा। कुछ दिनों के लिए बाबूजी को यहाँ से कहीं और भेजना होगा। उनके रहने पर भंडाफोड़ हो जाएगा।" रामकन्हाई की अक्ल पर नवद्वीप की माँ को रत्तीभर भी श्रद्धा नहीं थी, इसलिए उन्हें बात तर्कसंगत जान पड़ी।

अन्त में, पत्नी की ताड़ना से नितांत निर्बोध कर्मनाशा रामकन्हाई ने जैसे-तैसे एक बहाना बनाकर कुछ दिनों के लिए काशी में जाकर आश्रय लिया।

थोड़े ही दिनों बाद वरदासुन्दरी और नवद्वीप दोनों ही एक-दूसरे के खिलाफ जाली वकालतनामा तैयार करने के आरोप के साथ कचहरी जा पहुँचे। नवद्वीप ने अपने नाम का जो वकालतनामा निकाला, उसके नाम के हस्ताक्षर को देखकर गुरुचरण का हस्ताक्षर स्पष्ट प्रमाणित होता है, इसके लिए दो-एक निःस्वार्थ गवाह भी मिल गये। वरदासुन्दरी की ओर से अकेले नवद्वीप के पिता ही गवाह रहे और हस्ताक्षर का पहचानना अन्य किसी के लिए संभव नहीं। उनके अपने घर में पलता हुआ एक ममेरा भाई था; वह बोला, "दीदी, चिन्ता की कोई बात नहीं है। मैं गवाही दूँगा और दूसरे गवाह भी जुटाऊँगा।"

मामला जब पूरी तरह तैयार हो गया, तब नवद्वीप की माँ ने रामकन्हाई को क़ाशी से बुलवा भेजा। वे थैला और छाता हाथ में लेकर वे यथासमय आ उपस्थित हुए। हाथ जोड़कर मुस्कराते हुए बोले, "गुलाम हाज़िर है, अब महारानी की क्या अनुमति होती है?"

गृहिणी ने सिर हिलाकर कहा, "बहुत हुआ, अधिक हँसी-ठट्टा न करो। इतने दिन बहाना बनाकर काशी में बिता आये, एक दिन के लिए भी मेरी याद नहीं आई!"

इस प्रकार दोनों पक्ष बहुत देर तक परस्पर प्रेम का अभियोग लगाते रहे।

नालिश अन्त में व्यक्ति को छोड़कर जाति पर जा पहुँची। नवद्वीप की माँ पुरुष के प्रेम की तुलना मुसलमान के मुर्गी-वात्सल्य के साथ करने लगी। नवद्वीप के पिता ने कहा, "रमणी के मुख में मधु, हृदय में छुरी है।" यद्यपि इस मौखिक मधुरता का परिचय उसको कब मिला, कहना कठिन है।

इसी बीच रामकन्हाई को सहसा कचहरी से एक गवाह का समन मिला। हतवाक् हो वे जब उसके मर्मग्रहण की चेष्टा कर रहे थे तभी नवद्वीप की माँ ने आकर रोना-पीटना शुरू कर दिया। बोली, "उस चुड़ैल ने मेरे नवद्वीप को उसके ताऊ के उत्तराधिकार से वंचित भर करना चाहा हो इतना ही नहीं है, ऊपर से मेरे लाल को जेल भिजवाने का भी बन्दोबस्त कर रही है।"

और अन्त में, धीरे-धीरे सारे मामले का अनुमान लगाकर रामकन्हाई की आँखें खुली ही खुली रह गई। वे ऊँचे स्वर में बोल उठे, "तुम सबने यह क्या सर्वनाश कर डाला।"

गृहिणी धीरे-धीरे निजमूर्ति धारण कर बोलीं, "क्यों, क्या इसमें नवद्वीप की ओर से कोई दोष हुआ है? क्या वह अपने ताऊ की सम्पत्ति लेगा नहीं? ऐसे ही बिना प्रतिवाद के छोड़ देगा।" कहाँ से एक कानी ख़समखानी, कोढ़िन आकर कर्तृ-धर्तृ ही जम बैठी—इसे कौन उच्चकुल प्रदीप कनकचन्द्र सन्तान सह सकती है? मान लिया कि मृत्यु समय में तथा डाइन के मंत्र बल से किसी मूढ़ मति ताऊ को बुद्धि भ्रम हो भी गया हो और उसके हीरे से भतीजे ने यदि उस भ्रम को अपने हाथों सुधार लिया हो तो ऐसा क्या अपराध हो गया?

हतबुद्धि रामकन्हाई ने जब देखा कि उनकी स्त्री और पुत्र दोनों मिलकर कभी तर्जन-गर्जन तो कभी अश्रु-विसर्जन करने लगे, तब सिर पीटकर वह चुप बैठे रह गये—अन्न त्याग दिया, जल तक स्पर्श नहीं किया।

इस प्रकार दो दिन मौन अनशन में बीत गये। मुक़द्दमें का दिन आ गया। इस बीच नवद्वीप ने वरदासुन्दरी के ममेरे भाई को डरा-धमका कर, प्रलोभन देकर ऐसे वश में कर लिया कि उसने अनायास ही नवद्वीप के पक्ष में गवाही दी। जब जयश्री वरदासुन्दरी को त्याग दूसरी ओर जाने को उद्यत हो रही थी, तभी रामकन्हाई की पुकार हुई।

अनशन से मृतप्रायः सूखे होंठ सूखे मुँह वृद्ध ने काँपती दुर्बल उँगलियों से गवाहमंच के कटघरे को जकड़कर पकड़ लिया। चतुर बैरिस्टर ने अत्यन्त चतुराई से पेट की बात को निकालने के लिए जिरह शुरू की—बहुत दूर से आरम्भ कर, सावधानी से अत्यन्त धीर वक्रगति से प्रसंग के निकटवर्ती होने का उद्योग करने लगे।

तब रामकन्हाई जज की ओर घूमकर हाथ ज़ोड़े बोले, "हुज़ूर, मैं वृद्ध, बेहद कमजोर हूँ। मुझमें अधिक बोलने की सामर्थ्य नहीं। मुझे जो कुछ कहना है संक्षेप में कहे देता हूँ। मेरे बड़े भैया स्वर्गीय गुरुचरण चक्रवर्ती मरने के समय अपनी सारी

सम्पत्ति का वसीयतनामा अपनी पत्नी श्रीमती वरदासुन्दरी के नाम कर गये। वह वसीयतनामा मैंने अपने हाथ से लिखा और भैया ने अपने हाथ से हस्ताक्षर किए। मेरे पुत्र नवद्वीप चन्द्र ने जो वसीयतनामा पेश किया है वह जाली है।'' कहते-कहते काँपते हुए रामकन्हाई मूर्च्छित हो गये।

चतुर बैरिस्टर विनोदपूर्वक बग़ल के एटर्नी से बोले, ''इस आदमी को कहाँ से कसकर पकड़ा।''

ममेरा भाई दौड़ा हुआ दीदी से जाकर बोला, ''बूढ़े ने सारी मिट्टी पलीद कर दी थी—मेरी गवाही से मुक़द्दमें की रक्षा हुई।''

दीदी बोली, ''ऐसी बात है। आदमी को कौन पहचान सकता है? मैं तो बूढ़े को भला आदमी समझती थी।''

जेल जा चुके नवद्वीप के बुद्धिमान मित्र बहुत सोचकर इस नतीजे पर पहुँचे कि जरूर ही वृद्ध ने डर से यह काम कर डाला है। गवाह के कठघरे में खड़े होकर बूढ़े की बुद्धि ठिकाने नहीं रही, ऐसा जड़ मूर्ख सारे शहर में ढूँढे नहीं मिलेगा।

घर लौटकर रामकन्हाई को जोरदार बुखार ने घेर लिया। बड़बड़ाहट्ट में बेटे का नाम लेते-लेते यह निर्बोध सर्व-कर्म विनाशकारी नवद्वीप का बेकार पिता, दुनिया से कूच कर गया।

नाते-रिश्तेदारों में से किसी-किसी ने कहा, ''और कुछ दिन पहले ही चला गया होता तो अच्छा होता...''

प्रथम प्रकाशन/साधना/अग्रहायण, बंगाब्द 1298
मूल शीर्षक : खोकाबाबूर प्रत्यावर्तन

मुन्ना बाबू की वापसी

राइचरण जब पहले-पहल मालिक के यहाँ नौकरी करने आया तब उसकी उम्र बारह वर्ष की थी। जैसोर ज़िले में उसका घर था। लम्बे बाल, बड़ी-बड़ी आँखें, साँवला, चिकना और छरहरा। जात से कायस्थ। उसके मालिक भी कायस्थ थे। मालिक के एक साल के बच्चे की देखभाल और पालन-पोषण में सहायता करना ही उसका मुख्य काम था।

इस बच्चे ने समय के साथ ही राइचरण की गोद छोड़कर स्कूल, स्कूल छोड़कर कॉलेज, अन्त में कॉलेज छोड़कर मुंसिफ़ी में प्रवेश किया। राइचरण अब भी उनका नौकर था।

उसके मालिक की एक और बढ़ोतरी हुई है—माँजी घर में पधारी हैं। इसीलिए अनुकूल बाबू पर राइचरण का पहले जितना अधिकार था उसका अधिकतर भाग नयी मालकिन के हाथों में आ गया है। पर मालकिन ने जैसे राइचरण का पूर्वाधिकार घटा दिया है, वैसे ही एक नया अधिकार सौंप, उसका बहुत-कुछ पूरा भी कर दिया है। कुछ ही दिन हुए अनुकूल के एक पुत्र हुआ है—और राइचरण ने मात्र अपनी चेष्टा और अध्यवसाय से उसे पूरी तरह अपने वश में कर लिया है। वह उसे इतने उत्साह के साथ झुलाना शुरू करता है, उसे दोनों हाथों से पकड़ ऐसी निपुणता के साथ आकाश में उछालता है, उसके मुँह के पास जाकर ऐसी आवाज़ के साथ सिर हिलाता रहता है, किसी उत्तर की आशा न करके ऐसे सब बिल्कुल अर्थहीन, असंगत प्रश्न सुर के लहजे में शिशु से करता रहता है कि यह छोटा अनुकूल वंशजात राइचरण को देखते ही एकदम पुलकित हो उठता है।

और जब बच्चा घुटनों के बल रेंगता अत्यन्त सावधानी से चौखट पार करता और किसी के पकड़ने आने पर खिलखिलाहट भरी हँसी और किलकारी के साथ तेज़ी से किसी सुरक्षित स्थान में छिपने की कोशिश करता, तब राइचरण उसके असाधारण चातुर्य और विचार-शक्ति को देखकर चकित रह जाता। वह माँजी के पास जाकर गर्व और विस्मय से कहता, "माँ, तुम्हारा बेटा बड़ा होकर जज बनेगा, और पाँच हजार रुपये का रोज़गार करेगा।"

दुनिया में कोई दूसरी मानव सन्तान इस आयु में चौखट लाँघने जैसा असम्भव चातुर्य का परिचय दे सकती है यह राइचरण की समझ से परे है, केवल भावी जज

के लिए ही कुछ आश्चर्य नहीं।

आखिर शिशु ने जब टलमला कर चलना शुरू किया तो वह आश्चर्यजनक घटना थी और जब माँ को माँ, बुआ को बुई तथा राइचरण को चन्न कहकर पुकारने लगा, तो राइचरण उस अविश्वसनीय सम्वाद की जिस-तिस के पास घोषणा करने लगा। सबसे आश्चर्य की बात तो यह है कि यह माँ को माँ, बुआ को बुआ, पर मुझे चन्न कहता है।' वास्तव में, शिशु के मस्तिष्क में यह बुद्धि कैसे आयी, कहना कठिन है। निश्चय ही कोई वयस्क व्यक्ति कभी भी इस प्रकार के असाधारणत्व का परिचय नहीं दे सकता और यदि देता भी तो उसके जज पद-प्राप्ति की संभावना के विषय में जनसाधारण के मन में सन्देह उत्पन्न होता।

कुछ दिनों बाद राइचरण को मुँह में रस्सी लगाकर घोड़ा बनना पड़ा। और मल्ल बनकर शिशु के साथ कुश्ती लड़नी पड़ी—फिर पराभूत होकर भूमि पर धराशायी न होने पर तो भारी विप्लव मच जाता।

इसी समय अनुकूल बाबू की पद्मा नदी के किनारे वाले किसी ज़िले में बदली हो गयी। अनुकूल अपने शिशु के लिए कलकत्ता से बच्चों की एक ठेलागाड़ी ले गये। साटिन का कुर्ता, सिर पर ज़री की टोपी, हाथों में सोने के कड़े और पैरों में पाजेब पहनाकर राइचरण नव कुमार को दोनों वक्त गाड़ी में हवा खिलाने ले जाता।

वर्षा ऋतु आयी। भूखी पद्मा अपने एक-एक ग्रास में बाग़-बगीचे, गाँव के गाँव और शस्य खेत मुख में डालती चली गयी। बालूचर के काम-वन और वन झाऊ पानी में डूब गया। किनारे के टूटने के निरन्तर झुपझाप शब्द और जल के गर्जन से दसों दिशाएँ मुख़रित हो उठीं और तीव्र वेग से बहती फेन राशि ने नदी के तेज बहाव को प्रत्यक्ष दिखा दिया था।

दोपहर में बादल छाये थे लेकिन वर्षा की कोई संभावना नहीं थी। राइचरण के ख़ब्ती छोटे मालिक किसी भी तरह घर में रहना नहीं चाहते थे। गाड़ी में चढ़ बैठे। राइचरण धीरे-धीरे गाड़ी ठेलता हुआ धान के खेत के किनारे नदी किनारे पर आ पहुँचा। नदी में एक भी नाव नहीं, खेत में एक भी आदमी नहीं—बादलों की सूराखों से ही दीख पड़ा कि उस पार निर्जन बालुका-तीर पर शब्दहीन दीप्त समारोह के साथ सूर्यास्त का आयोजन हो रहा है। उस निस्तब्धता के बीच सहसा शिशु ने एक ओर उँगली-निर्देश करते हुए कहा—"चन्न, फू··· ।"

कुछ ही दूर जलपूर्ण पंकिल भूमि पर एक विशाल कदम्ब वृक्ष की ऊँची डाल पर कई एक कदम्ब के फूल खिले थे, उसी ओर शिशु की लुब्ध दृष्टि आकृष्ट हुई थी। दो-चार दिन हुए, राइचरण ने उन्हें एक सींक में पिरोकर कदम्ब फूल की गाड़ी बना दी थी, उसे रस्सी से बाँधकर खींचने में इतना आनन्द आया था कि उस दिन फिर राइचरण को लगाम नहीं बाँधनी पड़ी, घोड़े से एकबारगी ही सईस के पद पर उसकी

पदोन्नति हो गयी थी।

कीचड़ में से होते हुए फूल चुन लाने की इच्छा चन्न की नहीं हुई। जल्दी से विपरीत दिशा में उँगली-निर्देश कर वह बोला, "देखो-देखो-व-ह-देखो चिड़िया, वह उड़ गई। अरी चिड़िया, आ-जा रे····" इस प्रकार निरन्तर कई तरह से बहलाता हुआ वह वेग से गाड़ी ठेलने लगा।

किन्तु जिस बालक के भविष्य में जज होने की कुछ भी संभावना हो, उसे इस प्रकार सामान्य उपायों से भूलाने की कोशिश बेकार है—और खास तौर पर तब, जबकि चारों ओर दृष्टि आकर्षण के लिए उपयोगी कुछ भी नहीं था और काल्पनिक चिड़िया को लेकर अधिक समय तक काम नहीं चलता।

राइचरण ने कहा, "तब तुम गाड़ी में ही बैठे रहना, मैं चट् से फूल चुनकर ला रहा हूँ। खबरदार, किनारे पर मत जाना।" कहते हुए घुटने के ऊपर धोती उठाकर वह कदम्ब वृक्ष की ओर चल पड़ा।

पर जल के किनारे जाने का जो निषेध हुआ—इससे शिशु का मन कदम्ब फूल से प्रत्यावृत्त हो—उसी क्षण जल की ओर दौड़ा। देखा, जल कलकल-छलछल करता दौड़ता चला जा रहा है; जैसे शैतानी करते किसी राइचरण के हाथ से बचकर एक लाख शिशु हँसते हुए तेजी से भागे जा रहे हों।

मानव शिशु का चित्त चंचल हो उठा। गाड़ी से धीरे-धीरे उतर कर वह जल के किनारे गया—एक लम्बी घास बीन उसमें बंसी की कल्पना कर झुककर मछली पकड़ने लगा—विह्वल जलराशि ने अस्फुट चंचल भाषा में शिशु को बार-बार अपने खेल के घर में आने का आह्वान जताया। एक बार झप से एक शब्द हुआ, किन्तु वर्षा में पद्मा के किनारे ऐसे शब्द कितने ही सुनायी पड़ते हैं। राइचरण ने अँगोछा भर कर कदम्ब के फूल चुने। पेड़ से उतर कर वह मुस्कराता हुआ गाड़ी के पास आया। देखा—कोई नहीं है। चारों ओर ताका, कहीं किसी का कोई चिह्न तक नहीं।

क्षणभर में राइचरण के शरीर का सारा ख़ून जमकर बर्फ हो गया, सारा जगत् मलिन विवर्ण धूमिल-सा लगने लगा। वह टूटे दिल से एक बार जी-जान लगाकर चिल्ला उठा, "बाबू—मुन्ना बाबू—मेरे प्यारे भैया बाबू···!"

किन्तु 'चन्न' कहते किसी ने उत्तर नहीं दिया, किसी शिशु कण्ठ की शैतानी भरी हँसी भी नहीं सुनायी पड़ी, केवल पद्मा पूर्ववत् छल्छल्-कल्कल् कर भागती जा रही थी जैसे वह कुछ भी न जानती हो और दुनिया भर की इन तमाम साधारण घटनाओं की ओर ध्यान देने के लिए उसके पास जैसे एक क्षण का भी समय न हो।

सन्ध्या हो जाने पर उत्कण्ठित जननी ने चारों ओर आदमी दौड़ाये—हाथ में लालटेन लिये हुए आदमियों ने नदी के किनारे देखा, राइचरण निशीथ की तूफ़ानी

हवा के समान सारे खेतों में—"बाबू—मेरे मुन्ना बाबू"··· कहता बैठे गले से चिल्लाता फिर रहा है। अन्त में घर लौटकर राइचरण माँजी के पैरों में आकर धड़ाम-से गिरा। उससे जितना ही पूछा जाता, वह रोते-रोते यही बताता—"मुझे कुछ नहीं मालूम माँ!"

यद्यपि सभी ने मन-ही-मन समझ लिया कि यह काम पद्मा नदी का ही है, फिर भी गाँव के पास ख़ानाबदोशों के एक दल का समागम हुआ है, उनके प्रति भी संदेह दूर नहीं हुआ। और माताजी के मन में ऐसा सन्देह उपस्थित हुआ कि शायद राइचरण ने उसे कहीं छिपा रखा है; यहाँ तक कि उसे बुलाकर बड़ी चिरौरी करते हुए बोलीं, "तू मेरे बच्चे को लौटा दे—तू जितने रुपये चाहे मैं तुझे दूँगी।"

यह सुनकर राइचरण ने माथा पीट लिया।

मालकिन ने उसे भगा दिया।

अनुकूल बाबू ने अपनी पत्नी के मन से राइचरण के प्रति इस अनुचित सन्देह को दूर करने की चेष्टा की थी। उन्होंने पूछा था, "आख़िर राइचरण ने ऐसा जघन्य अपराध किस उद्देश्य से किया होगा?"

मालकिन बोली, "क्यों, उसकी देह पर सोने के गहने जो थे।"

राइचरण अपने गाँव लौट गया। इतने दिनों तक उसे संतान नहीं हुई थी, होने की विशेष आशा भी नहीं थी। पर दैवयोग में वर्ष के पूरे होते न होते उसकी पत्नी ने अधिक आयु में एक पुत्र सन्तान को जन्म दे अपनी लोकलीला संवरण की।

इस नवजात शिशु के प्रति राइचरण के मन में अत्यन्त विद्वेष जगा। सोचा, यह जैसे छल से ही मुन्ना बाबू का स्थान अधिकार करने को आया हो। उसे लगा, मालिक के इकलौते बेटे को जल में बहाकर ख़ुद बेटे के सुख का उपभोग करना जैसे एक महापाप हो। अगर राइचरण की विधवा बहिन न होती तो यह शिशु पृथ्वी की वायु का अधिक दिन भोग नहीं कर पाता।

आश्चर्य की बात यह है कि इस बच्चे ने भी थोड़े दिनों के बाद ही चौखट लाँघना शुरू किया और सभी प्रकार की मनाही की अनदेखी करने में कौतुक सहित चतुरता प्रकट करने लगा। यहाँ तक कि इसका कण्ठस्वर, हँसने-रोने की आवाज बहुत कुछ उसी शिशु जैसी थी। कभी-कभी जब उसका रोना सुनकर, राइचरण की छाती सहसा ज़ोरों से धड़कने लगती। लगता, भैया बाबू राइचरण को न पाकर कहीं रो रहा है।

फेलूना—राइचरण की बहन ने इसका नाम रखा था फेलूना। समय आने पर उसने 'बुआ' को 'बुआ' कहकर बुलाया। उस परिचित बुलाहट को सुनकर एक दिन

सहसा राइचरण के मन में आया—फिर तो मुन्ना बाबू मेरा मोह-बंधन तुड़ा नहीं पाये हैं। उसने तो मेरे घर में ही आकर जन्म लिया है!

इस विश्वास के पक्ष में कई अकाट्य तर्क थे। पहला, उसके जाने के साथ ही साथ इसका जन्म। दूसरा, इतने दिनों बाद अचानक उसकी पत्नी के गर्भ में ही सन्तान का जन्म-ग्रहण जो कभी भी स्त्री के निजगुण से नहीं हो सकता है। तीसरा, यह भी घुटनों के बल रेंगता है, टलमलाकर चलता है और बुआ को 'बुआ' कहता है। जिन सभी लक्षणों के रहने पर भविष्य में जज हुआ जा सकता है, उनमें से अधिकांश इसमें मौजूद हैं।

तब माँजी के उस भयानक सन्देह की बात सहसा याद आयी। चकित हो उसने मन-ही-मन कहा, "वाह, माँ के मन ने जान लिया कि उसके बच्चे को किसने चुराया है।" तब इतने दिनों तक शिशु की जो अवहेलना की थी उसके लिए बड़ा अनुताप हुआ। वह फिर शिशु की पकड़ में आ गया।

अब से फेलूना को राइचरण इस प्रकार पालने लगा जैसे वह बड़े घर का लड़का हो। उसे साटिन का कुर्त्ता खरीद दिया। ज़री की टोपी ले आया। मृत पत्नी के गहने गलाकर चूड़ी और बाला तैयार हुए। मुहल्ले के किसी भी लड़के के साथ उसे खेलने नहीं देता। रात-दिन केवल स्वयं ही उसके खेल का साथी रहता। मोहल्ले के लड़के मौका पाकर उसको नवाबज़ादा कहकर मजाक उड़ाते और गाँववाले राइचरण के इस प्रकार के सनकी आचरण से आश्चर्य में पड़ गये।

फेलूना की जब पढ़ने की उम्र हुई तब राइचरण अपनी सारी ज़मीन जायदाद बेच, उसे लेकर कलकत्ता चला गया। वहाँ बड़ी मुश्किलों से एक नौकरी का जुगाड़ करके उसने फेलूना को स्कूल भेजा। खुद जैसे-तैसे रहकर लड़के को अच्छा खिला-पहना कर अच्छी शिक्षा देने में कोई क़सर नहीं छोड़ता। मन-ही-मन कहता, 'बेटा, तू स्नेहवश मेरे घर में आया है। तेरी देखरेख में कोई कमी नहीं होगी।'

इसी तरह बारह वर्ष बीत गये। लड़का पढ़ने-लिखने में अच्छा और देखने में भी खासा मोटा-ताज़ा और उजले साँवले रंग श्यामवर्ण का था। पहनने-ओढ़ने की ओर उसका विशेष ध्यान था, मिजाज़ से भी कुछ शौक़ीन था। पिता को ठीक पिता-सा नहीं मान पाता था क्योंकि राइचरण स्नेह में पिता और सेवा में नौकर जैसा था। उसका एक दोष यह भी था कि वह फेलूना का पिता है, यह बात उसने सबसे छिपा रखी थी। जिस हॉस्टल में फेलूना रहता था, वहाँ के छात्र पूर्वी बंगाल के राइचरण का हमेशा मज़ाक उड़ाते और पिता की अनुपस्थिति में फेलूना भी उस हँसी-मज़ाक में शामिल रहता था।

राइचरण बूढ़ा हो चला है। मालिक उसके काम में हमेशा खोट ही निकालते। वास्तव में उसका शरीर अब शिथिल हो आया है। काम में भी उतना मन नहीं लगा पाता, हमेशा कुछ-न-कुछ भूल जाता। लेकिन जो व्यक्ति पूरा वेतन देगा वह किसी भी

बहाने को मानना नहीं चाहेगा। इधर राइचरण जो ज़मीन-जायदाद बेचकर नक़द धन संग्रह कर ले आया था, वह भी अब ख़त्म हो चला। आजकल फेलूना ने भी पहनने-ओढ़ने की कमी के मामले में हमेशा अपनी नापसन्दगी को ज़ाहिर करना शुरू कर दिया है।

एक दिन राइचरण ने अचानक काम से जवाब दे दिया और फेलूना को कुछ रुपये देकर बोला, "जरूरत आ पड़ी है, मैं कुछ दिनों के लिए गाँव जा रहा हूँ।" यह कहकर वह वारासत जा पहुँचा। उस समय अनुकूल बाबू वहाँ के मुन्सिफ़ थे।

अनुकूल के फिर दूसरी सन्तान नहीं हुई। गृहिणी अभी तक पुत्र-शोक हृदय में पाले जा रही है। एक दिन शाम को बाबू कचहरी से आकर विश्राम कर रहे थे और मालकिन किसी संन्यासी से सन्तान-कामना से बहुमूल्य जड़ी-बूटी और आशीर्वाद खरीद रही थीं। इतने में आँगन से आवाज़ आयी, "माँ, जय हो!"

बाबू ने पूछा, "कौन है रे?"

राइचरण ने आकर प्रणाम करते हुए कहा "मैं राइचरण हूँ।"

बूढ़े को देखकर अनुकूल बाबू का हृदय आर्द्र हो आया। उसकी वर्तमान हालत के बारे में हज़ारों प्रश्न और फिर से उसे काम में लगाने का प्रस्ताव दिया।

राइचरण ने म्लान हँसी के साथ कहा—"मैं माँजी को एक बार प्रणाम करना चाहता हूँ।"

अनुकूल उसको साथ ले अन्तःपुर में गये। माँजी ने प्रसन्न भाव से राइचरण का आदर नहीं किया। राइचरण इस बात पर ध्यान दिये बिना ही हाथ जोड़े बोला, "मालिक, मालकिन, मैंने ही तुम्हारे लड़के को चुराया है। न तो पद्मा ने और न ही किसी दूसरे ने, दरअसल कृतघ्न और अधम तो मैं ही हूँ।"

अनुकूल बोल उठे, "क्या कह रहे हो, कहाँ है वह!"

"जी मेरे पास ही है, मैं परसों ला दूँगा।"

उस दिन रविवार को कचहरी बन्द थी। प्रातःकाल से पति-पत्नी दोनों प्राणी उन्मुख हो रास्ता देख रहे थे। दस बजे फेलूना को साथ लेकर राइचरण हाज़िर हुआ।

अनुकूल की पत्नी ने बिना कोई प्रश्न किए, बिना कोई ननु-नच किये उसे गोद में बिठा, उसे स्पर्श कर, उसे सूँघकर, अतृप्त नयनों से उसके मुख को निहारा, और हँसते-रोते व्याकुल हो उठी। वास्तव में लड़का देखने में अच्छा था—वेश-भूषा, आकार-प्रकार में दरिद्रता का कहीं कोई चिह्न नहीं। मुख पर अत्यन्त प्रियदर्शन विनीत सलज्ज भाव उसे देखकर अनुकूल के हृदय में भी सहसा स्नेह

जाग उठा।

फिर भी उन्होंने अविचलित भाव धारण किये हुए पूछा, "क़ोई प्रमाण है?"

राइचरण ने कहा, "ऐसे काम का प्रमाण कैसे रह सकता है। मैंने जो तुम्हारा लड़का चुराया, इस बात को तो बस भगवान ही जानते हैं, दुनिया में दूसरा और कोई नहीं जानता।"

अनुकूल ने देखा कि लड़के को पाते ही उसकी पत्नी ने जिस आग्रह के साथ उसे सँभाल कर पकड़ रखा है, अब प्रमाण जुटाने के लिए प्रयत्न करना युक्तिसंगत नहीं होगा। जैसा भी हो, विश्वास करना ही ठीक होगा। इसके अलावा राइचरण ऐसा लड़का पायेगा कहाँ से और बूढ़ा नौकर अकारण ही उनकी प्रतारणा क्यों करेगा?

उन्होंने लड़के से भी बातचीत की और जाना कि वह बचपन से ही राइचरण के साथ है और राइचरण को ही वह पिता के रूप में जानता है। लेकिन राइचरण ने कभी पिता के समान उसके साथ व्यवहार नहीं किया, उसमें बहुत कुछ नौकर-सा ही भाव था।

अनुकूल मन के सन्देह को दूर हटाते हुए बोले, "लेकिन राइचरण, अब तू हम लोगों के पास भूल से भी नहीं फटक सकता।"

राइचरण हाथ जोड़े गद्गद वाणी से बोला, "मालिक, अब मैं बुढ़ापे में कहाँ जाऊँगा ?"

मालकिन ने कहा, "बेचारे को यहीं कहीं रहने दो, हमारे बच्चे का कल्याण होगा, उसे मैंने माफ़ कर दिया।"

न्यायपरायण अनुकूल ने कहा, "उसको क्षमा नहीं मिलेगी।"

राइचरण अनुकूल के पैरों से लिपटकर बोला, "मैंने कुछ नहीं किया, ईश्वर ने किया है।"

अपने पाप को ईश्वर के मत्थे मढ़ने की कोशिश देख अनुकूल और ज़्यादा चिढ़कर बोले, "जिसने ऐसा विश्वासघाती काम किया है, उसका फिर से विश्वास कर लेना उचित नहीं होगा।"

राइचरण ने मालिक के चरण छोड़ते हुए कहा, "वह मैं नहीं हूँ !"

"फिर कौन है?"

"मेरा भाग्य है।"

पर इस सफ़ाई से किसी शिक्षित व्यक्ति को सन्तोष नहीं हो सकता।

राइचरण बोला, "दुनिया में मेरा कोई नहीं है।"

फेल्ना ने जब यह पाया कि वह मुन्सिफ़ का लड़का है और राइचरण ने इतने दिनों तक उसे चुराकर अपना लड़का कहकर अपमानित किया है, तो उसे मन-ही-मन थोड़ा क्रोध आया; फिर भी उदारतापूर्वक पिता से बोला, "बाबूजी,

आप उसे माफ़ कर दें। घर में यदि न रखें तो उसके हर महीने कुछ रुपये बाँध दीजिये।"

राइचरण ने बिना कुछ बोले एक बार बेटे के चेहरे की ओर देखा, सबको प्रणाम किया। उसके बाद दरवाजे के बाहर जाकर दुनिया के अनगिनत लोगों में मिल गया।

महीने के अन्त में, अनुकूल ने जब उसके गाँव के पते पर कुछ रुपये भेजे तब वे रुपये लौट आये। वहाँ उस नाम का कोई व्यक्ति नहीं था।

प्रथम प्रकाशन/साधना/फाल्गुन, बंगाब्द 1298

कंकाल

जिस कमरे में हम बचपन के तीनों साथी सोते थे, उसके बग़ल के कमरे की दीवार पर एक पूरा नरकंकाल लटका हुआ था। रात को हवा में उसकी हड्डियाँ खट्खट् शब्द करतीं हिलती रहतीं। दिन के समय हम लोगों को उन हड्डियों को हिलाना-डुलाना पड़ता। उन दिनों पंडित महाशय से हम मेघनाद-वध और कैम्बल स्कूल के एक छात्र से अस्थि-विद्या पढ़ते थे। हमारे अभिभावकों की इच्छा थी कि हम लोगों को एकबारगी ही सर्व-विद्याओं में पारंगत बना देंगे। उनका उद्देश्य कहाँ तक सफल हुआ, हम लोगों को जो जानते हैं, उनके समक्ष प्रकट करना बेकार है; और जो जानते नहीं उनसे छिपाना ही बेहतर है।

उसके बाद बहुत दिन बीत गये। इस बीच उस कमरे से कंकाल और हमारे मस्तिष्क से अस्थि-विद्या कहाँ स्थानान्तरित हुई, खोज करने पर भी पता नहीं पड़ा।

कुछ दिन हुए, एक दिन रात में किसी कारण अन्यत्र स्थानाभाव होने से मुझे उसी कमरे में सोना पड़ा। अनभ्यासवश नींद नहीं आ रही थी। इस करवट उस करवट करते गिरजा की घड़ी के बड़े-बड़े घंटों ने लगभग सारे घंटे बजा दिये। इतने में कमरे के कोने में जो तेल का शेज जल रहा था, वह करीब पाँच मिनट तक भकभकाता हुआ बुझ गया। इसके पहले ही हमारे घर में दो-एक दुर्घटनाएँ घट चुकी थीं। इसलिए इस प्रकाश के बुझने से सहज ही मृत्यु की बात मन में उदित हुई। मन में आया, यह जो रात के दूसरे प्रहर में एक दीप-शिखा चिर अन्धकार में विलीन हो गयी, प्रकृति के लिए यह भी जैसी, और मनुष्य की छोटी-छोटी प्राण-शिखाएँ कभी दिन, कभी रात में सहसा बुझकर विस्मृत हो जाती हैं, वे भी वैसी ही हैं।

क्रमशः उस कंकाल की बात याद आयी। उसकी जीवितावस्था के विषय में कल्पना करते-करते सहसा लगा, एक चेतन पदार्थ अन्धकार में कमरे की दीवार टटोलते हुए मेरी मसहरी के चारों ओर चक्कर काटता फिर रहा है, उसके सघन निःश्वास का शब्द सुनायी पड़ रहा है। वह जैसे कुछ खोज रहा है, पर पा नहीं रहा है और बड़ी तेजी से सारे कमरे की परिक्रमा कर रहा है। निश्चित समझ पाया कि मेरे निद्राहीन उष्ण मस्तिष्क की यह सारी कल्पना है और मेरे ही मस्तिष्क में जो रक्त साँय-साँय करता दौड़ रहा है वही तेज़ कदमों की आहट के समान सुनायी पड़ रहा है। लेकिन फिर भी मेरे सारे शरीर में भय की एक लहर दौड़ गयी। इस अकारण भय को ज़बरदस्ती दूर करने के लिए बोल उठा, "कौन!"

पैरों की आवाज मेरी मसहरी के पास आकर रुक गयी और एक उत्तर सुनाई पड़ा, ''मैं ! मेरा वह कंकाल कहाँ गया, इसी से खोजने आई हूँ।''

मैंने सोचा, अपनी काल्पनिक सृष्टि से भयभीत होना ठीक नहीं। पाँव रखने की मसनद को बलपूर्वक कसकर पकड़े हुए चिरपरिचित के समान अत्यन्त सहज स्वर में बोला, ''आधी रात में यह अच्छा काम ढूँढ़ निकाला है। तो उस कंकाल की इस समय तुम्हें क्या ज़रूरत है?''

अंधकार में मसहरी के अत्यन्त निकट से उत्तर मिला, ''क्या कहते हो? मेरी छाती की हड्डी तो उसी में थी। मेरा छब्बीस वर्ष का यौवन तो उसी के चारों ओर विकसित हुआ था। एक बार देखने की इच्छा नहीं होगी?''

मैंने फ़ौरन कहा, ''हाँ, बात तो एकदम ठीक है। तो तुम जाकर खोजो। मैं थोड़ा सोने की कोशिश करूँ।''

उसने पूछा, ''तुम अकेले हो? फिर तो मैं थोड़ी देर बैठूँ। थोड़ी गपशप की जाए। पैंतीस साल पहले, मैं भी मनुष्य के पास बैठकर मनुष्य के साथ गपशप करती थी। इन पैंतीस वर्षों में मैं केवल श्मशान की वातास में हू-हू शब्द करता घूमती फिरी हूँ। आज तुम्हारे पास बैठकर फिर एक बार मनुष्य के समान गपशप करूँ।''

ऐसा लगा, मेरी मसहरी के पास कोई आ बैठा है। निरूपाय हो मैं कुछ अधिक उत्साह से बोला, ''यही ठीक है। जिससे मन खूब प्रफुल्लित हो, ऐसी कोई कहानी सुनाओ।''

उसने कहा, ''सबसे ज्यादा मज़ेदार कहानी यदि सुननी हो, तो मैं अपने जीवन की कहानी सुनाऊँ।''

गिरजे की घड़ी ने टन-टन दो बजाये।

''जब मैं जीवित थी और छोटी थी, तब एक व्यक्ति से यमराज के समान डरती थी। वह थे मेरे पति। मछली को बंसी से पकड़ने पर उसे जैसा लगता होगा मुझे भी वैसा ही लगता। अर्थात् कोई एक बिल्कुल अपरिचित जीव जैसे बंसी में फँसाकर मुझे मेरे स्निग्ध गंभीर जीवन-जलाशय से झटका देकर खींचे लिये जा रहा है—कैसे भी उसके हाथ से मुक्ति नहीं। विवाह के दो महीने बाद ही मेरे पति की मृत्यु हो गयी और मेरे नाते-रिश्तेदार मेरी ओर से बहुत रोये-धोये। मेरे ससुर ने बहुत से लक्षणों को मिलाकर देखा और सास से कहा, 'शास्त्र में जिसे विषकन्या कहते हैं, यह लड़की वही है।' यह बात मुझे अच्छी तरह याद है। सुन रहे हो! कैसा लग रहा है?''

मैंने कहा, ''अच्छा! कहानी की शुरुआत बड़ी मज़ेदार है।''

''आगे सुनो—मैं प्रसन्नता से मायके लौट आयी। धीरे-धीरे उम्र बढ़ने लगी। लोग मुझसे छिपाने की कोशिश करते, पर मैं अच्छी तरह जानती थी, मेरी जैसी सुन्दरी दुर्लभ है।...तुम्हें क्या लगता है?''

''शायद ऐसा ही हो! पर मैंने तो तुम्हें कभी देखा नहीं।''

"देखा नहीं। क्यों? मेरा यह कंकाल। हि हि हि हि! मैं मज़ाक कर रही थी। तुम्हारे पास मैं कैसे प्रमाणित करूँ कि उन दो खाली आँखों की कोटरों में उन दिनों बड़ी-बड़ी दो काली नुकीली आँखें थीं और वे लाल अधर जिन पर मन्द मुस्कान खेलती रहती थी, इस समय की अनावृत्त दन्तसार, विकट हास्य के साथ उसकी कोई तुलना ही नहीं हो सकती; और उन कई रूखी-सूखी अस्थिखण्डों के ऊपर इतना लालित्य और लावण्य, यौवन की इतनी कठिन-कोमल सुडौल परिपूर्णता प्रतिदिन प्रस्फुटित हो रही थी, तुमसे यह बताते हुए हँसी आती है और क्रोध भी आता है। तब मेरे उस शरीर से अस्थि-विद्या सीखी जा सकती है यह उस समय के बड़े-बड़े डॉक्टर भी विश्वास नहीं करते थे। मुझे पता है, एक डॉक्टर ने अपने किसी विशेष मित्र से मेरे लिए 'कनकचम्पा' कहा था। उसका मतलब यह कि दुनिया के सभी मनुष्य ही अस्थि-विद्या और शरीर तत्त्व के दृष्टान्त क्षेत्र थे, केवल मैं ही सौन्दर्यरूपी पुष्प के समान थी। कनकचम्पा में क्या कोई कंकाल रह सकता है?

मैं जब चलती थी तब स्वयं समझ पाती कि हीरे का टुकड़ा हिलाने पर उसके चारों ओर जैसे प्रकाश जगमगाता है, वैसे ही मेरी देह की प्रत्येक गति से सौन्दर्य भंगिमा—स्वाभाविक विभिन्न हिल्लोलों में चारों ओर फूट पड़ती। अक्सर मैं देर तक अपने दोनों हाथों को देखती रहती—दुनिया के सारे उद्धत पौरुष के मुँह में लगाम कसकर मधुर भाव से बस में कर सकें, ऐसे थे वे दो हाथ। सुभद्रा अर्जुन को लेकर जिस गर्वित भंगिमा से अपने विजय-रथ को विस्मित तीनों लोगों के बीच में से हाँककर ले गयी थी, शायद उनकी भी ऐसी ही दो सुडौल बाँहें, सुर्ख हथेलियाँ और लावण्य शिखा के समान उँगलियाँ रही होंगी।

किन्तु मेरे उस आवरणहीन पुराने चिरवृद्ध कंकाल ने मेरे नाम से तुम्हारे पास झूठी गवाही दी है। उस समय मैं निरुपाय और निरुत्तर थी। इस कारण दुनिया में सबसे अधिक तुम पर ही क्रोध आता है। इच्छा होती है, मेरे उस सोलह वर्षीय जीवन्त-यौवन ताप से उत्तप्त आरक्तिम रूप को एक बार तुम्हारी आँखों के आगे खड़ा कर, दीर्घकाल के लिए तुम्हारी दोनों आँखों की नींद उड़ा दूँ। तुम्हारी अस्थि-विद्या को अस्थिर बनाकर देश-निकाला दे दूँ।

मैंने कहा, "यदि तुम्हारी देह होती तो उस देह को छू शपथ लेकर कहता, उस विद्या का रंचमात्र मेरे मस्तिष्क में नहीं है। और, तुम्हारा यह भुवनमोहन पूर्ण यौवन रूप रजनी के अंधकार पथ पर प्रकटित है। और अधिक कहना नहीं होगा।"

"मेरी कोई सखी नहीं थी। भैया ने विवाह न करने की क़सम खा रखी थी। अन्तःपुर में मैं अकेली थी। बगीचे में पेड़ के नीचे अकेले बैठे मैं सोचती सारा विश्व मेरे से ही प्रेम कर रहा है, सारे तारे मेरा ही निरीक्षण कर रहे हैं, वातास बहाने से बार-बार दीर्घ निःश्वास छोड़ती बगल से निकली जा रही है और जिस तृणासन पर मैं दोनों पैरों को फैलाकर बैठी हूँ, उसमें यदि चेतना होती तो वह फिर से अचेतन हो

जाता। दुनिया के सारे युवा पुरुष उस तृण-पुंज रूप में दलबद्ध हो चुपचाप मेरे चरणवर्ती हो खड़े है, इस प्रकार की मैं कल्पना करती; अकारण हृदय में जाने कैसी वेदना का अनुभव होता।

''भैया के मित्र शशी शेखर जब मेडिकल कॉलेज से पास होकर निकले तो वही हमारे परिवार के डॉक्टर बने। मैंने पहले भी बहुत बार छिप-छिप कर उन्हें देखा था। भैया बड़े विचित्र आदमी थे—दुनिया को जैसे अच्छी तरह आँखे खोलकर नहीं देखते। संसार उनके लिए पूरी तरह खाली नहीं—इसलिए सरकते-सरकते एकबारगी छोर पर जाकर उन्होंने आश्रय लिया था।

उनके मित्रों में एक ही थे शशी शेखर। इसलिए बाहरी युवकों में हमेशा इन्हीं शशी शेखर को देखती ओर जब संन्ध्या समय पुष्पवृक्ष के तले मैं साम्राज्ञी का आसन ग्रहण करती तब दुनिया की सारी पुरुषजाति शशी शेखर की मूर्ति धारण कर मेरे चरणागत होती। सुन रहे हो? मन में कैसा लग रहा है?''

मैंने निःश्वास लेते हुए कहा, ''लग रहा है, शशी शेखर के रूप में ही जन्म लेता तो अच्छा होता।''

''पहले पूरा सुनो।''

''एक बार जब बदली के दिन थे मुझे बुखार आया। डॉक्टर देखने आये। वही मेरा प्रथम साक्षात्कार था. मैं खिड़की की ओर मुँह किये थी। संन्ध्या की लाल आभा के पड़ने से बीमार चेहरे की विवर्णता दूर हो गयी थी। जब डॉक्टर ने कमरे में घुसते ही मेरे मुँह की ओर एक बार देखा तब मैंने मन-ही-मन डॉक्टर की कल्पना में अपने मुख की ओर ताका। उस सन्ध्यालोक में कोमल तकिये पर एक क्लिष्ट कुसुम कोमल मुख; असंयमित छोटी लटें ललाट पर आ गिरी थी और लज्जा से झुके बड़े-बड़े नयन पल्लव कपोलों पर छाया विस्तार कर रहे थे।

डॉक्टर ने मृदु विनीत स्वर में भैया से कहा, ''एक बार तो हाथ देखना ही होगा।''

''मैंने हाथ को बाहर निकाल दिया। एक बार अपने हाथ की ओर ताककर देखा, यदि नीले रंग की काँच की चूड़ियाँ पहन पाती तो ये और भी सुन्दर दीखते। रोगी के हाथ को लेकर नाड़ी देखने में डॉक्टर की ऐसी हिचकिचाहट इसके पहले मैंने कभी नहीं देखी थी। अत्यन्त-असंलग्न भाव से काँपती उँगलियों से नाड़ी देखी, उन्होंने मेरे ज्वर के उत्ताप को जाना, मैंने भी उनके अन्तर की नाड़ी कैसी चल रही है, इसका कुछ आभास पाया। क्यों, विश्वास नहीं हो रहा है?''

मैंने कहा, ''अविश्वास का कोई कारण नहीं। मनुष्य की नाड़ी प्रत्येक अवस्था में समान रूप से नहीं चलती है।''

कालक्रम से और भी दो-चार बार रोग में और आरोग्य होने के बाद देखा, मेरी उस सन्ध्याकालीन मानस सभा में विश्व की करोड़ों पुरुष संख्या अत्यन्त ह्रास पाती

और अन्त में एक पर आ ठहरी। मेरी दुनिया प्रायः जनशून्य हो आयी। जगत में केवल एक डॉक्टर और एक रोगी ही बचे रहे।

''सन्ध्या समय मैं छिपकर एक वासन्ती रंग की साड़ी पहनती, अच्छी तरह जूड़ा बाँधकर बालों में बेला की एक माला लपेटती, एक आईना हाथ में लिये बगीचे में जा बैठती। अपने को देखकर कैसे भी परितृप्ति नहीं होती। वास्तव में नहीं होती। क्योंकि, मैं तो स्वयं अपने को नहीं देखती तब अकेले में बैठकर मैं दो होती। और तब मैं डॉक्टर की आँखों से अपने को देखती, मुग्ध होती और प्यार करती तथा दुलारती, फिर भी प्राणों के भीतर एक दीर्घ निश्वास सन्ध्या वातास के समान हाहाकार कर उठता।

''तब से फिर मैं अकेली नहीं रही। जब चलती तब आँखें नीची कर देखती मेरे पैरों की उँगलियाँ पृथ्वी पर किस प्रकार पड़ती हैं, और सोचती यह पदक्षेप हमारे नये परीक्षोत्तीर्ण डॉक्टर को कैसा लगता होगा। मध्याह्न में खिड़की के बाहर कड़ी धूप, कहीं कोई आवाज नहीं, बीच-बीच में एक चील बहुत दूर आकाश में शब्द करती उड़ जाती, और हमारे बगीचे के प्राचीर के बाहर खिलौनेवाला सुर में 'खिलौने लो, चूड़ी लो' कहता हाँकता जाता; मैं एक उज्ज्वल सफ़ेद चादर बिछा अपने हाथों बिछौना लगा सोती, एक अनावृत्त बाहु कोमल बिछौने पर जैसे अनादर से फैलाकर सोचती, इस हाथ को इस भंगिमा में न जाने किसने देखा, न जाने किसने दोनों हाथों से उठा लिया, न जाने कौन इसके आरक्त करतल पर चुम्बन जड़ते हुए फिर धीरे-धीरे लौटा जा रहा है—सोचो यदि कहानी का अन्त यही होता तो कैसा होता?''

मैंने कहा, ''बुरा नहीं। कुछ अधूरा अवश्य रहता पर उतने को अपने मन से पूरा करते हुए बाक़ी रात अच्छी तरह कट जाती।''

''किन्तु इससे तो कहानी बड़ी गम्भीर हो जाती। इसका व्यंग्य, कहाँ रहता! इसके भीतर का कंकाल अपनी समस्त दन्त पंक्ति फैलाये कहाँ दीखता?''

''उसके बाद सुनो। तनिक प्रसिद्धि पाते ही हमारे मकान की निचली मंज़िल पर डॉक्टर ने अपना दवाखाना खोला। तब मैं उनसे बीच-बीच में हँसते-हँसते दवा की बात, विष की बात, मनुष्य की कैसे सहज से मृत्यु होती है, यह सारी बातें पूछती रहती। डॉक्टरी बातों से डॉक्टर का मुँह खुल जाता। प्रेम और मृत्यु केवल इन दो को ही मैंने सारी दुनिया में देखा।

''मेरी कहानी अब समाप्त होने को ही है, अब अधिक बाक़ी नहीं है।''

मैंने मृदु स्वर में कहा, ''रात भी लगभग बीत ही चली है।''

''इधर कुछ दिनों से पाती डॉक्टर बाबू बड़े अन्यमनस्क से और मेरे सामने जैसे भारी लज्जित दीखते। एक दिन देखा, वे कुछ अधिक सज-धजकर भैया से उनकी बग्घी-जोड़ी माँगकर ले गये कि रात को कहीं जाएँगे।

मेरे से रहा नहीं गया। भैया के पास जाकर इधर-उधर की अनेक बातों के बाद

पूछा, "अच्छा भैया, डॉक्टर बाबू बग्घी लेकर आज कहाँ जा रहे हैं?"

संक्षेप में भैया ने कहा, "मरने।"

मैंने कहा, "नहीं, सच-सच बताओ न।"

उन्होंने पहले से कुछ खोलकर कहा, "विवाह करने।"

मैंने कहा, "सचमुच !" और यह कहकर मैं खूब हँसने लगी।

धीरे-धीरे सुनने में आया इस विवाह में डॉक्टर को बारह हज़ार रुपये मिलेंगे।

किन्तु मेरे से यह बात छुपाकर रख मुझे अपमानित करने का क्या अर्थ था। मैं क्या उनके पैर पकड़कर कहने गयी थी कि उनके ऐसा करने पर मैं छाती कूटकर मर जाऊँगी। पुरुषों पर विश्वास करने का उपाय नहीं। दुनिया में मैंने केवल एक ही पुरुष देखा है और एक ही क्षण में ही सारा ज्ञान हासिल कर लिया है।

सन्ध्या पहले डॉक्टर के रोगी देखकर कमरे में आने पर मैंने बहुत अधिक हँसते-हँसते कहा, "कहिये डॉक्टर साहब, क्या आज आपका विवाह है?"

मेरी प्रसन्नता देख केवल डॉक्टर लज्जित हुए हों ऐसा नहीं, वह बड़े उदास हो गये।

मैंने पूछा, "बात क्या है, जो बाजा-गाजा नहीं है।"

सुनकर कुछ लम्बी गहरी साँस भरते हुए बोले, "विवाह जैसी वस्तु क्या इतनी अधिक आनन्द की बात है।"

सुनकर मैं हँसते हुए बेहाल हो गयी। ऐसी बात भी तो कभी नहीं सुनी। मैंने कहा, "ऐसा नहीं होगा, बाजा बजना चाहिए, रोशनी होनी चाहिए।"

मैंने भैया को भी इतना परेशान किया कि भैया उसी समय पूरी तरह उत्सव के आयोजन में लग गये।

मैं तो बस यही बातें करने लगी, 'बहू के घर में आने पर क्या होगा, क्या करूँगी, फिर पूछा, "अच्छा डॉक्टर साहब, तब भी क्या आप रोगियों की नाड़ी टटोलते फिरेंगे?"

हि-हि-हि-हि। हालांकि मनुष्य का, विशेष तौर पर पुरुषों का, मन दृष्टिगोचर नहीं, फिर भी मैं शपथपूर्वक कह सकती हूँ, ये बातें डॉक्टर के हृदय पर सुई के समान बिंध रही थीं।

आधी रात के बाद लग्न था। सन्ध्या समय डॉक्टर छत पर बैठकर भैया के साथ दो-एक पेग शराब के पी रहे थे। दोनों की यह आदत थी। धीरे-धीरे आकाश में चाँद निकला।

मैंने हँसते-हँसते आकर बताया, "डॉक्टर साहब भूल गये क्या! यात्रा का समय तो हो गया है।"

यहाँ एक मामूली-सी बात बतानी ज़रूरी है। इसी बीच छिपकर दवाखाने में जाकर थोड़ा-सा चूर्ण इकट्ठा कर लायी थी और मैंने उस चूर्ण का कुछ भाग मौका

पाकर चुपचाप डॉक्टर के गिलास में मिला दिया था। किस चूर्ण को खाने पर आदमी मरता है, यह डॉक्टर से पहले ही जान लिया था।

डॉक्टर एक साँस में गिलास खाली कर कुछ आर्द्र गद्गद् कण्ठ से मेरे मुख की ओर मर्मान्तक दृष्टिपात करते बोले, "तो चलता हूँ।"

वंशी बजने लगी। मैंने एक बनारसी साड़ी पहनी। जितने गहने सन्दूक में थे सब निकालकर पहने, माँग में चौड़ा करके सिन्दूर भरा। उसी मौलश्री तले अपना बिस्तर बिछाया।

बड़ी सुन्दर रात थी। उज्ज्वल चाँदनी छिटक रही थी। सुप्त जगत की थकान हरती दक्षिण वायु बह रही थी। जुही और मोंगरे की सुगन्धि में सारा बगीचा गमक रहा था।

वंशी-ध्वनि जब क्रमशः दूर चली गयी और ज्योत्स्ना अन्धकार में परिणत हो आयी। ये तरुणपल्लव और आकाश तथा आजन्म काल के घर द्वार को लिये पृथ्वी जब मेरे चारों ओर से माया के समान विलीन होने लगी, तब मैं आँखें बंद कर हँसी।

इच्छा थी, जब लोग आकर मुझे देखेंगे तब यह हँसी जैसे गुलाबी नशे के समान मेरे होठों पर छायी रहे। इच्छा थी, जब मैं अनन्त रात्रि के वासरकक्ष में धीरे-धीरे प्रवेश करूँगी, तब यह हँसी भर यहाँ से मुख पर लेती जाऊँगी। कहाँ है वह वासरकक्ष! कहाँ है मेरी वह विवाह की वेशभूषा! अपने भीतर से एक खट्-खट् शब्द से जाकर देखा—मुझे लेकर तीन बालक अस्थि-विद्या सीख रहे हैं। हृदय के बीच जहाँ सुख-दुख धुक्-धुक् करते और यौवन की पंखुरिया दिन-प्रतिदिन एक-एक कर खुलती थीं, वहीं बेंत के संकेत द्वारा किस अस्थि का क्या नाम है, मास्टर सिखा रहे थे। और वह जो अन्तिम हँसी होठों पर मैंने प्रस्फुटित की थी, उसका कोई चिह्न वे देख पाये थे क्या? ..."कहानी कैसी लगी?"...

मैंने कहा, "कहानी तो बड़ी मजेदार है।"

इतने में पहली बार कौआ बोला।

मैंने पूछा, "अभी रुकोगी क्या?"

कोई उत्तर नहीं मिला।

तभी कमरे में भोर के प्रकाश ने प्रवेश किया।

प्रथम प्रकाशन/साधना/वैशाख, बंगाब्द 1298

त्याग

फाल्गुन की पहली पूर्णिमा। आम के बौर की सुगन्ध को लिये नव वसन्त की हवा बह रही है। पुष्करिणी के किनारे एक पुराने लीची के पेड़ के घने पल्लवों के बीच से एक पपीहे की पुकार मुखर्जी के घर के एक निद्राहीन शयनकक्ष में प्रवेश कर रही है। हेमन्त कुछ चंचल भाव से कभी अपनी पत्नी के बालों के एक गुच्छे को जूड़े से अलग कर अपनी उँगली में लपेटता है, तो कभी उसके बाले को चूड़ी से बजाता हुआ ठुंग···ठुंग··· शब्द करता है, कभी उसके बालों की फूलमाला को खींचकर स्थान बदलकर उसके मुँह पर लाकर डालता है। संन्ध्या समय के निस्तब्ध फूल के पेड़ को सचेतन करने के लिए वायु जैसे कभी इस ओर कभी उस ओर थोड़ा-थोड़ा हिलाती-डुलाती है, हेमन्त का भी बहुत कुछ वैसा ही भाव है।

किन्तु, कुसुम सामने के चन्द्रालोक प्लावित असीम शून्य में दोनों नेत्रों को निमग्न कर स्थिर हो बैठी है। पति की चंचलता उसको स्पर्श कर प्रतिहत हो लौटी जा रही है। अन्त में हेमन्त ने कुछ अधीर भाव से कुसुम के दोनों हाथों को हिलाते हुए कहा, "कुसुम तुम कहाँ हो! तुम जैसे एक बड़ी दूरबीन लगाकर बहुत ध्यान से देखने पर बिन्दुमात्र दिखायी दोगी, इतनी दूर जाकर पड़ी हो। मेरी इच्छा है, तुम आज मेरे कुछ अधिक पास आओ। देखो तो सही, कैसी सुहानी रात है।"

कुसुम ने शून्य से मुख फेर पति के मुख की ओर देखते हुए कहा, "यह चाँदनी रात, यह वसन्त काल, सब इसी क्षण मिथ्या ही नष्ट-भ्रष्ट हो सकते हैं, ऐसा एक मंत्र मैं जानती हूँ।"

हेमन्त ने कहा, "यदि जानती हो तो उसे बताने की जरूरत नहीं। हाँ, अगर कोई ऐसा मंत्र जानती हो जिससे हफ्ते में तीन-चार रविवार आ जाएँ या फिर रात शाम के पाँच-साढ़े पाँच तक ठहर जाए तो वह सुनने को मैं राज़ी हूँ।" यह कहते हुए उसने कुसुम को थोड़ा और पास खींचने की कोशिश की। कुसुम उस आलिंगन पाश से दूर होती हुई बोली, "अपनी मृत्यु के समय तुम्हें जो कुछ बताने का सोचा था, आज वह बताने की इच्छा हो रही है। आज जो मन में आ रहा है, तुम चाहे जितनी भी सज़ा क्यों न दो, मैं उसे झेल लूँगी।"

सज़ा के बारे में जयदेव का एक श्लोक सुनाकर हेमन्त मज़ाक करने की तैयारी में था। इतने में गुस्सैल चप्पल की चटाचट ध्वनि सुनाई दी। हेमन्त के पिता हरिहर मुखर्जी के क़दमों की परिचित आहट थी। वह हड़बड़ाकर उठा।

हरिहर कमरे के दरवाज़े के पास आकर क्रोध में गरजते हुए बोले, ''हेमन्त, बहू को अभी तुरन्त घर से भगा दो।''

हेमन्त ने पत्नी के मुँह की ओर देखा। पत्नी ने कुछ भी आश्चर्य प्रकट नहीं किया। केवल दोनों हाथों के बीच वेदना के मुँह छिपाकर अपने सारे बल और इच्छा से अपने को विलीन करने की कोशिश की। पपीहे का कमरे में प्रवेश करने वाला स्वर किसी के कानों में नहीं पड़ा। इतनी असीम सुन्दर पृथ्वी। इतनी सहजता से ही यहाँ का सब कुछ बेसुरा हो जाता है।

बाहर से लौटकर हेमन्त ने पत्नी से पूछा, ''यह सच है क्या?''

''सच है।'' पत्नी ने कहा।

''फिर इतने दिनों तक बताया क्यों नहीं?''

''कई बार बताने की चेष्टा की पर बता न सकी। मैं बड़ी पापिन हूँ।''

''तो आज सब कुछ खोलकर बताओ।''

कुसुम भी गम्भीर दृढ़ स्वर में सब कुछ बता गयी—कि कैसे अडिग क़दमों से, धीर गति से, आग के बीच से चलती गयी। कितनी दग्ध हो रही थी कोई न जान सका। सब कुछ सुनकर हेमन्त उठ गया।

कुसुम ने समझा, जो पति चले गये उनको फिर लौटकर नहीं पा सकेगी। उसे कोई आश्चर्य नहीं हुआ; यह घटना भी जैसे अन्य दिनों की घटना की तरह ही अत्यन्त सहज रूप में उपस्थित हुई। मन में ऐसी ही एक शुष्क जड़ता का संचार हुआ। यहाँ तक कि हेमन्त की अतीत की सारी प्रेम-वार्ताएँ याद कर अत्यन्त नीरस कठिन निरानन्द हँसी एक तेज धार वाली कठोर कटार के समान उसके मन के एक छोर से दूसरे छोर तक एक दाग़ छोड़ गयी। शायद उसने सोचा, जो प्रेम इतना अधिक-सा लगता है, इतना दुलार, इतनी प्रगाढ़ता—जिसका तिलमात्र विच्छेद ऐसा मर्मान्तक, जिसका मुहूर्त मात्र मिलन इतना घनानन्दमय, जो असीम अनन्त जैसा लगता है, जन्म-जन्मान्तर तक जिसकी समाप्ति की कल्पना नहीं की जा सकती—वह प्रेम यह है! इतने ज़रा-से पर निर्भर! समाज ने जैसे ही ज़रा-सा आघात किया, वैसे ही, असीम प्रेम चूर्ण की मुट्टी-भर धूल में बदल गया! हेमन्त काँपते स्वर में अभी कुछ ही पहले कानों के पास कह रहा था, 'सुहावनी रात!' वह रात तो अभी भी समाप्त नहीं हुई है। अभी भी वही पपीहा पुकार रहा है, दक्षिण वायु मसहरी हिलाती बही चली जा रही है, और ज्योत्स्ना, सुख श्रान्त सुप्त सुन्दरी की तरह पलंग के एक छोर पर निमग्न हो पड़ी है। सब मिथ्या है। 'प्रेम मुझसे भी अधिक झूठा और मक्कार है।'

दूसरे दिन सवेरे ही उनींदेपन से बेसुध हेमन्त पागल की तरह प्यारीशंकर घोषाल के घर जा पहुँचा। प्यारीशंकर ने पूछा, "कहो जी, क्या खबर है?"

हेमन्त भयानक आग-सा धधका और फिर जलते-जलते, कँपते-कँपते बोला, "तुमने हमारी जाति भ्रष्ट की है, सर्वनाश किया है—तुम्हें इसकी सज़ा भोगनी होगी" यह कहते-कहते उसका गला अवरुद्ध हो आया।

प्यारीशंकर थोड़ा हँसकर बोला, "और, तुम लोगों ने मेरी जाति की रक्षा की है, मेरे समाज की रक्षा की है, मेरी पीठ पर प्यार से हाथ फेरा है! मेरे प्रति तुम लोगों का बड़ा प्रेम है।"

हेमन्त की इच्छा हुई, उसी क्षण प्यारीशंकर को ब्रह्म तेज द्वारा भस्म कर दे, किन्तु उस तेज में वह स्वयं ही जलने लगा, प्यारीशंकर अच्छा-खासा स्वस्थ नीरोग भाव से बैठा रहा।

हेमन्त ने टूटे कण्ठ से पूछा, "मैंने तुम्हारा क्या बिगाड़ा था?"

प्यारीशंकर ने कहा, "मैं पूछता हूँ, मेरी इकलौती बेटी के सिवा मेरी कोई दूसरी सन्तान नहीं, मेरी उस कन्या ने तुम्हारे पिता के पास जाकर क्या अपराध किया था। तुम तब छोटे थे, तुम शायद नहीं जानते—तो फिर उस घटना को मन लगाकर सुनो। अधीर न होना भैया, इसमें बड़ी उलझने हैं :

मेरे दामाद नवकान्त मेरी कन्या के गहने चुराकर जब विलायत भाग गये, तब तुम बच्चे ही थे। फिर पाँच वर्ष बाद जब वह बैरिस्टर होकर देश लौट आये तो मौहल्ले में जो हो-हल्ला मचा—शायद तुम्हें कुछ-कुछ याद हो। हो सकता है तुम नहीं भी जानते हो, उस समय तुम कलकत्ते के स्कूल में पढ़ते थे। तुम्हारे पिता गाँव के मुखिया होकर बोले, "अगर कन्या को पति के घर भेजने का इरादा हो तो फिर उस कन्या को घर में वापस नहीं बुला सकोगे।" मैंने उनसे हाथ-पैर जोड़कर कहा, "भैया, इस बार तुम मुझे क्षमा करो। मैं लड़के को गोबर खिलाकर प्रायश्चित करवाता हूँ। तुम लोग उसे जात में ले लो।" तुम्हारे पिता किसी भी तरह राज़ी न हुए, मैं भी अपनी एकमात्र कन्या को छोड़ न सका। जात छोड़ी, देश छोड़ा, कलकत्ते में आकर घर बसाया। यहाँ आकर भी विपत्ति टली नहीं। जब अपने भतीजे के विवाह की सारी तैयारी कर ली, तब तुम्हारे बाप ने कन्या पक्ष को उत्तेजित कर वह विवाह तुड़वा दिया। मैंने भी प्रतिज्ञा की, यदि इसका बदला न लूँ तो मैं ब्राह्मण का लड़का नहीं।—अब तुम थोड़ा-बहुत समझ पाये होंगे। लेकिन और ज़रा सब्र करो, सारी घटना सुनने पर खुश होगे। इसमें बड़ा रस है।

तुम जब कॉलेज में पढ़ते थे तब तुम्हारे डेरे के बगल में ही विप्रदास चटर्जी का मकान था। बेचारे अब रहे नहीं। चटर्जी बाबू के घर में कुसुम नाम की एक बाल-विधवा अनाथ कायस्थ-कन्या आश्रिता थी। लड़की बड़ी सुन्दर थी—वृद्ध ब्राह्मण कॉलेज के जवान छोकरों की नज़र से उसे बचा रखने के लिए कुछ चिन्ताग्रस्त हो गये

थे। लेकिन, बूढ़े आदमी की आँखों में धूल झोंकना एक लड़की के लिए कुछ भी मुश्किल नहीं था। लड़की अक्सर छत पर कपड़ा सुखाने जाती और बिना छत पर गये शायद तुम्हें भी पाठ कण्ठस्थ न होता। दोनों छतों से तुम दोनों में परस्पर किसी प्रकार की बातचीत होती या नहीं, यह तो तुम्हीं दोनों जानो, किन्तु लड़की के रंग-ढंग देखकर बूढ़े के मन में भी सन्देह जागा क्योंकि घर के काम-काज में लगातार चूक होने लगी और तपस्विनी गौरी के समान दिन-दिन वह आहार-निद्रा का त्याग करने लगी। कभी-कभी तो वह सन्ध्या समय बूढ़े के सामने ही बिना बात आँसू नहीं रोक पाती।

अन्त में बूढ़े ने यह जान लिया कि छत पर तुम दोनों में मौक़े-बेमौक़े चुपचाप मुलाकातें होती रहती हैं। कॉलेज न जाकर दोपहर में छत के ऊपर की परछत्ती की छाया तले, छत के कोने में तुम पुस्तक हाथ में लिये बैठे रहते। एकांत में पढ़ने का अचानक तुममें इतना उत्साह जागा। विप्रदास जब मेरे पास सलाह के लिए आए तो मैंने कहा, 'काका, तुम तो बहुत दिनों से काशी जाने की सोच रहे हो—लड़की को मेरे पास रखकर तीर्थवास करने जाओ। उसकी जिम्मेदारी मैं लेता हूँ।'

विप्रदास तीर्थ चले गये। मैंने लड़की को श्रीपति चटर्जी के डेरे में रख उन्हें ही उसका पिता कहकर चला दिया। उसके बाद जो कुछ हुआ, वह तो तुम जानते ही हो। तुम्हारे पास शुरू से आखिर तक सब बातें खोलकर बताने में बड़ा मजा आया। यह जैसे एक कहानी की तरह है। इच्छा होती है, सब कुछ लिखकर एक किताब के रूप में छपाऊँगा। लिखना मेरे वश का नहीं। सुना है कि मेरा भतीजा थोड़ा-बहुत लिखता है, उससे लिखवाने की इच्छा है। पर, यदि तुम दोनों मिलकर लिखो तो सबसे उत्तम होगा, क्योंकि कहानी का उपसंहार मेरा अच्छी तरह जाना हुआ नहीं है।''

हेमन्त ने प्यारीशंकर की अन्तिम बातों पर विशेष ध्यान नहीं दिया। पूछा, ''कुसुम ने इस विवाह में कोई आपत्ति नहीं की?''

प्यारीशंकर बोले, ''आपत्ति की या नहीं, यह समझना बड़ा मुश्किल है। जानते ही हो भैया, स्त्री का मन—जब 'ना' कहती है तब 'हां' समझना पड़ता है। पहले तो इस नये घर में आकर कई दिन तुम्हें न देख पाने की वजह से जाने कैसी पगली-सी हो गयी थी। देखा, तुमने भी कहाँ से पता पा लिया था। अक्सर किताब हाथ में लिये कॉलेज की यात्रा करते तुम यह भूल जाते। और श्रीपति के डेरे के सामने आकर न जाने क्या खोजते-फिरते। ठीक प्रेसीडेन्सी कॉलेज का ही रास्ता खोजते हो ऐसा नहीं लगता था, क्योंकि भद्र व्यक्ति के घर की खिड़की के भीतर से केवल पतंगा और दीवाने युवकों के हृदय का रास्ता था। देख-सुनकर मुझे बड़ा दुख हुआ। देखा, तुम्हारी पढ़ाई में बड़ा ही विघ्न हो रहा है और लड़की की हालत भी संकटजनक है।

एक दिन कुसुम को बुलाकर कहा, 'बेटी, मैं बूढ़ा आदती हूँ, मुझसे संकोच करने की कोई जरूरत नहीं है। तुम मन-ही-मन जिसकी कामना करती हो, वह मैं जानता हूँ। लड़का भी बर्बाद होने जा रहा है। मेरी इच्छा है कि तुम दोनों का मिलन हो

जाए।' सुनते ही कुसुम एकबारगी छाती फाड़कर रोने लगी और भागकर चली गयी।

ऐसे ही अक्सर बीच-बीच में शाम को श्रीपति के घर जाकर, कुसुम को बुला कर तुम्हारी बात चलाकर, क्रमशः उसकी लज्जा को दूर किया। अन्त में रोजाना धीरे-धीरे बात-विचार करते हुए उसे समझाया कि विवाह के अलावा और कोई रास्ता नहीं है। इसके सिवा मिलन का दूसरा कोई उपाय नहीं। कुसुम बोली, 'कैसे होगा?' मैंने कहा, 'तुम्हें कुलीन घर की लड़की बताकर चला दूँगा।' बहुत वाद-विवाद के बाद उसने इस बारे में तुम्हारी राय क्या है—यह जानना चाहा। मैं बोला, 'लड़के की पागल होने जैसी हालत दीख रही है। ऐसे में उसे यह गोलमाल वाली बातें सुनाने की क्या ज़रूरत है ? काम को अच्छी तरह निर्विघ्न, निश्चिन्त पूरा हो जाने पर ही सब ओर से ठीक होगा। विशेषतः जब कभी भी इस बात के प्रकट होने की सम्भावना नहीं है, तब बेचारे को अपनी ओर से ज़बरदस्ती जीवन-भर के लिए क्यों दुखी करना है?''

कुसुम ने समझा या नहीं, यह मैं समझ नहीं पाया। कभी रोती तो कभी गुमसुम ही रहती। अन्त में जब मैं कहता, 'तब रहने दो', तब फिर वह बेचैन हो उठती। ऐसी हालत में श्रीपति ने तुम्हारे विवाह का प्रस्ताव भिजवाया। सहमति देने में तुम्हें तनिक भी देर नहीं लगी। तब विवाह का सारा कार्यक्रम तय हो गया।

विवाह से कुछ पहले कुसुम 'ना कर बैठी। हम लोग उसे किसी भी तरह वश में नहीं कर पा रहे थे। यह मेरे हाथ-पाँव जोड़ती; कहती, ''रहने दीजिए, ताऊजी।'' मैंने कहा, ''यह कैसी बला है ! सब कुछ तय हो गया है, अब क्या कहकर लौटाया जाए।'' कुसुम ने कहा, ''तुम यह खबर फैला दो कि मेरी अचानक मृत्यु हो गयी। मुझे यहाँ से कहीं दूर भेज दो।'' मैंने कहा, ''तब लड़के की क्या दशा होगी? उसकी बहुत दिनों की आशा कल पूरी होगी जान वह मानों स्वर्ग में चढ़ बैठा है, आज मैं सहसा उसे तुम्हारी मृत्यु की खबर दूँगा ! फिर दूसरे दिन तुम्हारे पास उसकी मृत्यु की खबर पहुँचानी होगी, और फिर उसी दिन शाम को मेरे पास तुम्हारी मृत्यु का समाचार आएगा। मैं क्या इस बुढ़ापे में स्त्री-हत्या, ब्राह्मण-हत्या करने को बैठा हूँ?''

उसके बाद शुभ-लग्न में शुभ-विवाह सम्पन्न हुआ। मैंने अपनी एक कर्त्तव्य-अदायगी से मुक्ति पा चैन की साँस ली। उसके बाद जो हुआ वह तो तुम जानते ही हो।''

हेमन्त ने कहा, ''हमारे साथ जो करना था, वह तो तुमने किया। अब इस बात को खोला क्यों?''

प्यारीशंकर ने कहा, ''मैंने जब देखा कि तुम्हारी छोटी बहन का विवाह बिल्कुल तय हो गया है तब मन-ही-मन सोचा, 'एक ब्राह्मण की जात ली लेकिन वह केवल कर्त्तव्य-बोध के कारण। फिर एक ब्राह्मण की जात जायेगी, मेरा कर्त्तव्य है इसे रोकना।' इसलिए उन्हें पत्र लिखा, बताया, हेमन्त ने जो शूद्र कन्या से विवाह किया

है उसका प्रमाण है।"

हेमन्त ने बड़ी कठिनाई से अपने आपको रोककर कहा, "अगर मैं इस लड़की को त्याग दूँ, तो उसकी क्या दशा होगी? आप उसे आश्रय देंगे?"

प्यारीशंकर ने कहा, "मेरा जो काम था, मैंने किया। अब दूसरे की परित्यक्ता स्त्री को पालना मेरा काम नहीं है। ···अरे भई सुनो, हेमन्त बाबू के लिए बर्फ़ डाल कर एक ग्लास डाब का पानी ले आओ और साथ में पान भी ले आना।"

हेमन्त ने इस सुशीतल आतिथ्य की प्रतीक्षा न की, चला गया।

कृष्णपक्ष की पंचमी। अँधेरी रात। पक्षी बोल नहीं रहे हैं। तालाब के किनारे लीची का पेड़ जैसे काले चित्रपट पर प्रगाढ़ दाग के समान पोता गया है। केवल दक्षिण वायु इस अंधकार में अन्धभाव से चक्कर काट रही है, मानों उसे रात के पंजे ने दबोच रखा हो। और आसमान के तारे निर्निमेष सतर्क नेत्रों से प्राण-पण से अंधकार भेदकर न जाने क्या रहस्य बुनने में लगे हैं।

सोने के कमरे में दीपक नहीं जल रहा है। हेमन्त खिड़की के पास पलंग पर बैठा सामने के अंधकार की ओर ताक रहा है। कुसुम धरती पर दोनों हाथों से उसके लिपटे पैर पर मुख रखे पड़ी है। समय जैसे स्तम्भित समुद्र की तरह स्थिर बना हुआ है। रात के पटल पर अदृष्ट चितेरे ने इस एक चिरस्थायी चित्र को अंकित कर रखा है। चारों ओर प्रलय, बीच में एक विचारक एवं उसके पैरों के पास एक अपराधिनी।

फिर चप्पल की आहट सुन पड़ी। हरिहर मुखर्जी द्वार के पास आकर बोले, "बहुत देर हो गयी, और अधिक समय नहीं दे सकूँगा। लड़की को कमरे से बाहर निकालो—भगाओ उसे।"

कुसुम ने यह स्वर सुनते ही एक बार मुहूर्त के लिए जीवन की साध मिटाते हुए हेमन्त के दोनों पैरों को दुगुने आवेग से जकड़कर पकड़ा, चरण-चुम्बन कर पैर की धूलि माथे पर ले पैर छोड़ दिये।

हेमन्त उठकर गया, पिता से बोला, "मैं पत्नी को त्याग नहीं सकता।"

हरिहर गरजकर बोले, "जात खोना है क्या?"

हेमन्त ने कहा, "मैं जात-पाँत नहीं मानता।"

"तब तू भी यहाँ से दूर हो जा।"

प्रथम प्रकाशन थे साधना; ज्येष्ठ, बंगाब्द 1299
मूल शीर्षक : एक रात्रि

एक रात

मैं सुरबाला के संग एक ही स्कूल पढ़ा हूँ, सुरबाला की माँ मुझे बड़ा दुलार देतीं और हम दोनों को साथ बिठाकर कहतीं, "वाह, कितनी सुन्दर जोड़ी है।"

छोटा था, लेकिन बात का मतलब समझ लेता था। सुरबाला पर किसी की अपेक्षा मेरा कुछ विशेष अधिकार था, यह बात मेरे मन में बैठ गई थी। इस अधिकार-मद से चूर होकर उस पर मैं शासन और अत्याचार न करता होऊँ, ऐसी बात न थी। वह भी सहजता से हर तरह से मेरी फरमाइश पूरी करती झेला करती। मुहल्ले में उसके रूप की प्रशंसा थी, लेकिन बर्बर बालक की दृष्टि में उस सौन्दर्य का कोई महत्व नहीं था। मैं तो बस यही जानता था कि सुरबाला ने अपने पिता के घर में मेरा प्रभुत्व स्वीकार करने के लिए ही जन्म लिया है, इसीलिए वह विशेष रूप से मेरी अवहेलना की पात्र है।

मेरे पिता चौधुरी जमींदार के नायब थे। उनकी इच्छा थी कि मेरे काम करने योग्य होते ही मुझे जमींदारी-सरिश्ते का काम सिखाकर कहीं गुमश्तागिरी दिला दें। किन्तु, मैं मन-ही-मन इसका विरोधी था। हमारे मुहल्ले के नीलरतन जिस तरह भागकर कलकत्ता में पढ़ना-लिखना सीखकर कलक्टर साहब के नाज़िर हो गए थे उसी तरह मेरे जीवन का लक्ष्य भी अत्युच्च था—'कलक्टर का नाज़िर न बन सका जो जजी अदालत का हेड क्लर्क हो जाऊँगा,' मैंने मन-ही-मन यह निश्चय कर लिया था।

मैं हमेशा देखता कि मेरे पिता इन अदालतजीवियों का बहुत सम्मान करते थे। अनेक अवसरों पर मछली-तरकारी, रुपये-पैसे से उनकी पूजा-अर्चना करनी पड़ती। यह बात भी मैं बाल्यवस्था से ही जानता था, इसलिए मैंने अदालत के छोटे कर्मचारी, यहाँ तक कि हरकारों को भी अपने हृदय में बड़े सम्मान का स्थान दे रखा था। ये हमारे बंगाल के पूज्य देवता थे, तेतीस कोटि देवताओं के छोटे-छोटे नवीन संस्करण। कार्य-सिद्धि-लाभ के सम्बन्ध में स्वयं सिद्धिदाता गणेश की अपेक्षा इनके प्रति लोगों में आन्तरिक निर्भरता कहीं अधिक थी, इसलिए पहले गणेश को जो कुछ प्राप्त होता था वह आजकल इन्हें मिलता था।

नीलरतन के दृष्टांत से उत्साहित होकर मैं एक दिन मौका पाकर कलकत्ता भाग गया। पहले तो गाँव के एक परिचित व्यक्ति के घर ठहरा। उसके बाद पढ़ाई के लिए पिता से भी थोड़ी-बहुत सहायता मिलने लग गई। पढ़ना-लिखना सुचारु रूप से चलने लगा।

इसके अलावा मैं सभा-समितियों में भी योग देता। देश के लिए प्राण देने की तुरन्त जरूरत है, इस विषय में मुझे कोई सन्देह न था। किन्तु, यह कठिन काम किस तरह किया जा सकता है, यह मैं नहीं जानता था, न इसका कोई दृष्टांत ही दिखाई पड़ता था। पर इससे मेरे उत्साह में कोई कमी नहीं आई। हम देहाती थे, कम उम्र में ही प्रौढ़ बुद्धि रखने वाले कलकत्ता वालों की तरह हर चीज का मज़ाक उड़ाना हमने नहीं सीखा था, इसलिए हम लोगों की निष्ठा बहुत दृढ़ थी। हमारी सभा के कार्यकर्ता व्याख्यान देते, और हम लोग चन्दे की किताब लेकर भूख-प्यासे दोपहर की धूप में दर-दर भीख माँगते फिरते, किनारे खड़े होकर विज्ञापन बाँटते, सभा-स्थल में जाकर बेंच-कुर्सी लगाते, दल के नायक के बारे में किसी के कुछ कहने पर कमर बाँधकर मार-पीट करने पर उतारू हो जाते। शहर के लड़के हमारे ये लक्षण देखकर हमें गँवार कहते।

आया तो था नाज़िर बनने, पर मैजिनी, गैरीबाल्डी बनने की तैयारी करने लग गया। इन्हीं दिनों मेरे पिता और सुरबाला के पिता ने एकमत होकर सुरबाला के साथ मेरा विवाह कर देने का निश्चय किया।

मैं पन्द्रह वर्ष की अवस्था में कलकत्ता भाग आया था, उस समय सुरबाला की उम्र आठ वर्ष थी। अब मैं अठारह वर्ष का था। पिता के अनुसार मेरे विवाह की आयु धीरे-धीरे निकली जा रही थी। पर मैंने मन-ही-मन यह प्रतिज्ञा कर ली थी कि आजीवन अविवाहित रहकर स्वदेश के लिए मर मिटूँगा। मैंने पिता से कहा, "पढ़ाई पूरी किये बिना मैं विवाह नहीं कर सकता।"

दो चार महीने के बाद ही खबर मिली कि वकील रामलोचन बाबू के साथ सुरबाला का विवाह हो गया है। मैं तो पतित भारत की चंदा-वसूली के काम में व्यस्त था, मुझे यह समाचार अत्यन्त तुच्छ मालूम पड़ा।

एन्ट्रेंस पास कर लिया था, फर्स्ट ईयर आर्ट्स में जाने का विचार था कि तभी पिता की मृत्यु हो गई। परिवार में मैं अकेला नहीं था; माता थीं और दो बहनें। अतएव कॉलेज छोड़कर काम की तलाश में निकलना पड़ा। बहुत कोशिशों के बाद नोआखाली डिवीजन के एक छोटे-से शहर के एन्ट्रेस स्कूल में असिस्टैण्ट मास्टर का पद मिला। सोचा, 'मेरे उपयुक्त काम मिल गया। उपदेश तथा उत्साह प्रदान करके प्रत्येक विद्यार्थी को भावी भारत की सेनापति बना दूँगा।'

काम शुरू कर दिया। देखा, भारतवर्ष के भविष्य की अपेक्षा आसन्न इम्तहान की चिन्ता कहीं ज्यादा की जाती थी। छात्रों को व्याकरण और बीजगणित के बाहर की कोई बात बताते ही हेडमास्टर नाराज हो जाते। दो-एक महीने में मेरा उत्साह ठंडा पड़ गया।

हमारे-जैसे प्रतिभाहीन लोग घर में बैठकर तो अनेक तरह की कल्पनाएँ करते रहते हैं, पर अन्त में कर्म-क्षेत्र में उतरते ही कन्धे पर हल का बोझ ढोते हुए पीछे से

पूँछ मरोड़ी जाने पर भी सिर झुकाए सहज भाव से रोजाना खेत गोड़ने का काम कर शाम को भरपेट चारा पाकर ही सन्तुष्ट रहते हैं। फिर कूद-फांद करने का उत्साह नहीं बचता।

आग लगने के डर से एक-न-एक मास्टर को स्कूल में ही रहना पड़ता। मैं अकेला था, इसलिए यह भार मेरे ही ऊपर आ पड़ा। स्कूल के बड़े झोंपड़े से सटी हुई एक झोंपड़ी में मैं रहता। स्कूल बस्ती से कुछ दूर एक बड़ी पुष्करिणी के किनारे था। चारों ओर सुपारी, नारियल और मदार के पेड़ तथा स्कूल से लगे आपस में सटे हुए नीम के दो पुराने विशाल पेड़ छाया देते रहते।

अभी तक मैंने एक बात का उल्लेख नहीं किया, न मैंने उसे इस योग्य ही समझा। यहाँ के सरकारी वकील रामलोचन राय का घर हमारे स्कूल के पास ही था। और उनके साथ उनकी स्त्री मेरी बाल्य-सखी सुरबाला थी, यह मैं जानता था।

रामलोचन बाबू के साथ मेरा परिचय हुआ। सुरबाला के साथ मेरा बचपन में परिचय था यह रामलोचन बाबू जानते थे या नहीं, मैं नहीं जानता। मैंने भी नया परिचय होने के कारण उस विषय में कुछ कहना उचित न समझा। यही नहीं सुरबाला किसी समय मेरे जीवन के साथ किसी रूप में जुड़ी हुई थी, यह बात मेरे मन में ठीक तरह से उठी ही नहीं।

एक दिन छुट्टी के रोज़ रामलोचन बाबू से भेंट करने उनके घर गया था। याद नहीं किस विषय पर बातचीत हो रही थी, शायद वर्तमान भारतवर्ष की दुरवस्था के सम्बन्ध में। यह बात न थी कि वे इसके लिए विशेष चिंतित और उदास थे, किन्तु विषय ऐसा था कि हुक्का पीते-पीते उस पर एक डेढ़ घण्टे तक यों ही शौकिया दुःख प्रकट किया जा सकता था।

तभी बगल के कमरे से चूड़ियों की हल्की-सी खनखनाहट, साड़ी की सरसराहट और पैरों की भी कुछ आहट सुनाई पड़ी। मैं अच्छी तरह समझ गया कि जँगले के सेंध से कोई कुतूहलपूर्ण आँखें मुझे देख रही हैं।

मुझे तत्काल वे आँखें याद हो आईं—विश्वास, सरलता और बालसुलभ प्रीति से छलछलाती दो बड़ी-बड़ी आँखें, काली-काली पुतलियाँ, घनी काली पलकें, और स्थिर स्निग्ध दृष्टि। सहसा मेरे हृत्पिंड को मानो किसी ने अपनी कड़ी मुट्ठी में भींच लिया। वेदना से मेरा अन्तर झनझना उठा।

लौटकर घर आ गया, किन्तु वह व्यथा बनी रही। पढ़ना-लिखना, जो भी करता किसी तरह मन का भार दूर न हो पाता। मन सहसा एक भारी बोझ के समान हृदय की शिराओं को पकड़कर झूलने लग गया।

शाम के समय मैं कुछ शांत-चित्त होकर सोचने लगा कि आखिर ऐसा हुआ क्यों? उत्तर में मन बोल उठा, 'तुम्हारी वह सुरबाला कहाँ गई ?'

मैंने उत्तर दिया, 'मैंने तो उसे अपनी इच्छा से ही छोड़ दिया था। वह क्या

चिरकाल तक मेरे लिए बैठी रहती।'

मन के भीतर से कोई बोला, 'उस समय जिसे चाहते ही पा सकते थे अब उसे सिर पटककर मर जाने पर भी एक बार देखने तक का अधिकार तुम्हें नहीं मिल सकता। बचपन की वह सुरबाला तुम्हारे कितने ही निकट क्यों न रहे, चाहे तुम उसकी चूड़ियों की खनक सुनते रहो, उसके बालों की सुगन्ध पाते रहो, किन्तु तुम्हारे बीच में एक दीवार बराबर बनी रहेगी।'

मैंने कहा, 'जाने भी दो, सुरबाला मेरी कौन है।'

उत्तर मिला, ''आज सुरबाला तुम्हारी कोई नहीं है, लेकिन सुरबाला तुम्हारी क्या नहीं हो सकती थी?'

सच बात है, सुरबाला मेरी क्या नहीं हो सकती थी। जो मेरी सबसे अधिक अंतरंग, मेरे जीवन के समस्त सुख-दुःख की समभागिनी हो सकती थी—वह अब इतनी दूर, इतनी पराई हो गई है कि आज उसको देखना भी मना है, उससे बात करना अपराध है, उसके विषय में सोचना पाप है। और यह रामलोचन न जाने कहाँ से आ धमका, बस दो-एक रटे-रटाए मन्त्र पढ़कर सुरबाला को पलक मारते ही एक झपट्टे में धरती के और सब लोगों से छीन ले गया।

मैं मानव-समाज में किसी नई नीति का प्रचार करने नहीं बैठा हूँ। न समाजभंग करने आया हूँ। बन्धन तोड़ना भी नहीं चाहता। मैं तो बस अपने मन का सहज भाव व्यक्त कर रहा हूँ। हमारे मन में जो भाव पैदा होते हैं, वे क्या सब-के-सब तर्कसंगत होते हैं। रामलोचन के घर की दीवार की आड़ में जो सुरबाला विराजमान थी वह रामलोचन की भी अपेक्षा मेरी अधिक थी, यह बात मैं किसी भी तरह मन से नहीं निकाल पाता था। इस प्रकार का विचार नितान्त असंगत और अन्याययुक्त था, यह स्वीकार करता हूँ, किन्तु अस्वाभाविक नहीं था।

तब से और किसी भी काम में मन एकाग्र नहीं कर सका। दोपहर के समय क्लास में जब छात्र गुनगुनाते रहते, बाहर सन्नाटा छाया रहता, हल्की उत्तप्त वायु नीम की पुष्प-मञ्जरियों की सुगंध बहा कर लाती, तब इच्छा होती...क्या इच्छा होती नहीं जानता...बस, इतना कह सकता हूँ कि भारतवर्ष के इन समस्त भावी आशास्पदों के व्याकरण की भूलों का संशोधन करते हुए जीवन-यापन करने की इच्छा न होती।

स्कूल की छुट्टी हो जाने पर अपने बड़े कमरे में अकेले मन न लगता, किन्तु किसी सज्जन के मिलने आने पर भी असहनीय लगता। शाम के समय पुष्करिणी के किनारे सुपारी-नारियल के वृक्षों की अर्थहीन मर्मर ध्वनि सुनते-सुनते सोचता, 'मनुष्य-समाज एक जटिल भ्रम-जाल है। ठीक समय पर ठीक काम करना किसी को नहीं सूझता। बाद में अनुपयुक्त समय पर अनुचित वासना लेकर अस्थिर होकर मर जाता है। तुम्हारे-जैसा आदमी सुरबाला का पति होकर बुढ़ापे तक बड़े सुख से रह सकता था। तुम होने तो चले थे गैरीबाल्डी, और अन्त में हुए एक देहाती स्कूल के

असिस्टैण्ट मास्टर! और रामलोचन राय वकील, जिसे विशेष रूप से सुरबाला का ही पति होना कोई खास आवश्यक नहीं था; विवाह के एक मुहूर्त्त पहले तक जिसके लिए जैसी सुरबाला थी वैसी ही भवशंकरी, अब निश्चिन्त होकर विवाह करके सरकारी वकील बनकर अच्छा खासा रोजगार करने लगा। जिस दिन दूध में धुएँ की बू आती, वह सुरबाला को डाँट देता और जिस दिन उसका मन प्रसन्न रहता उस दिन सुरबाला के लिए गहने बनवा देता। अपनी मोटी थुलथुल देह पर अचकन डाटे वह परम संतुष्ट रहता। वह कभी भी तालाब के किनारे बैठकर आकाश के तारों की ओर देखता हुआ आहें भरते हुए शाम नहीं बिताता था।'

एक बड़े मुकदमे में रामलोचन कुछ दिन के लिए बाहर गया था। अपने स्कूल-भवन में मैं जिस तरह अकेला था, शायद उस दिन सुरबाला भी अपने घर में उसी तरह अकेली थी। मुझे याद है, उस दिन सोमवार था। सवेरे से ही आकाश में बादल छाए हुए थे। दस बजे से टप्-टप् करके वर्षा शुरू हो गई थी। आकाश की दशा देखकर हैडमास्टर ने जल्दी छुट्टी कर दी। काले-काले बादल जैसे किसी बड़े आयोजन के लिए सारे दिन आकाश-भर में जना-आना करते घूम रहे थे।

दूसरे दिन तीसरे पहर से मूसलाधार बारिश होनी शुरू हुई और साथ-साथ आँधी चलने लगी। जैसे-जैसे रात होने लगी वर्षा और आँधी का वेग भी बढ़ने लगा। पहले पुरवैया चल रही थी, फिर उत्तर तथा उत्तर पूर्व की ओर से हवा बहने लगी।

उस रात सोने की कोशिश करना बेकार था। ख्याल आया, 'इस बुरे समय में सुरबाला घर में अकेली है!' हमारा स्कूल-भवन उनके घर की अपेक्षा कहीं अधिक मजबूत था, कई बार मन में आया, 'उसे स्कूल-भवन में बुला लाऊँ और मैं पुष्करिणी के किनारे रात बिता लूँ।' लेकिन किसी भी तरह निश्चय नहीं कर पाया।

रात एक-डेढ़ पहर गई होगी कि सहसा बाढ़ आने की आवाज सुनाई पड़ी। समुद्र बढ़ा चला आ रहा था। घर से बाहर निकला। सुरबाला के घर की ओर चला। रास्ते में अपनी पुष्करिणी का किनारा पड़ा, वहाँ तक आते-आते पानी मेरे घुटनों तक पहुँच गया था। मैं जैसे ही किनारे पर जाकर खड़ा हुआ वैसे ही एक और तरंग आ पहुँची।

हमारे तालाब के किनारे का एक हिस्सा लगभग दस-ग्यारह हाथ ऊँचा था। जिस समय मैं किनारे पर चढ़ा उसी समय विपरीत दिशा से एक और व्यक्ति भी चढ़ा। व्यक्ति कौन था यह सिर से लेकर पैर तक मेरी संपूर्ण अन्तरात्मा समझ गई थी। और उसने भी मुझे पहचान लिया था इसमें मुझे सन्देह नहीं।

और तो सब-कुछ पानी में डूब गया था, केवल पाँच-छह हाथ के उस द्वीप पर हम दोनों प्राणी आकर खड़े हुए थे।

प्रलयकाल था। आकाश में तारों का प्रकाश नहीं था और धरती के सब उजाले

बुझ गए थे। उस समय कोई बात करने में भी हानि नहीं थी, किन्तु एक भी शब्द न निकला। एक-दूसरे से कुशल-प्रश्न भी नहीं किया।

दोनों केवल अन्धकार की ओर ताकते रहे। पैरों के नीचे गाढ़े काले रंग का उन्मत्त मृत्यु-स्रोत गर्जन करता हुआ बढ़ चला।

आज समस्त विश्व छोड़कर सुरबाला मेरे पास आकर खड़ी थी। मुझे छोड़कर आज सुरबाला का कोई नहीं था। कब के बीते हुए शैशव-काल में सुरबाला किसी जन्मान्तर के बाद किसी प्राचीन रहस्यान्धकार पर उतराती हुई इस सूर्य चन्द्रालोकित जनाकीर्ण पृथ्वी के ऊपर मेरी ही बगल में आकर खड़ी हुई थी; और आज कितने दिनों के बाद उसी आलोकमय जनपूर्ण जगत् को छोड़कर इस भयंकर जन शून्य प्रलय-अन्धकार में एकाकिनी सुरबाला मेरे ही निकट आकर उपस्थित हुई। जन्म-स्रोत ने उस नवकलिका को मेरे पास लाकर फेंक दिया था, मृत्यु-स्रोत ने उस विकसित पुष्प को भी मेरे ही पास ला फेंका। इस समय केवल एक और लहर के आते ही धरती के इस प्रदेश से, विच्छेद के इस वृन्त से छूटकर हम दोनों एक हो जाते।

वह लहर न आवे। पति-पुत्र, घर-धन-जन को लेकर सुरबाला चिरकाल सुख से रहे। मैंने इसी रात में महाप्रलय के किनारे खड़े होकर अनन्त आनन्द का स्वाद पा लिया।

रात प्रायः समाप्त होने को आई। आँधी थम गई, पानी उतर गया। सुरबाला बिना कुछ कहे घर चली गई, मैं भी बिना कुछ कहे अपने घर चला आया। मैंने सोचा, 'मैं नाज़िर नहीं हुआ, सरिश्तेदार भी नहीं हुआ और न गैरीबाल्डी ही नहीं हुआ। मैं एक टूटे-फूटे स्कूल का असिस्टैण्ट मास्टर रह गया। मेरे इस सम्पूर्ण जीवन में केवल क्षण-भर के लिए एक अनन्त रात का उदय हुआ था। इतने लम्बे जीवन के सारे दिन-रातों में केवल वही एक रात मेरे तुच्छ जीवन की एकमात्र चरम सार्थकता थी।

प्रथम प्रकाशन : साधना; ज्येष्ठ, बंगाब्द 1299

काबुलीवाला

मेरी पाँच बरस की छोटी बेटी मिनी बिना बोले पल-भर भी नहीं रह सकती। संसार में जन्म लेने के बाद भाषा सीखने में उसने केवल एक वर्ष का समय खर्च किया था। उसके बाद से जब तक वह जागती रहती है, एक पल भी मौन रहकर नष्ट नहीं करती। उसकी माँ बहुत बार डाँटकर उसका मुँह बन्द कर देती है, किन्तु मैं ऐसा नहीं कर पाता। चुपचाप बैठी मिनी देखने में इतनी अजीब लगती है कि मुझे बहुत देर तक सहन नहीं होता। इसलिए मेरे साथ उसकी बातचीत कुछ उत्साह के साथ चलती है।

सुबह मैंने अपने उपन्यास के सत्रहवें परिच्छेद में हाथ लगाया ही था कि मिनी ने आते ही बात छेड़ दी, ''पिताजी, रामदयाल दरबान काक को कौआ कहता था। वह कुछ नहीं जानता। है न ?''

संसार की भाषाओं की विभिन्नता के बारे में मेरे कुछ बताने से पहले ही वह दूसरे प्रसंग पर चली गई, ''देखो पिताजी, भोला कह रहा था कि आकाश में हाथी सूँड से पानी डालता है, उसी से वर्षा होती है। मैया री! भोला कैसी बेकार की बातें करता रहता है! खाली बक-बक करता रहता है, दिन-रात बकबक लगाये रहता है।''

इस बारे में मेरी हाँ-ना का जरा भी इन्तजार किये बिना वह अचानक पूछ बैठी, ''पिताजी, माँ तुम्हारी कौन होती है ?''

मन-ही-मन कहा, ''साली'; ऊपर से कहा, ''मिनी, जा तू भोला के साथ खेल! मुझे इस समय काम है।''

तब वह मेरे लिखने की मेज़ के किनारे मेरे पैरों के पास बैठकर अपने दोनों घुटनों पर हाथ रखकर बड़ी तेजी से 'अगड़म-बगड़म' कहते हुए खेलने लगी। मेरे सत्रहवें परिच्छेद में उस समय प्रतापसिंह कान्चनमाला को लेकर अँधेरी रात में कारागार के उच्च वातायन के नीचे बहती नदी के जल में कूद रहे थे।

मेरा कमरा सड़क के किनारे था। सहसा मिनी 'अगड़म-बगड़म' का खेल छोड़कर जंगले की तरफ भागी और ज़ोर-ज़ोर से पुकारने लगी, ''काबुलीवाले, ओ काबुलीवाले !''

मैले-से ढीले-ढाले कपड़े पहने, सिर पर पगड़ी बाँधे, पीठ पर झोली लिये, हाथों में अँगूरों के दो-चार बक्स लिये एक लम्बा काबुलीवाला सड़क पर धीरे-धीरे जा रहा

था। उसे देखकर मेरी कन्या-रत्न के मन में कैसे भाव उठे, कहना कठिन है। उसने उसको ऊँची आवाज में बुलाना शुरू कर दिया। मैंने सोचा, 'बस, अब पीठ पर झोली लिये एक आफत आ खड़ी होगी, मेरा सत्रहवाँ परिच्छेद अब पूरा नहीं हो सकता।'

किन्तु, मिनी की चीख पर ज्यों ही काबुलीवाले ने हँसकर मुँह फेरा और मेरे घर की ओर आने लगा, त्यों ही वह झपटकर अन्तःपुर में भाग गई, उसका नाम निशान भी न दिखाई पड़ा। उसके मन में एक तरह का अन्धविश्वास था कि उस झोली के भीतर खोज करने पर उसके समान दो-चार जीवित मानव-सन्तान मिल सकती हैं।

इधर काबुलीवाला आकर मुस्कराता हुआ मुझे सलाम करके खड़ा हो गया। मैंने सोचा, 'हालाँकि प्रतापसिंह और कान्चनमाला की हालत बहुत कष्टपूर्ण है फिर भी, आदमी को घर पर बुला लेने के बाद उससे कुछ न खरीदना शोभा नहीं देता।'

कुछ खरीदा। उसके बाद दो-चार बातें हुईं। अब्दुर्रहमान, रूस, अंग्रेज आदि को लेकर सीमान्तप्रदेश की रक्षा-नीति के बारे में बातचीत होने लगी।

अन्त में उठकर चलते समय उसने पूछा, "बाबू, तुम्हारी लड़की कहाँ गई?"

मैंने मिनी के भय को जड़ से खत्म कर देने की नीयत से उसे भीतर से बुलवा लिया। वह मेरी देह से सटकर काबुली के चेहरे और झोली की तरफ संदिग्ध दृष्टि से देखती रही। काबुली उसे झोली से किशमिश, खुबानी निकालकर देने लगा, पर वह लेने को किसी तरह राजी नहीं हुई। दुगुने सन्देह से मेरे घुटने से सटकर रह गई। पहला परिचय इस प्रकार पूरा हुआ।

कुछ दिन बाद, एक दिन सवेरे किसी काम से घर से बाहर जाते समय देखा— मेरी बेटी दरवाजे के पास बेंच के ऊपर बैठकर अनर्गल बातें कर रही है और काबुलीवाला उसके पैरों के पास बैठा मुस्कुराता हुआ सुन रहा है और बीच-बीच में प्रसंग के अनुसार अपना मंतव्य भी मिलीजुली बंगाली में व्यक्त कर रहा है। मिनी को अपने पंचवर्षीय जीवन की अभिज्ञता में पिता के अलावा ऐसा धैर्यवान श्रोता कभी नहीं मिला था। मैंने यह भी देखा कि उसका छोटा आँचल बादाम-किशमिश से भरा था। मैंने काबुलीवाले से कहा, "उसे यह सब क्यों दिया। अब फिर मत देना!" और मैंने जेब से एक अठन्नी निकालकर उसको दे दी। बिना संकोच के अठन्नी लेकर उसने झोली में रख ली।

घर लौटकर देखा, उस अठन्नी को लेकर पूरा झगड़ा मचा हुआ है।

मिनी की माँ सफ़ेद चमचमाते हुई गोलाकार वस्तु को लेकर कड़े स्वर में मिनी से पूछ रही थी, "तुझे यह अठन्नी कहाँ मिली?"

मिनी कह रही थी, "काबुलीवाले ने दी है।"

उसकी माँ कह रही थी, "काबुलीवाले से अठन्नी लेने तू क्यों गई?"

मिनी ने रोने की तैयारी करते हुए कहा, "मैंने माँगी थोड़े ही थी, उसने स्वयं दी।"

मैंने आकर उस विपत्ति से मिनी को बचाया और उसे बाहर ले गया।

पता लगा, काबुलीवाले के साथ मिनी की यह दूसरी मुलाकात हो, ऐसा नहीं है। इस बीच में उसने प्रायः रोजाना ही आकर घूस में पिस्ता-बादाम देकर मिनी के नन्हें क्षुब्ध हृदय पर बहुत-कुछ अधिकार कर लिया है।

मालूम हुआ, उन दो मित्रों में कुछ बँधी हुई बातें और परिहास प्रचलित हैं—जैसे रहमत को देखते ही मेरी कन्या हँसते-हँसते पूछती, 'काबुलीवाले! ओ काबुलीवाले ! तुम्हारी झोली में क्या है।''

रहमत अनावश्यक चन्द्रबिन्दु जोड़कर हँसते हुए उत्तर देता, 'हाँति।''

अर्थात्, उसकी झोली में एक हाथी है। उसकी हँसी का यही गूढ़ रहस्य था। यह रहस्य बहुत ज्यादा गूढ़ था यह तो नहीं कहा जा सकता, किन्तु इस परिहास से दोनों ही काफी विनोद का अनुभव करते रहते—और शरद काल के प्रभात में एक वयस्क और एक शिशु का सरल हास्य देखकर मुझे भी अच्छा लगता।

उनमें एक और बात भी प्रचलित थी। रहमत मिनी से कहता, ''मुन्नी, तुम क्या कभी ससुराल नहीं जाओगी!''

बंगाली परिवार की लड़की जन्म-काल से ही 'ससुराल' शब्द से परिचित रहती है, किन्तु हमारे कुछ आधुनिक ढंग के लोग होने के कारण बालिका को ससुराल के सम्बन्ध में परिचित नहीं कराया गया था। इसीलिए वह रहमत के अनुरोध को ठीक से नहीं समझ पाती थी। फिर भी, प्रश्न का कुछ-न-कुछ उत्तर दिये बिना चुप रह जाना उसके स्वभाव के बिलकुल विपरीत था। वह उलटकर पूछती, ''तुम ससुराल जाओगे?''

रहमत काल्पनिक ससुर के प्रति खूब मोटा घूँसा तानकर कहता, ''मैं ससुर को मारूँगा।''

सुनकर मिनी 'ससुर' नामक किसी एक अपरिचित जीव की बुरी हालत की कल्पना करके खूब हँसती।

शुभ्र शरत्काल था। प्राचीन काल में राजे-महाराजे इसी ऋतु में दिग्विजय के लिए निकलते थे। मैं कलकत्ता छोड़कर कभी कहीं नहीं गया, किन्तु इसी से मेरा मन पृथ्वी-भर में चक्कर काटता फिरता है। मैं मानों अपने घर के कोने में चिरप्रवासी होऊँ, बाहर के संसार के लिए मेरा मन सदा विकल रहता है। विदेश का कोई नाम सुनते ही मेरा मन दौड़ पड़ता है। उसी प्रकार विदेशी व्यक्ति को देखते ही नदी-पर्वत-जंगल के बीच कुटी का दृश्य मन में उग आता है और एक उल्लासपूर्ण स्वाधीन जीवन-यात्रा की बात कल्पना में साकार हो उठती है।

दूसरी ओर मैं ऐसा भी हूँ कि अपना कोना छोड़कर बाहर निकलते ही सिर पर वज्राघात हो जाता है। इसलिए सुबह अपने छोटे कमरे में मेज के सामने बैठकर इस

काबुली के साथ बातचीत करके घूमने-फिरने का मेरा काफी काम हो जाता। दोनों ओर मनोहारी ऊँचे-ऊँचे पहाड़, बीच में पतला-सा रास्ता, लाइन में चलते भार से लदे ऊँट। साफा बाँधे व्यापारिक, राहगीरों में से कोई ऊँट पर, कोई पैदल, किसी के हाथ में बल्लम, किसी के हाथ में पुरानी चाल की चकमक-जड़ी बन्दूक। काबुली धीमे स्वर में टूटी-फूटी बँगला में अपने देश की बातें कहता और मेरी आँखों के सामने उसकी तस्वीर आ जाती।

मिनी की माँ बड़े शंकालु स्वभाव की महिला थीं। रास्ते में कोई आवाज सुनते ही उन्हें लगता, दुनिया के सारे पियक्कड़ उन्हीं के घर को निशाना बनाकर दौड़े चले आ रहे हैं। यह पृथ्वी सर्वत्र चोर, डकैत, शराबी, साँप, बाघ, मलेरिया, तिलचट्टों और गोरों से परिपूर्ण है। इतने (बहुत अधिक नहीं) दिन धरती पर वास करने पर भी यह डर उनके मन से दूर नहीं हुआ था।

रहमत काबुलीवाले के बारे में वे पूरी तरह निर्भय नहीं थीं। उस पर विशेष दृष्टि रखने के लिए उन्होंने मुझसे बार-बार अनुरोध किया था। उनके सन्देह को मेरे हँसकर उड़ा देने के प्रयत्न करने पर उन्होंने मुझसे एक-एक करके कई प्रश्न पूछे, "क्या कभी किसी के बच्चे चुराये नहीं जाते? काबुल देश में क्या दास-प्रथा प्रचलित नहीं है? क्या एक भीमकाय काबुली के लिए एक छोटे-से बच्चे को चुरा ले जाना नितान्त असम्भव है?"

मुझे मानना पड़ा, बात असम्भव हो, ऐसा तो नहीं, किन्तु अविश्वसनीय है। पर विश्वास करने की ताक़त सबमें बराबर नहीं होती, इसीलिए मेरी पत्नी के मन में डर बना रहा। किन्तु, मैं इस कारण निर्दोष रहमत को अपने घर आने से मना न कर सका।

हर साल माघ के महीने के बीचोंबीच रहमत अपने देश चला जाता। उस समय वह अपना सारा उधार रुपया वसूल करने में बड़ा व्यस्त रहता। दूर-दूर घूमना पड़ता, पर फिर भी वह मिनी को एक बार दर्शन दे जाता। देखने पर सचमुच ऐसा लगता मानों दोनों में कोई षड्यन्त्र चल रहा हो। जिस दिन वह सवेरे न आ पाता, उस दिन देखता कि वह शाम को आ पहुँचा है। अँधेरे में कमरे के कोने में ढीला-ढाला कुरता-पायजामा पहने, झोला-झोली वाले उस लम्बे आदमी को देखने पर मन में सचमुच ही अचानक एक आशंका उठने लगती। किन्तु, जब देखता कि मिनी 'काबुलीवाले, ओ काबुलीवाले' कहती हँसती हुई दौड़ी चली आती एवं उन दो असमान उम्र वाले मित्रों में पुराना सरल परिहास चलता रहता, तो हृदय प्रसन्नता से भर उठता।

एक दिन सवेरे, मैं अपने कमरे में बैठा प्रूफ-संशोधन कर रहा था। विदा होने के पहले आज दो-तीन दिन से जाड़ा खूब कँपकँपा रहा था। चारों ओर एकाएक सीत्कार मच गई थी। जंगले को पार करके टेबिल के नीचे आकर मेरे पैरों पर पड़ रही

सुबह की धूप की गरमाहट बड़ी मीठी लग रही थी। आठ बजे का समय रहा होगा। सिर पर गुलूबन्द लपेटे तड़के टहलने वाले प्रायः सभी सवेरे की सैर पूरी करके घर लौट रहे थे। तभी सड़क पर बड़े जोर से हल्ला सुनाई पड़ा। आँख उठाई तो देखा दो पहरेदार अपने रहमत को बाँधे लिये जा रहे हैं। उसके पीछे तमाशबीन लड़कों की टोली चली आ रही है। रहमत के शरीर तथा कपड़ों पर खून के दाग हैं और एक पहरेदार के हाथ में खून से सना छुरा है। मैंने दरवाजे के बाहर आकर पहरेदारों को रोककर पूछा, 'मामला क्या है?'

कुछ उनसे, कुछ रहमत से सुनकर मालूम हुआ कि हमारे एक पड़ोसी ने रामपुरी चादर के लिए रहमत से कुछ रुपया उधार लिया था। उसने झूठ बोल कर रुपया देने से इंकार कर दिया, और इसी बात को लेकर कहा-सुनी करते-करते रहमत ने उसके छुरा भोंक दिया।

रहमत उस झूठे की ओर मूँह करके तरह-तरह की भद्दी गालियाँ दे रहा था, तभी 'काबुलीवाले, ओ काबुलीवाले' पुकारंती हुई मिनी घर से निकल आई।

पलक मारते रहमत का चेहरा कौतुकपूर्ण हँसी से चमक उठा। उसके कन्धे पर आज झोली नहीं थी, इसलिए झोली के सम्बन्ध में उनकी नियमित चर्चा नहीं चल सकी। मिनी ने छूटते ही उससे पूछा, ''तुम ससुराल जाओगे?''

रहमत ने हँसकर कहा, ''वहीं जा रहा हूँ।''

देखा, उत्तर मिनी को विनोदपूर्ण नहीं लगा, तब वह अपने हाथ दिखाकर बोला, ''ससुर को मारता, पर क्या करूँ—हाथ बँधे हैं।''

जानलेवा हमला करने के अपराध में रहमत को कई वर्ष की जेल हो गई।

उसकी बात करीब-करीब भूल गया। हम जिस समय घर में बैठकर सदा के समान नित्य नियमित काम एक के बाद एक दिन काट रहे थे, उस समय पर्वतों में आजाद घूमने वाला एक पुरुष जेल की चारदीवारी में किस तरह वर्ष बिता रहा था, यह बात हमारे मन में उठी भी नहीं।

और चुलबुली मिनी का आचरण तो बहुत-ही लज्जाजनक था, यह उसके पिता को भी मानना पड़ेगा। उसने बड़ी आसानी से अपने पुराने मित्र को भुलाकर पहले तो नबी सईस के साथ दोस्ती गाँठी। बाद में धीरे-धीरे जैसे-जैसे उसकी उम्र बढ़ने लगी वैसे-वैसे सखा के बदले एक-एक करके सखियाँ जुटने लगीं। यही नहीं, अब वह अपने पिता के लिखने-पढ़ने के कमरे में भी नहीं दिखाई पड़ती थी। मैंने तो उसके साथ एक तरह से कुट्टी ही कर ली थी।

न जाने कितने वर्ष बीत गए। और एक शरद्काल आया। मेरी मिनी का विवाह-सम्बन्ध तय हो गया। पूजा की छुट्टियों में उसका विवाह होगा, कैलाशवासिन के साथ-साथ मेरे घर की आनन्दमयी भी पिता के घर में अँधेरा करके पति के घर चली जायगी।

अत्यन्त सुहावनी सुबह थी। वर्षा के बाद शरद की नई धूप ने जैसे सुहागे में गलाये हुए निर्मल सोने का-सा रंग धार लिया हो। यही नहीं, कलकत्ता की गलियों के भीतर के घुटनदार जर्जर ईंटों वालें सटे हुए मकानों पर भी इस धूप की आभा ने एक अपूर्व लावण्य बिखेर दिया था।

आज मेरे घर में रात बीतते-न-बीतते ही शहनाई बज उठी थी। वह बाँसुरी मानों मेरे हृदय के अस्थि-पंजर में से क्रन्दन करती बज रही हो। करुण भैरवी रागिनी मेरे आने वाले कष्ट को शरद् की धूप के साथ सारे संसार में फैला रही थी। आज मेरी मिनी का विवाह था।

सवेरे से ही बड़ी भीड़-भाड़ थी, लोग आ-जा रहे थे। आँगन में बाँस बाँधकर मण्डप ताना जा रहा था। घर के कमरों और बरामदों में झाड़ टाँगने की ठक्-ठक् आवाज़ हो रही थी। गजल का शोर-गुल था।

मैं लिखने के अपने कमरे में बैठा हिसाब देख रहा था, तभी रहमत आकर सलाम करके खड़ा हो गया।

पहले तो मैं उसे पहचान ही न सका। न तो उसके पास वह झोली थी, न उसके वे लम्बे बाल थे; और न उसकी देह में पहले-जैसा तेज था। आखिर उसकी हँसी देखकर उसे पहचाना।

मैंने कहा, "क्यों रे रहमत, कब आया?"

उसने कहा, "कल शाम को जेल से छूटा हूँ।"

बात सुनकर कानों में जैसे खटका हुआ। कभी किसी खूनी को प्रत्यक्ष नहीं देखा, इसे देखकर सारा अन्तःकरण जैसे संकुचित हो गया। मन हुआ, आज के इस शुभ दिन पर यह आदमी यहाँ से चला जाता तो अच्छा होता।

मैंने उससे कहा, "आज हमारे घर में एक काम है, मैं कुछ व्यस्त हूँ, आज तुम जाओ!"

बात सुनते ही वह उसी क्षण चले जाने लगा, अन्त में दरवाजे के पास पहुँचकर थोड़ा इधर-उधर करके बोला, "क्या एक बार मुन्नी को नहीं देख सकूँगा?"

कदाचित उसे विश्वास था, मिनी अब भी वैसी ही होगी। मानों उसने सोचा हो, मिनी अब भी पहले की ही भाँति 'काबुलीवाले, ओर काबुलीवाले' कहती दौड़ी आयगी। उनकी उस अत्यन्त उत्सुकतापूर्ण पुरानी हँसी-विनोद की बातों में किसी प्रकार का अन्तर नहीं होगा। यही नहीं, पुरानी मित्रता का स्मरण करके वह शायद अपने देश वाले किसी दोस्त से माँग-जाँचकर एक डिब्बा अंगूर और कागज के ठोंगे में थोड़े-से किशमिश-बादाम जुटा लाया था। उसकी वह अपनी झोली अब नहीं थी।

मैंने कहा, "आज घर में काम है, आज और किसी से भेंट न हो सकेगी।"

वह मानों कुछ दुखी हुआ। चुपचाप खड़े-खड़े एक बार स्थिर दृष्टि से उसने मेरे मुख की ओर देखा, फिर 'सलाम बाबू' कहकर दरवाजे के बाहर चला गया। मुझे

अपने मन में न जाने कैसी एक व्यथा का अनुभव हुआ। सोच रहा था कि उसको वापस बुलवा लूँ, तभी देखा कि वह स्वयं लौटा चला आ रहा है।

पास आकर बोला, "ये अंगूर और थोड़े से किशमिश-बादाम मुन्नी के लिए लाया था, दे दीजिएगा।"

उन्हें लेकर दाम देने के लिए मेरे तैयार होते ही उसने तुरंत मेरा हाथ कसकर पकड़ लिया। बोला, "आपकी बड़ी कृपा है, मुझे सदा याद रहेगी। मुझे पैसा मत दीजिए। बाबू, जिस तरह तुम्हारे एक लड़की है, उसी तरह देश में मेरे भी एक लड़की है। मैं उसी का चेहरा याद करके तुम्हारी मुन्नी के लिए थोड़ी बहुत मेवा लेकर आया हूँ, सौदा करने नहीं।"

यह कहते हुए उसने अपने ढीले-ढाले कुरते में हाथ डालकर कहीं छाती के पास से मैले कागज का एक टुकड़ा निकाला और बड़े यत्न से उसकी तह खोलकर दोनों हाथों से मेरी टेबिल पर बिछा दिया।

देखा, कागज पर किसी नन्हें हाथ की छाप थी। फोटोग्राफ नहीं, तैलचित्र नहीं, हाथ में थोड़ी-सी कालिख लगाकर कागज़ के ऊपर उसकी छाप ले ली गई थी। कन्या के इस स्मरण-चिन्ह को छाती से लगाए रहमत हर साल कलकत्ता की सड़कों पर मेवा बेचने आता, मानो नन्हें बच्चे के उस सुकोमल हाथ का स्पर्शमात्र उसके विरही हृदय में अमृत का संचार करता रहता हो।

देखकर मेरी आँखें छलछला आईं। वह एक काबुली मेवा वाला है और मैं एक संभ्रांतवंशीय बंगाली, उस समय मैं भूल गया। उस समय मैंने समझा कि जो वह है, वही मैं हूँ। वह भी पिता है, मैं भी पिता हूँ। उसकी पर्वत-गृहवासिनी नन्हीं पार्वती की उस हस्तछाप ने मुझे भी अपनी मिनी की याद दिला दी। मैंने उसी क्षण उसे भीतर से बुलवाया। अन्तःपुर में इस बात पर बहुत-सी आपत्तियाँ की गईं। किन्तु मैंने उन पर कोई ध्यान न दिया। लाल चेली पहने, माथे पर चन्दन लगाए, वधू के वेष में मिनी लज्जा से भरी मेरे पास आकर खड़ी हो गई।

उसको देखकर पहले तो काबुलीवाला सकपका गया, अपना पुराना वार्तालाप नहीं जमा पाया। अन्त में हँसकर बोला, "मुन्नी, तू ससुराल जायगी?"

मिनी अब ससुराल का अर्थ समझती थी, इस समय वह पहले के समान उत्तर नहीं दे सकी। रहमत का प्रश्न सुनकर लज्जा से लाल होकर मुँह फेरकर खड़ी हो गई। जिस दिन काबुलीवाले से मिनी की पहले भेंट हुई थी, मुझे उस दिन की बात याद हो आई। मन न जाने कैसा व्यथित हो उठा।

मिनी के चले जाने पर गहरी साँस लेकर रहमत ज़मीन पर बैठ गया। अचानक उसकी समझ में साफ आ गया, इस बीच उसकी पुत्री भी इसी तरह बड़ी हो गई होगी। उसके साथ भी नया परिचय करना होगा। वह उसे बिल्कुल पहले-जैसी नहीं मिलेगी। इन आठ वर्षों में उस पर क्या बीती होगी, यह भी भला कौन जानता है।

सवेरे के समय शरद-कालीन प्यारी सूर्य की किरणों में शहनाई बजने लगी। रहमत कलकत्ता की किसी गली में बैठकर अफगानिस्तान के किसी मरुपर्वत का दृश्य देखने लगा।

मैंने एक नोट निकालकर उसे दिया। कहा, "रहमत, तुम अपनी लड़की के पास अपने देश लौट जाओ। तुम्हारा मिलन-सुख मेरी मिनी का कल्याण करे।"

इन रुपयों का दान करने के कारण हिसाब में से उत्सव-समारोह के दो-एक अंग छाँट देने पड़े। जैसी सोची थी, बिजली की वैसी रोशनी नहीं की जा सकी। फौजी बैंड भी न आ सका। अन्तःपुर में स्त्रियाँ बड़ी नाराजगी जताने लगीं, लेकिन मंगल-आलोक में मेरा शुभ-उत्सव प्रकाशमान हो उठा।

प्रथम प्रकाशन/साधना/पौष, बंगाब्द 1298

छुट्टी

नदी के किनारे एक विशाल शाल का लट्ठा मस्तूल बनने के इंतजार में पड़ा था, बालकों के सरदार फटिक चक्रवर्ती के दिमाग़ में चट से एक नया विचार का उभरा। तय हुआ कि सब मिलकर उसको लुढ़काते हुए ले चलेंगे।

जिस आदमी का लड़का है, उसे अपनी जरूरत के समय कितना आचरण, खीझ और असुविधा होगी, उसी का हिसाब लगाकर बालकों ने इस प्रस्ताव का पूरी तरह समर्थन किया।

जब सभी कमर कसकर काम में लगने की तैयारी कर रहे थे, तभी फटिक का छोटा भाई माखनलाल गम्भीर भाव से उस लकड़ी के कुंदे पर जा बैठा। उसकी इस उदार उदासीनता को देखकर लड़के कुछ उदास हो गये। एक ने आकर डरते-डरते उसे थोड़ा-बहुत ठेला लेकिन वह इससे तनिक भी विचलित नहीं हुआ। वह अकाल-तत्त्वज्ञानी मानव सब प्रकार की क्रीड़ाओं की असारता के सम्बन्ध में नीरव भाव से चिन्ता करने लगा।

फटिक आकर अकड़कर बोला, "देख, तू मार खाएगा। फ़ौरन उठ जा।"

इस पर वह ज़रा हिल-डुलकर और भी अच्छी तरह से आसन पर स्थायी दखल जमाकर बैठ गया।

ऐसे मौके पर राज-सम्मान की रक्षा के लिए ढीठ छोटे भाई के गाल पर, सबके सामने फ़ौरन एक चपत जड़ देना ही फटिक का कर्त्तव्य था, पर साहस नहीं हुआ। लेकिन उसने ऐसा भाव दिखाया जैसे चाहने पर अभी उसको भली-भांति सबक सिखा सकता है लेकिन सिखाया नहीं; क्योंकि पहले की अपेक्षा और एक दूसरा अच्छा खेल उसके दिमाग़ में आया; उसमें और अधिक मज़ा है। प्रस्ताव रखा कि माखन के साथ ही उस लकड़ी को लुढ़काना शुरू किया जाए।

माखन ने सोचा, इसी में उसका गौरव है। किन्तु दूसरे पार्थिव गौरवों की तरह ही इससे जुड़ी विपदाओं की सम्भावनाएँ हैं, यह उसके या दूसरों के दिमाग़ में आयी नहीं।

लड़कों ने कमर कसकर ठेलना शुरू किया—'मारो ठेला···हेइओ···शाबाश··· जवान··· हेइओ।' कुन्दे के एक घेरा घूमते-न-घूमते माखन अपनी गम्भीरता, गौरव और तत्त्वज्ञान के साथ धराशायी हो गया।

खेल के शुरू में ही इस तरह आशातीत फलप्राप्ति से दूसरे बालक विशेष प्रसन्न

हुए, लेकिन फटिक कुछ घबराया। माखन उसी क्षण उठकर फटिक के ऊपर टूट पड़ा और उसे अंधाधुंध पीटने लगा। उसके नाक-मुँह खसोटकर रोता हुआ घर की ओर चल दिया। खेल बीच में रुक गया।

फटिक कुछ कांस उखाड़ जल में एक अधडूबी नाव की ग़लही के ऊपर चढ़, बैठकर चुपचाप कांस की जड़ें चबाने लगा।

इसी समय एक बाहरी नाव घाट पर आ गयी। एक अधेड़ उम्र से सज्जन बाहर निकले। उनकी मूँछें काली थीं और बाल पके थे। उन्होंने बालक से पूछा, "चक्रवर्ती का घर कहाँ है?"

बालक डण्ठल चबाते-चबाते बोला, "वह, उधर।" किन्तु उसका संकेत किस ओर था··· यह समझना किसी के लिए भी आसान नहीं था।

सज्जन ने फिर पूछा, "किधर?"

"मालूम नहीं।" कहकर वह पहले की तरह ही तिनके का रस चूसता रहा। तब वे सज्जन दूसरे व्यक्ति की सहायता से चक्रवर्ती के घर की खोज में चले।

तुरंत बाघा बाग़दी ने आकर कहा, "फटिक भैया, माँ बुला रही है।"

फटिक बोला, "मैं नहीं जाऊँगा।"

बाघा जबरन उसे गोदी में भरकर उठा ले चला। फटिक गुस्से में हाथ-पैर पटकने लगा।

फटिक को देखते ही उसकी माँ आगबबूला होकर बोली, "फिर तूने माखन को मारा?"

फटिक ने कहा, "नहीं, मारा नहीं है।"

"फिर झूठ बोल रहा है।"

"कभी मारा भी है···. माखन से पूछो।"

माखन से पूछने पर माखन ने अपनी पहली शिकायत का समर्थन करते हुए कहा, "हाँ, मारा है।"

फिर फटिक से और सहा नहीं गया। तेज़ी से जाकर माखन को कसकर चपत जमाते हुए कहा, "फिर झूठ।"

माँ ने माखन का पक्ष लेकर फटिक को बड़े वेग से झकझोरा और उसकी पीठ पर ज़ारों से दो-तीन थप्पड़ जड़ दिये। फटिक ने माँ को ढकेल दिया।

माँ ने चिल्लाकर कहा, "अरे तूने मेरी देह पर हाथ उठाया।"

इसी समय अधेड़ सज्जन ने घर में प्रवेश करते हुए कहा, "तुम लोगों ने क्या आफ़त मचा रखी है?"

फटिक की माँ आश्चर्य और आनन्द से अभिभूत हो बोली, "अरे, भैया! तुम कब आये?" यह कहते हुए उसने झुककर प्रणाम किया।

बहुत दिन हुए भैया पश्चिम की ओर काम करने चले गये थे। इसी बीच फटिक

की माँ की दो सन्तानें हुईं। वे काफ़ी बड़ी हो गयीं। उसके पति की मृत्यु हुई, लेकिन इस बीच एक बार भी भैया से मिलना नहीं हुआ। आज बहुत दिनों बाद घर लौटकर विश्वम्भर बाबू अपनी बहन से मिलने आये हैं।

कुछ दिन बड़े समारोह में बीते। अन्त में विदा से दो-एक दिन पहले विश्वम्भर बाबू ने अपनी बहन से बच्चों की पढ़ाई-लिखाई एवं मानसिक विकास के बारे में पूछा। उत्तर में उसने फटिक का कहना न मानना, शरारती होना, पढ़ने में मन न लगाना और माखन के शान्त, सुशील स्वभाव और विद्यानुरागी होने का विवरण कह सुनाया। अन्त में बोली, "फटिक ने मुझे बड़ा परेशान कर रखा है।"

यह सुनने के बाद विश्वम्भर बाबू ने सुझाया कि वे फटिक को कलकत्ते ले जाकर अपने पास रख उसकी शिक्षा की व्यवस्था करेंगे।

विधवा बहन इस सुझाव पर सहज ही राज़ी हो गयीं।

फटिक से पूछा, "क्यों रे, तू मामा के साथ कलकत्ते जाएगा?"

फटिक उछलकर बोला, "जाऊँगा।"

हालाँकि फटिक को भेजने में माँ को आपत्ति नहीं थीं, क्योंकि उनके मन में हमेशा से यह आशंका बनी रहती थी कि यह किसी दिन माखन को पानी में ढकेल न दे या उसका सिर ही न फोड़ दे, पता नहीं कौन-सी दुर्घटना न घटा बैठे। फिर भी, फटिक का जाने में ऐसा आग्रह देख वे कुछ दुःखी हुईं।

'कब जाना है', 'किस समय जाना है' आदि पूछते हुए मामा को उसने हैरान कर दिया, उत्साह के कारण उसे रात में नींद नहीं आई।

अन्त में, जाते समय आनन्द की उदारतावश अपनी मछली पकड़ने की बंसी, पतंग, लट्टू सब कुछ माखन को पुत्र-पौत्रादि क्रम से पूरे अधिकार से दे गया।

कलकत्ते में मामा के घर पहुँचकर सबसे पहले उसका मामी के साथ परिचय हुआ। मामी इस अनावश्यक परिवार-वृद्धि से मन-ही-मन विशेष सन्तुष्ट हुई हों, ऐसा नहीं कह सकते। अपने तीन बच्चों के साथ वे अपने ढंग से घर-गृहस्थी जमाये बैठी थीं। इसके बीच सहसा एक तेरह साल के अपरिचित, अशिक्षित, गँवई लड़के को ला उपस्थित करने पर एक विप्लव की संभावना दीख पड़ी। विश्वम्भर की उम्र इतनी हो आयी, पर समझदारी ज़रा भी नहीं बढ़ी।

विशेष रूप से तेरह-चौदह वर्ष के लड़के के समान दुनिया में और दूसरी बला नहीं। उसकी न तो शोभा ही है,न वह किसी काम में ही आता है। उसका संग-सुख भी विशेष वांछनीय नहीं। उसके मुँह से बालकों-सी बचकानी बातें नखरेबाज़ी, बड़े-बूढ़ों जैसी बातें बुजुर्गी और मुँह खोलना ही वाचालता मानी जाती है। वस्त्रादि के परिमाप की रक्षा किये बिना अचानक ही वह अशोभन रूप से बढ़ उठता है, लोगों की दृष्टि में यह उसकी बेतुकी स्पर्धा जैसी प्रतीत होती है। उसके शैशव की लालिमा एवं कंठ-स्वर का माधुर्य सहसा ही विलीन हो जाता है, अतः लोग बाग़

मन-ही-मन उसे अपराधी ठहराए बिना नहीं रह पाते। शैशव और यौवन के अनेक दोष माफ़ किये जाते हैं, पर इस समय की कोई स्वाभाविक और अनिवार्य चूक भी जैसे असह्य जान पड़ती है। वह भी सब समय मन-ही-मन अनुभव करता कि दुनिया में कहीं भी वह ठीक से खप नहीं पाता है, इसलिए अपने अस्तित्व के विषय में हमेशा लज्जित और क्षमाप्रार्थी बना रहता है। बल्कि इस आयु में ही स्नेह के लिए किंचित् अतिरिक्त आकुलता मन में उत्पन्न होती है। इस समय यदि वह किसी सहृदय व्यक्ति से स्नेह या दोस्ती प्राप्त कर सके तो उसके हाथ अपने को बेच देता है। किन्तु उससे स्नेह करने का कोई साहस नहीं करता, क्योंकि सामान्य लोग उसे प्रश्रय देना समझते हैं। इसलिए उसका चेहरा और भाव बहुत कुछ लावारिस बाजारू कुत्ते जैसा हो जाता है।

इसलिए, ऐसी हालत में माँ का घर छोड़ दूसरी कोई भी अनजान जगह बालक के लिए नरक जैसी है। चारों ओर का स्नेह-शून्य विराग पग-पग पर उसे काँटे के समान चुभता है। इस उम्र में आम तौर पर स्त्री जाति के प्रति एक श्रेष्ठ स्वर्गलोक के किसी दुर्लभ जीव की-सी धारणा बनने लगती है, इसलिए उसके पास से उपेक्षा अत्यन्त असहनीय जान पड़ती है।

मामी की स्नेहविहीन आँखों में वह राहु की तरह खटकता रहा है, यही बात फटिक को सबसे अधिक खलती है। अचानक मामी उसे कोई काम करने को कहती तो वह जितना ज़रूरी है मन की मौज में उससे कहीं अधिक काम कर लेता—आखिर जब मामी उसके उत्साह को टोकती हुई कहती, "बहुत हो गया, बहुत हो गया। उसमें अब तुम्हें हाथ नहीं लगाना है। तुम अब अपने काम में मन लगाओ। जाओ, जाकर कुछ पढ़ो।" तब उसकी इस मानसिक उन्नति के प्रति मामी के इस प्यार के अभाव को वह अत्यन्त निष्ठुर विचार मानता।

घर में ऐसा अनादर और उस पर चैन की साँस लेने की कोई जगह नहीं। दीवारों के बीच अटके पड़े बार-बार उसे गाँव की याद आती।

एक बड़ी-सी पतंग को लेकर साँ-साँ शब्द के साथ उड़ाते फिरना, मैदान में 'ताइरे नाइरे नाइरे ना' चिल्लाते और ऊँचे स्वर में कुछ भी अलापते हुए आवारा-सा घूमना, वह नदी का किनारा, दिन में जब-तब छलाँग मार तैरने वाली वह सँकरी स्रोतस्विनी, वे सब संगी-साथी, 'धमाचौकड़ी की छूट' और सबसे बढ़कर वह अत्याचारिणी अविचारिणी 'माँ' उसके निरुपाय चित्त को रात-दिन आकर्षित करते रहते।

जानवर के समान एक प्रकार का अस्पष्ट स्नेह, केवल पास जाने की एक अन्ध चाह, केवल न देख पाने की एक अव्यक्त आकुलता, गोधूलि वेला में मातृहीन बछड़े के समान केवल एक आन्तरिक 'माँ-माँ' का क्रन्दन—उस लज्जित, शंकित शीर्ण-दीर्घ असुन्दर बालक के अन्तर में बार-बार आलोड़ित होता।

स्कूल में ऐसा निर्बोध और लापरवाह बालक दूसरा नहीं था। कोई बात पूछने

पर मुँह बाये तकता रहता। मास्टर जब मारना शुरू करते तब बोझ से लदे-फँदे, थके-माँदे गधे के समान वह चुपचाप सब कुछ सहता रहता। जब लड़कों के खेल की छुट्टी होती तब खिड़की के पास खड़े हो, दूर के घरों की छतों की ओर देखता रहता, जब उस दोपहर की धूप में किसी छत पर दो-एक लड़के-लड़कियाँ किसी खेल के बहाने क्षण भर के लिए दीख जाते तब उसका चित्त अधीर हो उठता।

एक दिन अनेक संकल्पों के बाद उसने बड़े साहस से मामा से पूछा, "मामा, माँ के पास कब जाऊँगा?"

मामा ने कहा, "स्कूल की छुट्टी तो हो।"

कार्तिक में पूजा की छुट्टी होगी, उसमें अभी बहुत देर है।

एक दिन फटिक ने अपनी स्कूल की किताब खो दी। एक तो सहज ही पाठ तैयार नहीं होता, दूसरे किताब खोकर वह बिल्कुल ही लाचार हो गया। मास्टर ने रोजाना उसे मारना-पीटना और फटकारना शुरू किया। स्कूल में उसकी ऐसी हालत हो गयी कि उसके ममेरे भाइयों को उसके साथ रिश्तेदारी स्वीकार करने में लाज आती। उसके अपमानित होने पर ज़बरदस्ती ही सही, वे दूसरे बालकों से भी ज़्यादा आनन्द प्रकट करते।

असह्य मालूम होने पर एक दिन फटिक ने मामी के पास जाकर अत्यन्त अपराधी के समान कहा, "मेरी एक किताब खो गयी है।"

मामी ने ओठों के किनारों पर नाराज़गी की रेखा खींचते हुए कहा, "ठीक ही हुआ। मैं तुम्हें महीने में पाँच बार किताब नहीं खरीद दे सकती।"

फटिक कुछ बोले बिना लौट आया—वह दूसरे का पैसा बर्बाद कर रहा है, ऐसा सोचकर वह अपनी माँ से मन-ही-मन बहुत रूठ गया; अपनी हीनता और दीनता के बोध ने उसे मिट्टी में मिला दिया।

स्कूल से लौटकर उसी रात सिर में दर्द होने लगा और देह में कँपकँपी शुरू हुई। उसने समझ लिया कि बुखार आ रहा है। मामी इस बीमारी को कैसी बिना वजह की अनावश्यक परेशानी मान बैठेगी, इसे उसने अच्छी तरह समझ लिया। बीमारी की हालत में वह निकम्मा विचित्र निर्बोध बालक दुनिया में अपनी माँ के अलावा और किसी के पास से सेवा पा सकता है, ऐसी प्रत्याशा करने में उसे लज्जा का अनुभव होने लगा।

दूसरे दिन सुबह फटिक फिर दिखा नहीं। चारों ओर पड़ोसियों के घर में तलाश की गयी, पर उसका कोई पता नहीं चला।

उस दिन रात से ही सावन की मूसलाधार वर्षा शुरू हुई। इसलिए उसकी खोज में लोगों को व्यर्थ में बहुत भीगना पड़ा। अन्त में कहीं भी न पाकर विश्वम्भर बाबू ने पुलिस को सूचना दे दी।

दिन भर के बाद, सन्ध्या के समय एक गाड़ी विश्वम्भर बाबू के घर के सामने

आ खड़ी हुई। उस समय भी लगातार झर-झर वर्षा हो रही थी, रास्ते में घुटनों तक पानी भर गया था।

पुलिस के दो आदमियों ने फटिक को गाड़ी में से सहारा देकर उतार विश्वम्भर बाबू के पास ला उपस्थित किया। वह सिर से पैर तक भीगा था, सारा शरीर कीचड़ से लथपथ, आँखें और मुँह लाल, देह थर-थर काँप रही थी। विश्वम्भर बाबू उसे गोद में उठाकर अन्तःपुर में ले गये।

मामी उसे देखते ही कह उठी, "अरे बाबा, पराये लड़के को लेकर इतना कर्मभोग काहे का। उसे उसके घर भेज दो न!"

वास्तव में सारे दिन फिक्र में उन्होंने अच्छी तरह खाना तक नहीं खाया और अपने लड़कों के साथ नाहक बहुत खिटखिट करती रही थीं।

फटिक ने रोते हुए कहा, "मैं अपनी माँ के पास जा रहा था, ये लोग मुझे पकड़ लाये।"

बालक का ज्वर बहुत बढ़ गया था। सारी रात वह बकता रहा। विश्वम्भर बाबू डॉक्टर ले आये।

फटिक ने अपनी सुर्ख आँखें एक बार खोलीं। वह छत की कड़ी की ओर पागल-सा देखता हुआ बोला, "माँ-माँ, मेरी छुट्टी हुई क्या?"

विश्वम्भर बाबू रूमाल से आँखें पोंछ, बड़े दुलार से फटिक के तपे हुए हाथ को अपने हाथों में लेकर उसके पास आ बैठे।

फटिक फिर अल्ल-बल्ल बकने लगा, "माँ, मुझे मत मार, माँ मैं सच कह रहा हूँ कि मैंने कोई ग़लती नहीं की है।"

दूसरे दिन दोपहर में कुछ देर के लिए सचेत हो फटिक ने जैसे किसी के आने की उम्मीद में घर के चारों ओर आँखें फाड़कर दृष्टि दौड़ायी। फिर निराश हो दीवार की ओर मुँह फेर करवट ले लेटा रहा।

विश्वम्भर बाबू उसके मन के भाव को ताड़कर उसके कान के पास मुँह झुका कर मृदुस्वर में बोले, "फटिक, मैंने तेरी माँ को लिवा लाने आदमी भेजा है।"

दूसरा दिन भी बीत गया। डॉक्टर ने चिन्तित उदास मुख से जता दिया, हालत बहुत ही खराब है।

टिमटिमाते दीप के प्रकाश में विश्वम्भर बाबू रोगशय्या के पास बैठे प्रतिक्षण फटिक की माँ की प्रतीक्षा करते रहे।

फटिक खलासियों के सुर में कहने लगा, "एक ब्याम मिलता नहीं, दो ब्याम मिलता है—ए—ए नहीं।" कलकत्ता आते समय उसे कुछ रास्ता स्टीमर से तय करना पड़ा था, खलासी लोग मोटा रस्सा फेंक जिस सुर में पानी की गहराई नाप रहे थे; फटिक अंडबंड बकता हुआ, उसी का अनुकरण करता हुआ, कातर स्वर में जल नापता अथाह समुद्र में यात्रा कर रहा है, बालक रस्सी फेंक कहीं उसकी थाह नहीं

पा रहा है।

इतने में फटिक की माँ आँधी के वेग से कमरे में प्रवेश करते ही चिल्ला-चिल्लाकर शोक मनाने लगीं। विश्वम्भर के बहुत कष्ट से समझाने पर भी उन्होंने शय्या पर पछाड़ खा ऊँचे स्वर में पुकारा, ''फटिक! मेरे सोना ! मेरे लाल!''

फटिक ने मानो अत्यन्त सहज ही में उत्तर देते हुए कहा, '' हँ-आ···।''

माँ ने फिर पुकारा, ''अरे रे फटिक, मेरे बेटे!''

फटिक आहिस्ता-आहिस्ता करवट ले बिना किसी को सम्बोधित किये मीठे स्वर में बोला, ''माँ, अब मेरी छुट्टी हुई है। मैं अब घर जा रहा हूँ, माँ।''

प्रथम प्रकाशन/साधना/माघ, बंगाब्द 1299

सुभा

जब कन्या का नाम सुभाषिणी रखा गया तब कौन जानता था कि वह गूँगी होगी। उसकी दोनों बड़ी बहनों का नाम सुकेशिनी और सुहासिनी रखा गया था, अतः मेल के लिए उसके पिता ने छोटी कन्या का नाम सुभाषिणी रखा। अब सब उसे संक्षेप में सुभा कहते।

रीति के अनुसार छानबीन और अर्थ जुटाकर दोनों बड़ी कन्याओं का विवाह हो गया। पर, अब छोटी माता-पिता के नीरव हृदय पर भार-सी विराज रही है।

जो बोलती नहीं, वह अनुभव तो करती ही है, ऐसा सबको नहीं लगता; इसलिए उसके सामने ही सब उसके भविष्य के बारे में चिन्ता प्रकट करते। विधाता के अभिशाप-रूप में उसने पिता के घर में आकर जन्म लिया है यह बात उसने बचपन से ही समझ ली थी। उसका परिणाम यह हुआ कि वह हमेशा आम लोगों की दृष्टि से अपने को ओझल रखने की चेष्टा करती। उसे लगता, उसे सब भूल जाएँ तो उसकी जान बचे। पर वेदना क्या कोई कभी भूलता है? माता-पिता के मन में वह सदा ही जागरूक थी। विशेषतः उसकी माँ उसे अपनी एक गलती की तरह मानती रही क्योंकि माँ पुत्र की अपेक्षा कन्या को ही अपने अंश रूप में देखती है। कन्या में कोई कमी देखने पर वह जैसे विशेष रूप से अपनी लज्जा ही उसका कारण मानतीं। बल्कि, कन्या के पिता वाणीकण्ठ सुभा को अपनी अन्य कन्याओं की अपेक्षा जैसे कुछ अधिक ही स्नेह करते थे। माता उसे अपनी कोख का कलंक मान उसके प्रति बहुत खिंची-खिंची रहतीं।

सुभा के पास वाणी नहीं थी, पर उसके पास बड़ी-बड़ी दो काली आँखें थीं और उसके अधर भाव के आभास मात्र से कोमल कोंपल की तरह काँप उठते।

हम बातों से जो भाव प्रकट करते हैं वह हम लोगों को बहुत कुछ अपनी चेष्टा से गढ़ लेना पड़ता है। बहुत कुछ अनुवाद करने जैसा, हर घड़ी ठीक नहीं होता। क्षमता के अभाव में बहुत बार भूलें भी होती हैं। किन्तु, काली आँखों को कोई अनुवाद नहीं करना होता। मन अपने आप ही उसके ऊपर छाया डालता है, भाव स्वयं ही उस पर कभी प्रसारित कभी मुदित होते हैं; कभी उज्ज्वल भाव से प्रज्ज्वलित हो उठते हैं, कभी म्लान भाव से बुझ आते हैं, कभी अस्त होते चन्द्र के समान अनिमेष रूप से ताकते रहते हैं, कभी द्रुत चंचल बिजली के समान दिशा-दिशा में बिखर पड़ते हैं। चेहरे के भाव के अलावा जिसके पास दूसरी कोई भाषा नहीं, उसकी

आँखों की भाषा असीम उदार और गहरी, बहुत कुछ स्वच्छ आकाश के समान निस्तब्ध रंगभूमि-सी।

इस वाक्यहीन मानव में वृहत् प्रकृति के समान एक विजन महत्त्व हैं। इसलिए सामान्य बालक-बालिकाएँ उससे एक प्रकार का डर मानते, उसके साथ खेलते नहीं। वह निर्जन दुपहरी की तरह खामोश और अकेली थी।

गाँव का नाम चण्डीपुर था। पास बहनेवाली नद्री बंगाल की एक छोटी-सी नदी थी। गृहस्थघर की बालिका के समान बहुत दूर तक उसका प्रसार नहीं; निरलसा तन्वी नदी अपने तट की रक्षा करती बहती चली जाती है। दोनों किनारे के गाँवों में से सभी के साथ उसका जैसे कोई-न-कोई एक नाता है। दोनों किनारे पेड़ों की घनी छाया वाले नीचे तल से ग्राम-लक्ष्मी द्रुत पदक्षेप में प्रफुल्ल हृदय अपने असंख्य कल्याण कार्यों में डूबी चली जा रही है।

वाणीकण्ठ का घर बिल्कुल नदी के किनारे ही था। उसका बाँस की खपचियों का बेड़ा, फूस के अठपहलू छप्पर वाला घर, गोष्ठ, ढेंकीघर, भूसे की टार, इमलीतला, आम, कटहल और केले का बाग नाव पर सवार सब किसी की दृष्टि आकर्षित करता। इस गार्हस्थ-सम्पन्नता के बीच गूँगी लड़की पर किसी की नज़र पड़ती या नहीं मालूम नहीं, लेकिन कामकाज से जब भी वह अवसर पाती तभी इस नदी तीर पर आ बैठती।

प्रकृति जैसे उसकी भाषा का अभाव पूरा कर देती है। जैसे उसकी ओर से बोलती हो। नदी की कल-कल ध्वनि, मनुष्यों का कोलाहल, मल्लाहों का गान, पक्षियों का कलरव, तरुओं की मर्मर ध्वनि सब कुछ मिलकर चारों ओर का चलना-फिरना—कम्पन के साथ एक होकर समुद्र की तरंग राशि के समान बालिका के चिर निस्तब्ध हृदय-उपकूल के पास आकर पछाड़ खा-खा गिरती। प्रकृति के वे अलग-अलग स्वर और विचित्र गति यह भी गूँगे की भाषा है—बड़े-बड़े नयन पल्लव विशिष्ट सुभा की जो भाषा है उसी का एक विश्वव्यापी विस्तार; तृणभूमि से शब्दातीत नक्षत्रलोक तक केवल इंगित, संकेत, संगीत, क्रन्दन एवं दीर्घनिश्वास।

और मध्याह्न में जब मल्लाह-मछुवारे भोजन को जाते, गृहस्थ सोते, पक्षी नहीं बोलते, सवारी-नौकाएँ किनारे बँधी रहतीं, जनपूर्ण जगत् सब काम काज के बीच सहसा रुककर भयानक विजनमूर्ति धारण करता, तब रुद्र-महाकाश के तले केवल एक प्रकृति और एक गूँगी बालिका आमने-सामने गुमसुम बैठी रहतीं। एक दूर-दूर तक फैली धूप में, और दूसरी लघु तरु-छाया में। ऐसी बात नहीं कि सुभा की मित्रमंडली में दो-चार अन्तरंग सखियां न थीं। दो गाएँ थी—जिनका नाम था सर्वशी

और पांगुलि। ये नाम बालिका के मुख से उन्होंने कभी सुने नहीं, किन्तु वे उसकी पग-ध्वनि पहचानती थीं—उसमें एक वाणीहीन करुण सुर था, जिसका मर्म भाषा की अपेक्षा कहीं सहजता से समझतीं। सुभा कभी उनको लाड़-प्यार करती, कभी डाँटती, कभी अनुनय करती, इसे मनुष्य की अपेक्षा वे अच्छी तरह समझ पातीं।

सुभा गोष्ठी में प्रवेश कर दोनों बाहुओं द्वारा सर्वशी के गले में लिपट जाती उसके कान के पास अपने गण्डस्थल को घिसती और पांगलि स्निग्ध दृष्टि से उसका निरीक्षण करती हुई उसके शरीर को चाटती। बालिका दिन भर में नियमित रूप से तीन बार गोष्ठ में जाती, उसके अतिरिक्त अनियमित तौर पर भी आना-जाना लगा रहता था। घर में जिस दिन कोई फटकार सुनती उस दिन वह असमय ही अपने दोनों मूक मित्रों के पास आती। उसकी सहिष्णुता-परिपूर्ण विषाद शान्त दृष्टि में वे पता नहीं कैसे एक अन्ध-अनुमान शक्ति द्वारा बालिका की मर्मवेदना को जैसे समझ पातीं और सुभा के शरीर से लगकर धीरे-धीरे उसकी बाँह से सींग घिसते-घिसते उसे मूक व्याकुलता के साथ सान्त्वना देने की चेष्टा करतीं।

इनके अलावा वहाँ बकरी और बिल्ली के बच्चे भी थे, पर उनके साथ सुभा की इस प्रकार की बराबरी की-सी मैत्री न थी, तो भी वे यथेष्ट प्रेम दिखाते। बिल्ली का बच्चा रात-दिन जब तब सुभा की गरम गोदी पर निःसंकोच अधिकार जमाकर सुख-निद्रा का आनंद लेता और सुभा के उसकी गर्दन और पीठ पर कोमल उँगली फेरने पर उसे नींद को बुलाने में विशेष सहायता मिलेगी, इस अभिप्राय को वह संकेत से बता देता।

उन्नत श्रेणी के जीवों में सुभा को और एक साथी मिल गया था। किन्तु उसके साथ बालिका का ठीक कैसा सम्बन्ध था—इसका निर्णय करना कठिन था। इसका कारण यह था कि वह भाषा विशिष्ट जीव था—इसलिए दोनों के बीच भी भाषा समभाषा नहीं थी। यह था गोसाइयों का छोटा लड़का—प्रताप। यह बिल्कुल निकम्मा था। कोई काम-काज करके गृहस्थी जमाने की चेष्टा करेगा, लेकिन अनेक कोशिशों के बाद माँ-बाप ने यह आशा भी त्याग दी थी। निकम्मे लोगों को एक सुविधा यह है कि आत्मीय परिजन उनसे नाराज जरूर रहते हैं लेकिन अक्सर वे बिना समबन्ध वाले लोगों के प्रियपात्र होते हैं क्योंकि किसी काम में न बँधे रहने के कारण वे सरकारी धन जैसे बन जाते हैं। शहर में जैसे एकाध गृह सम्पर्कहीन सरकारी बगीचे का रहना आवश्यक है, वैसे ही गाँव में दो-चार निकम्मे सरकारी लोगों का रहना निहायत जरूरी है। कामकाज में, आनन्द-अवसर में जहाँ एक आदमी कम हो जाए वहीं वे निकट सुलभ हो जाते हैं।

प्रताप का ख़ास शौक़ था बंसी से मछली पकड़ना। इसमें बहुत-सा समय सहज ही कट जाता है। अपराह्न में नदी के किनारे वह अक्सर इस काम में लगा दीखता। और इसी बहाने सुभा के साथ उसकी अकसर मुलाक़ात होती। चाहे जिस किसी काम में लगा रहे, एक साथी के होने पर प्रताप को अच्छा लगता। मछली पकड़ते समय गूँगा साथी ही सबकी अपेक्षा श्रेष्ठ होता है। इसलिए प्रताप सुभा का मूल्य समझता। इसलिए सभी सुभा को 'सुभा' कहते, प्रताप आगे थोड़ी-सी स्नेह की चाशनी डालकर सुभा को 'सु' कहकर बुलाता।

सुभा इमली के पेड़ तले बैठी रहती और प्रताप कुछ ही दूर ज़मीन पर बैठ बंसी पानी में फेंक उसकी ओर ताकता रहता। प्रताप का प्रतिदिन एक पान का बीड़ा बँधा था जो सुभा स्वयं अपने हाथों लगाकर लाती। और शायद बहुत देर बैठे-बैठे देखते-देखते इच्छा करती, प्रताप की कोई एक खास सहायता करने की, किसी काम में लगने की, किसी तरह बता देती कि इस धरती पर वह भी कोई कम प्रयोजनीय व्यक्ति नहीं। किन्तु वहाँ कुछ भी करने को नहीं था। तब वह मन-ही-मन विधाता के पास अलौकिक क्षमता की प्रार्थना करती—मंत्र बल से सहसा ऐसी एक आश्चर्यजनक घटना घटित करने की इच्छा करती जिसे देखकर प्रताप आश्चर्य में पड़ जाय और कहे "अच्छा, तो हमारी सुभी में इतनी क्षमता है यह तो मैं नहीं जानता था।"

मान लो, सुभा यदि जल कन्या होती, धीरे-धीरे जल से बाहर आकर एक सर्प की मणि घाट पर रख जाती, प्रताप अपना तुच्छ मछली पकड़ना छोड़ उस मणि को लेने जल में डुबकी लगाता और पाताल में जाकर देखता, चांदी की अट्टालिका में सोने के पलंग पर कौन बैठा है? हमारे वाणीकण्ठ के घर की वही गूँगी लड़की 'सु', उस मणिदीप्त गहरी निस्तब्ध पातालपुरी की एकमात्र राजकन्या हमारी सु। क्या यह नहीं हो सकता? यह बात क्या इतनी ही असम्भव है। असल में कुछ भी असम्भव नहीं, किन्तु फिर भी सु प्रजाविहीन पाताल के राजवंश में न जन्म ले वाणीकण्ठ के घर में आकर जन्मी है और गोसाइयों के लड़के प्रताप को किसी तरह से आश्चर्य में नहीं डाल पा रही है।

सुभा की उम्र धीरे-धीरे बढ़ती जा रही है। धीरे-धीरे वह जैसे अपने में खुद ही अनुभव करती जैसे किसी एक पूर्णिमा तिथि में किसी एक समुद्र से एक ज्वार का स्रोत आकर उसकी अन्तरात्मा को एक नूतन अनिवर्चनीय चेतना-शक्ति से परिपूर्ण कर देता है। वह अपने को स्वयं ही देख रही है, सोच रही है, प्रश्न कर रही है और समझ नहीं पा रही है।

गहरी पूर्णिमा रात्रि में वह कभी-कभी धीरे से शयनकक्ष का द्वार खोलकर डरते

हुए अपना मुँह निकाल बाहर की ओर ताकती, पूर्णिमा। प्रकृति भी सुभा के समान एकाकिनी सुप्त जगत के ऊपर जगी बैठी—यौवन के रहस्य में, पुलक में, विषाद में असीम निर्जनता की एकदम शेष सीमा तक, यहाँ तक कि वह अतिक्रम कर स्तब्ध हो, एक शब्द तक नहीं बोल पा रही है। इस निस्तब्ध व्याकुल प्रकृति के प्रान्त में एक निस्तब्ध व्याकुल बालिका खड़ी है।

इधर कन्याभारग्रस्त माता-पिता चिन्तित हो उठे हैं। लोगों ने भी निन्दा शुरू कर दी है। यहाँ तक कि, जात से बाहर कर देंगे, ऐसी भी अफ़वाह सुनने में आ रही है। वाणीकण्ठ की सम्पन्न अवस्था थी। दोनों जून ही मछली-भात खाते, इसलिए उनके शत्रु हो गये थे।

पति-पत्नी में काफ़ी सलाह-मशविरा हुआ। कुछ दिनों के लिए वाणी बाहर गये।

अन्त में लौट आकर बोले, "चलो, कलकत्ता चलें।"

परदेश की यात्रा की तैयारी होने लगी। कोहरे से ढँके प्रभात के समान सुभा का सम्पूर्ण हृदय अश्रुवाष्प से एकदम भर उठा। एक अनिर्दिष्ट आशंकावश वह कुछ दिनों में लगातार निर्वाक् जानवर के समान अपने माँ-बाप के संग-संग फिरती बड़ी-बड़ी आँखें उनके मुँह की ओर ताकते हुए कुछ समझने की चेष्टा करतीं, पर वे कुछ भी समझाकर नहीं कह पाते।

इसी बीच एक दिन अपराह्न में पानी में बंसी फेंक प्रताप हँसकर बोला, "क्यों री सु, सुना है तेरे लिए एक दुल्हा मिल गया है, तू शादी करने जा रही है? देखना हम लोगों को भूलना नहीं।"

कहकर फिर मछली फाँसने में डूब गया। आहत हरिणी व्याध की ओर जैसे ताकती है, मौन भाव से कहती है, 'मैंने तुम्हारा क्या अपराध किया? सुभा ने कुछ इसी तरह प्रताप की ओर देखा। उस दिन पेड़ के नीचे फिर न बैठी। वाणीकण्ठ निद्रा से उठकर शयनकक्ष में तम्बाकू पी रहे थे, सुभा उनके पैरों के पास बैठकर उनके मुख की ओर ताकती हुई रोने लगी। अन्त में उसे सान्त्वना देते हुए वाणीकंठ के शुष्क कपोलों पर अश्रु ढुलक पड़े।

कल कलकत्ते जाने का दिन निश्चित हुआ है। सुभा गोष्ठ में अपनी बाल सखियों से विदा लेने गयी। उनको अपने हाथों से खिला, गले से लिपट एक बार दोनों आँखों से जितना संभव बातें कर उनके मुँह की ओर देखा—दोनों नेत्रपल्लवों से टपटप आँसू गिरने लगे।

उस दिन शुक्ल द्वादशी की रात थी। सुभा शयनकक्ष से बाहर हो अपने उस चिर-परिचित नदी-तट की कोमल घास की शय्या पर लोट पड़ी—मानो धरित्री को, इस प्रकाण्ड मूक मानव माता को, दोनों बाँहों की जकड़ में पकड़कर कहना चाहती हो, "माँ, तुम मुझे जाने न देना। मेरे समान अपनी दोनों बाँहों को बढ़ाकर तुम भी मुझे थामे रखो।"

कलकत्ते वाले डेरे में, सुभा की माँ ने एक दिन सुभा को खूब सजाया। कसकर बाल बाँधे, जूड़े में ज़री का फीता लपेटा, और अलंकारों से ढककर उसके स्वाभाविक सौन्दर्य को यथाशक्ति विलुप्त कर दिया। सुभा की आँखों से अश्रु झर रहे हैं, आँखे सूजकर कहीं भद्दी न दीखें, इस कारण उसकी माँ ने उसे बहुत फटकारा, लेकिन अश्रुजल ने फटकार नहीं मानी।

मित्र के साथ वर स्वयं लड़की देखने आये—कन्या के माता-पिता चिन्तित, शंकित, अत्यन्त अधीर हो उठे जैसे देवता स्वयं बलि-पशु को चुनने के लिए आये हों। माँ ने आड़ से बहुत गर्जन-तर्जन और शासन द्वारा बालिका के अश्रु-स्रोत को द्विगुणित कर परीक्षक के सामने भेजा। परीक्षक ने काफ़ी देर निरीक्षण के बाद कहा, "ठीक ही है।"

विशेषतः बालिका के क्रन्दन को देखकर समझा, इसके पास हृदय है और हिसाब लगाकर देखा—"जो हृदय आज माँ-बाप की विच्छेद संभावना से व्यथित हो उठा है वही हृदय आज छोड़ कल मेरे ही काम आयेगा।" सीप के मोती के समान बालिका के अश्रुजल ने बालिका का मूल्य ही बढ़ा दिया उसकी ओर से और कुछ कहा नहीं।

पंचांग मिलाकर श्रेष्ठ शुभ लग्न में विवाह हो गया।

गूँगी कन्या को दूसरे के हाथों सौंपकर माता-पिता घर लौट गये। उनकी जाति और परलोक की रक्षा हुई।

वर पश्चिम की तरफ़ नौकरी करता था। विवाह के बाद ही पत्नी को लेकर उधर चला गया।

एक सप्ताह के अन्दर ही सब समझ गये, नयी दुल्हन गूँगी है। यह किसी ने नहीं समझा कि यह उसका दोष नहीं। उसने किसी को भी ठगा नहीं। उसकी दोनों आँखों ने सब कुछ बता दिया था, पर कोई उसे समझ नहीं सका। वह चारों ओर ताकती, बोल नहीं पाती। जो गूँगे की भाषा समझते वे आजन्म परिचित चेहरे देखने को नहीं मिलते। बालिका के चिर नीरव हृदय में एक असीम अव्यक्त क्रन्दन ध्वनित होता रहता। अन्तर्यामी को छोड़ दूसरा कोई उसे सुन नहीं पाता।

इस बार उसके पति आँख-कानों की परीक्षा करके भाषा विशिष्ट एक कन्या को ब्याह लाये।

प्रथम प्रकाशन/साधना/फाल्गुन, बंगाब्द 1299

महामाया

महामाया और राजीव लोचन दोनों का नदी-किनारे एक भग्न-मंदिर में साक्षात्कार हुआ।

महामाया ने बिना कुछ बोले अपनी स्वाभाविक गम्भीर दृष्टि कुछ भर्त्सना के भाव से राजीव पर डाली। उसका आशय यह था कि "तुम किस साहस से आज असमय ही मुझे यहाँ बुला लाये हो। मैं अब तक तुम्हारी सब बातें सुनती चली आयी हूँ। इसी से तुम्हारा दुःसाहस बढ़ गया है?"

राजीव एक तो हमेशा महामाया से कुछ सहमा-सा रहता, उस पर इस दृष्टिपात ने उसे भारी विचलित कर दिया। दो-चार बातें सजाकर कहने की सोचा था, उस आशा को उसी क्षण तिलांजलि देनी पड़ी। पर अविलम्ब इस मिलन का कोई एक कारण न दिखाने से भी नहीं चलेगा, इससे जल्दी से कह बैठा, "मेरा कहना है कि यहाँ से भागकर हम दोनों विवाह कर लें।" राजीब के कहने का जो उद्देश्य था यह बात उसने ठीक ही जता दी, पर जो भूमिका मन-ही-मन तय कर आया था उसका कुछ भी नहीं हुआ। बात बिल्कुल नीरस और निरलंकार थी यहाँ तक कि सुनने में भी कुछ विचित्र-सी लगी। खुद कहकर वह खुद ही हक्का-बक्का रह गया। और दो-चार बातें जोड़कर उसको कुछ मृदु बना देगा, इसकी सामर्थ्य भी न रही। नदी-किनारे भग्न-मंदिर में इस मध्याह्न वेला में महामाया को बुला निर्बोध व्यक्ति ने बस इतना ही कहा, "चलो, हम विवाह कर लें।"

महामाया कुलीन घराने की कुमारी थी। आयु चौबीस वर्ष। जैसी भरी उम्र, वैसा ही भरा सौन्दर्य। जैसे शरत्कालीन धूप की तरह कच्चे सोने की प्रतिमा हो—धूप जैसी ही दीप्त तथा नीरव और उसकी दृष्टि दिवालोक के समान उन्मुक्त और निर्भीक।

उसके पिता नहीं हैं, बड़े भाई हैं—नाम है भवानीचरण चट्टोपाध्याय। भाई-बहन क़रीब-क़रीब एक ही प्रकृति के हैं—मुँह में शब्द नहीं, किन्तु चेहरे पर ऐसा तेज है जो दिन के दोपहर के समान चुपचाप दहकता रहता है। लोग भवानीचरण से बिना कारण ही डरते।

राजीव परदेशी है। यहाँ की रेशम कोठी के बड़े साहब उसे अपने साथ लाये थे। राजीव के पिता इन साहब के कर्मचारी थे, उनकी मृत्यु के बाद उनके कम उम्र के पुत्र के भरण-पोषण का भार स्वयं लेकर उसे बचपन में ही वामन हाटि की कोठी में ले आये हैं। बालक के साथ केवल उसकी स्नेहशीला बुआ रहती थी। ये भवानीचरण के

पड़ोस में रहते थे। महामाया राजीव की बाल्य-सखी थी और राजीव की बुआ के साथ उसका गहरा स्नेह-बन्धन था।

राजीव की उम्र बढ़ते हुए सोलह, सत्रह, अठारह यहाँ तक कि उन्नीस हो चली, फिर भी बुआ के अनेक अनुरोध के बावजूद विवाह करना नहीं चाहता। साहब बंगाली लड़के की ऐसी असाधारण बुद्धि का परिचय पा अत्यन्त प्रसन्न हुए, सोचा, 'लड़के ने उन्हें ही अपने जीवन की आदर्श भूमि बनाया है।' साहब अविवाहित थे। इस बीच उसकी बुआ की भी मृत्यु हो गयी।

इधर अपनी क्षमता से कहीं अधिक व्यय के अलावा महामाया के लिए भी अनुरूप कुल-सम्पन्न पात्र नहीं मिल रहा था। उसकी भी कुमारी आयु बढ़ने लगी।

पाठकों को कहना न होगा कि परिणय बन्धन जिस देवता का कार्य है यद्यपि वे इस नर-नारी युगल के प्रति अब तक किसी विशेष अरुचि का प्रदर्शन नहीं करते आ रहे हैं, लेकिन प्रणय-बन्धन का भार जिन पर है उन्होंने इतने दिन समय नष्ट नहीं किया। वृद्ध प्रजापति जब ऊँघ रहे थे, युवा कन्दर्प तब पूरी तरह सजग होकर विराज रहे थे। भगवान कामदेव का प्रभाव भिन्न व्यक्तियों पर भिन्न रूप से प्रकट होता है। राजीव उनकी प्रेरणा से दो-चार मन की बातें कहने का अवसर ढूँढता रहता, महामाया उसे वह अवसर नहीं देती। उसकी निस्तब्ध गम्भीर दृष्टि राजीव के व्याकुल हृदय में एक प्रकार के भय का संचार कर देती।

आज सैकड़ों बार सिर की क़सम देकर राजीव महामाया को इस भग्न-मंदिर में लाने को सफल हुआ। इसलिए सोचा, जितना कुछ कहने को है आज सब कह डालेगा, उसके बाद कदाचित् आमरण सुख नहीं तो आजीवन मृत्यु। जीवन के ऐसे एक संकट की घड़ी में राजीव ने बस इतना ही कहा, 'चलो, अब विवाह कर लें।'' और उसके बाद पाठ भूल चुके छात्र के समान हक्का-बक्का हो चुप रह गया। राजीव इस प्रकार का प्रस्ताव करेगा, महामाया को जैसे ऐसी आशा नहीं थी। बहुत देर तक इसलिए वह चुप्पी साधे रही।

मध्याह्न वेला की कई अनिर्दिष्ट करुण ध्वनियाँ हैं, वे सब इस निस्तब्धता में फूटने लगीं। वायु में मंदिर का आधा जुड़ा भग्न द्वार रह-रहकर अत्यन्त मृदु मन्द आर्त स्वर के साथ धीरे-धीरे खुलने और बन्द होने लगा। मंदिर के गवाक्ष में बैठा कबूतर बक··· बकम् बोलता, बाहर सेमल वृक्ष की शाखा पर बैठा कठफोड़वा एक-रसता में ठक्-ठक् शब्द करता, सूखे पत्तों के ढेर में से गिलहरी सर-सर शब्द करती दौड़ जाती, अचानक एक गर्म हवा का बगूला-सा उठता और मैदान की ओर से आकर सारे पेड़ के पत्तों में झर-झर कर उठता और सहसा नदी का जल जमकर टूटे घाट की सीढ़ियों पर छलात्-छलात् स्वर से टकराता रहता। इन सारे आकस्मिक अलस शब्दों के बीच बहुत दूर तरुतल से एक चरवाहे की वंशी में ग्रामीण सुर बज रहा है। राजीव महामाया के मुख की ओर ताकने का साहस न कर

मंदिर की दीवार के सहारे खड़ा एक तरह से श्रान्त स्वप्नाविष्ट के समान नदी की ओर ताक रहा है।

कुछ देर बाद मुँह फेरकर राजीव ने और एक बार भिक्षुक के भाव से महामाया के मुँह की ओर ताका। महामाया ने सिर हिलाकर कहा, ''नहीं, यह नहीं हो सकता।''

महामाया का सिर जैसे ही हिला राजीव की आशा भी वैसे ही भूमिसात् हो गयी। क्योंकि राजीव यह अच्छी तरह जानता था कि महामाया का सिर महामाया के अपने नियमानुसार ही हिलता है, और किसी में सामर्थ्य नहीं कि उसे उसके मत से विचलित करे। प्रबल कुलाभिमान महामाया के वंश में कितने ही काल से प्रवाहित हो रहा है। क्या वह कभी भी राजीव के समान अकुलीन ब्राह्मण से विवाह के लिए राज़ी हो सकती है। प्यार करना एक बात और विवाह करना दूसरी बात। जो भी हो, महामाया ने समझा, उसके ही विवेकहीन व्यवहार से राजीव का दुस्साहस बढ़ा है। उसी क्षण वह मंदिर छोड़कर जाने को तैयार हो गयी।

राजीव ने परिस्थिति समझकर जल्दी में कहा, ''मैं कल ही इस शहर से चला जा रहा हूँ।''

महामाया ने पहले सोचा ऐसा भाव दिखाएगी 'इस खबर से मुझे क्या करना', लेकिन दिखा न सकी। पैर उठाने पर भी पैर नहीं उठे। शान्त भाव से पूछा, ''क्यों?''

राजीव ने कहा, ''मेरे साहब की यहाँ से सोनापुर की कोठी में बदली हो रही है, मुझे भी साथ ले जा रहे हैं।''

महामाया फिर बहुत देर तक चुप रही। सोचकर देखा, दोनों के जीवन की गति दो ओर है--एक व्यक्ति को जीवनभर नज़रबन्द नहीं रखा जा सकता है। इसीलिए बन्द ओठों को थोड़ा-सा खोलकर बोली, ''अच्छा!'' जो बहुत कुछ गहरी दीर्घ निश्वास-सा सुनाई पड़ा।

केवल इतनी बात कहकर महामाया फिर जाने को तैयार हो रही थी कि इतने में राजीव चौंककर बोला, ''चाटुर्ज्या महाशय।!''

महामाया ने देखा, भवानीचरण मंदिर की ओर आ रहे हैं; वह समझ गयी उन्हें उनकी खबर मिल गयी है। राजीव ने महामाया पर आयी विपदा की संभावना देख मंदिर की टूटी दीवार को फाँदकर बाहर जाने की चेष्टा की। लेकिन महामाया ने बलपूर्वक उसका हाथ पकड़ अटकाए रखा। भवानीचरण ने मंदिर में प्रवेश किया--केवल एक बार मौन निस्तब्ध भाव से दोनों पर दृष्टिपात किया।

महामाया राजीव की ओर देखकर अविचलित भाव से बोली, ''राजीव, मैं तुम्हारे ही घर आऊँगी। तुम मेरी प्रतीक्षा करना।''

भवानीचरण चुपचाप मंदिर के बाहर आये। महामाया भी चुपचाप उनके पीछे-पीछे चली गई। राजीव हक्का-बक्का खड़ा रहा, जैसे उसे फाँसी का हुक्म हुआ हो।

उसी रात भवानीचरण ने एक चेली लाकर महामाया से कहा, ''यह पहनकर आओ।'' महामाया पहन आयी।

फिर कहा, ''मेरे साथ चलो।''

भवानीचरण का आदेश, यहाँ तक कि संकेत की भी कभी किसी ने अनसुनी नहीं की। महामाया ने भी नहीं।

उसी रात दोनों नदी किनारे श्मशान की ओर चले। श्मशान घर से अधिक दूर नहीं था। वहाँ गंगा यात्री के कमरे में एक वृद्ध ब्राह्मण मृत्यु की प्रतीक्षा कर रहा था। उसी की खटिया के पास दोनों जा खड़े हुए। कमरे के एक कोने में पुरोहित ब्राह्मण उपस्थित था, भवानीचरण ने उसे इशारा दिया। वह अविलम्ब शुभानुष्ठान का आयोजन कर तैयार खड़ा हो गया। महामाया ने समझा इसी मुमूर्षु के साथ उसका विवाह होना है। उसने लेशमात्र भी आपत्ति प्रकट नहीं की। दो निकटवर्ती चिताओं के प्रकाश में अन्धकार प्रायः कमरे में मृत्यु-यंत्रणा की आर्तध्वनि के साथ अस्पष्ट मंत्रोच्चारण मिश्रित कर महामाया का विवाह हो गया।

जिस दिन विवाह हुआ उसके दूसरे दिन ही महामाया विधवा हो गयी। इस दुर्घटना में विधवा ने तनिक भी शोक का अनुभव नहीं किया। राजीव पर भी महामाया के अकस्मात् विवाह-समाचार से जैसा वज्राहत हुआ था, वैधव्य-संवाद से वैसा नहीं हुआ। यहाँ तक कि किंचित प्रसन्नता का अनुभव करने लगा। किन्तु, वह भाव अधिक देर तक स्थायी नहीं हुआ, और एक दूसरे वज्राघात ने राजीव को बिल्कुल धराशायी कर दिया। उसे समाचार मिला, श्मशान में आज भारी धूम मची है। महामाया सती होने जा रही है।

पहले ही उसने सोचा, साहब को खबर देकर उनकी सहायता से इस अत्यन्त निष्ठुर घटना का बलपूर्वक विरोध करेगा। फिर स्मरण आया, साहब आज ही बदली का आदेश पाकर सोनापुर रवाना हो गये हैं। राजीव को भी साथ ले जाना चाहा था, किन्तु राजीव एक महीने की छुट्टी लेकर रुक गया।

महामाया ने उससे कहा है, ''तुम मेरे लिए प्रतीक्षा करना।'' इस बात को वह किसी भी तरह भूल नहीं सकता। अभी एक महीने की छुट्टी ली है, आवश्यक होने पर दो महीने, फिर तीन महीने, और अन्त में साहब का काम छोड़कर द्वार-द्वार भिक्षा माँगकर खाएगा, फिर भी जीवन-भर प्रतीक्षा करना छोड़ेगा नहीं।

राजीव जब पागल के समान दौड़ता आया तो आत्महत्या या और कुछ करने की सोच ही रहा था, उसी समय संध्याकाल में मूसलाधार वर्षा के साथ एक प्रलय झंझा उपस्थित हुई। ऐसा झंझावत कि राजीव को लगा, सिर पर घर टूट पड़ेगा। उसने

पाया कि बाहर भी उसके अन्तर के अनुरूप एक महाविप्लव उपस्थित हुआ है तब जैसे वह कुछ शान्त हुआ। उसे लगा, सारी प्रकृति ने उसकी ओर से किसी प्रकार का प्रतिविधान करना आरम्भ कर दिया है। वह स्वयं जीवनी-शक्ति प्रयोग की इच्छा मात्र करता किन्तु कर नहीं सकता था प्रकृति आकाश-पाताल घेरकर उतनी शक्ति प्रयोग कर काम कर रही हैं।

इतने में बाहर से किसी ने ज़ोर से दरवाज़ा ठेला। राजीव ने जल्दी से खोल दिया। गीले वस्त्रों में किसी स्त्री ने कमरे में प्रवेश किया, लम्बे घूँघट में उसका पूरा चेहरा ढका था। राजीव ने उसी क्षण उसे पहचान लिया, वह महामाया थी।

उसने उच्छ्वसित स्वर में पूछा, "महामाया, तुम चिता से उठकर आयी हो?"

महामाया ने कहा, "हाँ। मैंने यह स्वीकार किया था न कि तुम्हारे घर आऊँगी। वही वचन निभाने आयी हूँ। लेकिन राजीव, मैं अब वह नहीं रही, मेरा सब कुछ बदल गया है। केवल मन से ही मैं वहीं महामाया हूँ। अभी भी कह दो, अब भी मैं अपनी चिता में लौट सकती हूँ। और यदि प्रतिज्ञा करो, कभी भी मेरा घूँघट नहीं खोलोगे, मेरा मुख नहीं देखोगे, तब मैं तुम्हारे घर रह सकती हूँ।"

मृत्यु के हाथ से लौटाकर पाना ही पर्याप्त है; तब और सब तुच्छ जान पड़ता है। राजीव ने जल्दी से कहा, "तुम्हारी जैसी इच्छा, वैसे ही रहना। मुझे छोड़कर चली गयी तो मैं बचूँगा नहीं।"

महामाया ने कहा, "तब अभी चलो। तुम्हारे साहब जहाँ बदली होकर चले गये हैं, वहीं चलें।"

घर में जो कुछ था, सब छोड़कर राजीव महामाया को लेकर उस आँधी में बाहर निकला। ऐसी आँधी कि खड़ा होना तक मुश्किल। आँधी के वेग में कंकड़ उड़कर आते और फेंक गये छर्रे के टुकड़े के समान शरीर को बेंधने लगते। सिर पर पेड़ के टूट गिरने के भय से पथ छोड़कर दोनों खुले मैदान में से होकर चलने लगे। वायु का वेग पीछे से आघात करता। जैसे आँधी लोकालय से दो प्राणियों को छिन्न कर प्रलय की ओर उड़ाकर लिये जा रही है।

पाठक, आप इस कहानी को बिल्कुल काल्पनिक या अलौकिक न मान लें। जब सती-प्रथा प्रचलित थी तब ऐसी घटनाएँ अक्सर घटित होती सुनी जाती थीं।

महामाया के हाथ-पैर बाँधकर उसे चिता में समर्पण कर यथासमय अग्नि प्रयोग किया गया था। अग्नि भी धू-धूकर प्रज्ज्वलित हो उठी, इतने में प्रचण्ड आँधी और मूसलाधार वर्षा शुरू हो गयी। जो दाह करने आये थे उन्होंने जल्दी से गंगायात्री के कमरे में आश्रय ले द्वार बन्द कर लिया। वर्षा में चिता की आग को बुझते देर न

लगी। इस बीच महामाया के हाथ के बन्धन भस्म हुए और उसके दोनों हाथ मुक्त हो गये। असह्य दाह-यंत्रणा में एक भी शब्द न उच्चरित कर महामाया ने उठ-बैठ पैर के बन्धन खोले। उसके बाद, स्थान-स्थान पर जले वस्त्र-खण्ड शरीर में लपेट नग्नप्रायः महामाया चिता से उठकर पहले अपने घर आयी। घर में कोई भी न था, सभी श्मशान में गये हुए थे। दिया जलाकर साड़ी पहनकर महामाया ने एक बार दर्पण में मुख देखा। फिर उस दर्पण को ज़मीनपर पटककर एक बार जाने क्या सोचा। उसके बाद चेहरे पर लम्बा घूँघट खींच पास ही राजीव के घर जा पहुँची।

महामाया अब राजीव के घर में है, लेकिन राजीव के जीवन में सुख नहीं। अधिक नहीं, दोनों के बीच केवल एक घूँघट मात्र का व्यवधान है। लेकिन वह घूँघट मात्र मृत्यु के समान चिरस्थायी, लेकिन मृत्यु की अपेक्षा अधिक कष्टदायक है। कारण, निराशा मृत्यु की विच्छेद-वेदना को काल-क्रम में सुन्न कर देती है, किन्तु इस घूँघट के विच्छेद मात्र में एक जीवन्त आशा प्रतिदिन, प्रतिक्षण आहत हो रही है।

एक तो महामाया में हमेशा से ही एक निस्तब्ध नीरव भाव था, उस पर से इस घूँघट के भीतर की निस्तब्धता द्विगुणित दुःसह लगती। वह जैसे एक मृत्यु द्वारा आवृत हो वास कर रहा है। यह निस्तब्ध मृत्यु राजीव के जीवन को आलिंगन कर प्रतिदिन जैसे विशीर्ण करने लगी। राजीव इसके पहले जिस महामाया को जानता था उसे भी खोया और उसकी उस बालपन की सुन्दर स्मृति को जो उसने अपने संसार में सँजोकर रखी थी—यह घूँघट में लिपटी मूर्ति हमेशा-हमेशा पास में रह कर भी नीरव भाव से उसमें बाधा देने लगी। राजीव सोचता, मनुष्य-मनुष्य के बीच स्वभावतः यथेष्ट व्यवधान है। विशेषतः महामाया पुराण-वर्णित कर्ण के समान सहज-कवच-धारिणी हो उठी है। उसने अपने स्वभाव के चारों ओर एक आवरण लेकर ही जन्म लिया है। उसके बाद बीच में फिर जैसे और एक बार जन्म लेकर फिर एक और आवरण ले आयी है। निरन्तर बगल में रहकर भी वह इतनी दूर चली गयी है और राजीव जैसे उसे अपनी पहुँच में नहीं पाता। केवल एक मायावेष्टन के बाहर बैठ अतृप्त तृषित हृदय से इस सूक्ष्म—साथ ही, अटल रहस्य-भेदन की चेष्टा कर रहा है। नक्षत्र जैसे हर रात निद्राहीन निर्निमेष झुके नेत्र से अन्धकार से भरी रात को भेद करने की कोशिश में बेकार ही जागा रहता है।

ऐसे ही इन दो संगीहीन एकक प्राणियों ने कितने दिन साथ ही बिताये।

एक दिन की बात है। वर्षाकाल में शुक्लपक्ष दशमी की रात में बादल छँटा और प्रथम चाँद दिखाई पड़ा। उस रात को निद्रा त्यागकर राजीव भी अपनी खिड़की पर बैठा था। ग्रीष्म क्लिष्ट वन से एक सुगन्ध और झिल्ली का श्रान्तरव उसके कमरे में आकर प्रवेश कर रहा था। राजीव देख रहा था, अन्धकार तरुश्रेणी के प्रान्त शान्त सरोवर एक मार्जित चाँदी के पत्तर के समान चमचमा रहा था। ऐसे समय में मनुष्य

स्पष्ट ही ऐसी कोई बात सोचता है या नहीं, कहना कठिन है। केवल उसका सारा अन्तःकरण किसी एक ओर प्रवाहित होता रहता है। वन के समान एक गन्धोच्छ्वास देता है, रात्रि के समान एक झिल्ली ध्वनि करता है। राजीव ने क्या सोचा, मालूम नहीं किन्तु उसको लगा जैसे आज सारे पूर्व के नियम टूट गये हैं। आज वर्षा रात्रि ने अपना मेघावरण खोल फेंका है और आज की यह निशीथिनी उस काल की उस महामाया के समान निस्तब्ध सुन्दर और सुगम्भीर दीख रही है। उसका सम्पूर्ण अस्तित्व उस महामाया की ओर एक साथ दौड़ चला।

नींद में चलने की तरह उठकर राजीव ने महामाया के शयन-कक्ष में प्रवेश किया। महामाया तब सो रही थी।

राजीव पास जाकर खड़ा हुआ—मुख झुकाकर देखा—महामाया के मुख के ऊपर ज्योत्स्ना आ पड़ी थी। किन्तु, हाय, यह क्या! वह चिर-परिचित मुख कहाँ! चिता की आग अपनी निष्ठुर लपलपाती जीभ से महामाया के बाँये हिस्से के सौन्दर्य को एकदम चाटकर अपनी भूख के अवशेष छोड़ गयी है।

शायद राजीव चौंक उठा था, लगता है शायद एक अव्यक्त ध्वनि भी उसके मुख से निकली होगी। महामाया चौंककर जाग उठी। देखा, सामने राजीव। उसी क्षण घूँघट खींच शय्या छोड़ एकदम उठ खड़ी हुई। राजीव ने समझा अब वज्राघात होने को ही है। वह ज़मीन पर गिरा और पैर पकड़कर कहा, "मुझे क्षमा करो।"

महामाया एक भी शब्द न बोल, क्षण-भर के लिए पीछे न मुड़, घर से बाहर निकल गयी। राजीव के घर में फिर उसने प्रवेश नहीं किया। फिर कहीं उसका पता न लगा। वह क्षमाहीन चिरविदाई की नीरव क्रोधाग्नि राजीव के सारे जीवन पर अच्छा-खासा दाग छोड़ गई।

प्रथम प्रकाशन/साधना/पौष, बंगाब्द 1301

विचारक

प्रौढ़ आयु में क्षीरोदा को जिस पुरुष का सहारा मिला था, वह भी उसको फटे-पुराने कपड़ों की तरह छोड़कर चली गया। तब मुट्ठी-भर अन्न के लिए दूसरे सहारे की तलाश करते हुए उसने बहुत अधिक आत्म-ग्लानि महसूस की थी।

यौवन के बाद शुभ्र शरत्‌काल के समान एक गम्भीर प्रशान्त-प्रगाढ़ सुन्दर उम्र आती है। जब जीवन-फल के फलने और अन्न के पकने का समय होता है, तब उद्दाम यौवन की वसन्त-चंचलता शोभा नहीं देती। तब तक संसार के बीच हमारा घर बसाना एक प्रकार से समाप्त हो आता है। अनेक अच्छे-बुरे कई सुख-दुःख, जीवन को परिपक्व करके अन्तर के मानव को परिणत कर देते हैं, हमारे अधिकार के बाहर कुहरे से घिरे दुराशा के कल्पना लोक से सारी उद्‌भ्रान्त वासनाओं का प्रत्याहरण करके अपनी क्षुद्र क्षमता के गृह प्राचीर में प्रतिष्ठित कराती है, तब नवीन प्रणय की मुग्ध दृष्टि को अधिक आकर्षित नहीं किया जा सकता। किन्तु पुराने लोगों के लिए मनुष्य और भी प्रिय हो उठता है। तब यौवन-लावण्य थोड़ा-थोड़ा कर क्षीण हो आता है, किन्तु ज़रा विहीना अन्तप्रकृति बहुत दिनों के सहवास क्रम के कारण मुख पर आँखों पर जैसे स्पष्टतर रूप में अंकित हो जाती है। हँसी, दृष्टिपात, कण्ठ स्वर भीतर के मानव के द्वारा ओतप्रोत हो उठते हैं। जो कुछ पाया नहीं, उसकी आशा छोड़, जो छोड़ गये हैं उनके लिए शोक समाप्त कर, जिन्होंने वंचना की है उन्हें क्षमा कर, जो पास आये हैं, प्यार किया है, संसार के सारे आँधी-तूफ़ान, शोक, अनुताप विच्छेद में जो कई एक प्राणी पास बचे हैं, उन्हें हृदय के निकट खींच ले। यौवन के उस स्निग्ध सन्ध्याकाल में जीवन के उस शान्तिपर्व में भी जिसे नूतन संचय, नूतन परिचय, नूतन बन्धन के व्यर्थ आश्वासन में नये प्रयास में भाग-दौड़ करनी होती है। तब भी जिसके विश्राम के लिए शय्या रची नहीं गयी, जिसके घर वापसी के लिए सान्ध्यदीप नहीं जला—संसार में उसके समान दयनीय दूसरा कोई नहीं।

क्षीरोदा ने अपने यौवन की अन्तिम सीढ़ी पर जिस दिन प्रातःकाल जागकर देखा, उसका प्रणयी पिछली रात उसके सारे गहने और धन चुराकर भाग गया है। घर का किराया देने तक का साधन उसके पास नहीं। तीन वर्ष के शिशु पुत्र को दूध लाकर पिलाने तक का पैसा नहीं। जब उसने सोचकर देखा उसके जीवन के अड़तीस वर्षों में वह एक भी व्यक्ति को अपना नहीं बना सकी। एक घर के कोने में भी

जीने-मरने का अधिकार प्राप्त नहीं किया। जब उसे याद आया, फिर आज आँसुओं को पोंछकर दोनों आँखों में काजल लगाना होगा, अधर-कपोलों पर लाली फेरनी होगी, जीर्ण यौवन को विचित्र छलना द्वारा ढककर हास्य मुख से असीम धैर्य के साथ नये हृदय-हरण के लिए नये माया-पाश का विस्तार करना होगा—तब वह कमरे का दरवाजा बन्द कर भूमि पर लोटते हुए बार-बार कठिन धरती पर सिर कूटने लगी। सारे दिन भूखी अधमरी-सी पड़ी रही थी। शाम हो आयी। दीपविहीन घर के कोने में अन्धकार गहराने लगा। क्षीरोदा अकस्मात् दरवाजा खोलकर झाड़ू हाथ में ले बाघिन की तरह गरजकर दौड़ पड़ी। रस पिपासु युवक एक क्षण देरी किये बिना सिर पर पाँव लेकर भागा।

उसका बच्चा भूख की पीड़ा से रो-रोकर खाट के नीचे सो गया था, उस गोल-माल से जग उठा। अन्धकार में टूटे कातर स्वर में 'माँ-माँ' कहने लगा। तब क्षीरोदा उस रोते हुए शिशु को प्राण पण से छाती से दबा विद्युत वेग से दौड़कर पास वाले कुएँ में कूद पड़ी।

इस आवाज को सुनकर हाथ में बत्ती लिए पड़ोसी-जन कुएँ के निकट आ पहुँचे। क्षीरोदा और शिशु को निकालने में देरी नहीं हुई। क्षीरोदा तब भी बेहोश थी और शिशु मर चुका था।

अस्पताल जाकर क्षीरोदा ने स्वास्थ्य लाभ किया। शिशु की हत्या के अपराध में मजिस्ट्रेट ने उसका सेसन में चालान कर दिया।

जज मोहित मोहन दत्त स्टैच्युटरी सिविलियन थे। उनके कठोर आदेश से क्षीरोदा को फाँसी की सजा मिली। उस बदनसीब की हालत पर तरस खा करके वकीलों ने उसे बचाने के लिए बड़ी चेष्टा की, पर वे किसी भी तरह सफल नहीं हुए। जज उसे रंचमात्र भी दया के योग्य मान नहीं सके।

न मान सकने का एक और कारण है। एक ओर वे हिन्दू-महिलाओं को देवी की संज्ञा देते, दूसरी ओर स्त्री-जाति के प्रति उनका आन्तरिक अविश्वास था। उनका मत यह है कि रमणियाँ कुल-बन्धन खत्म करने के लिए तैयार रहती है। यह मर्यादा रंचमात्र शिथिल होते ही समाज पिंजर में एक भी कुल-नारी बाकी नहीं रहेगी। उनके इस प्रकार के विश्वास का कारण है। उस कारण को जानने के लिए मोहित के यौवन के इतिहास के कुछ अंश की चर्चा जरूरी है।

मोहित जब कॉलेज के द्वितीय वर्ष में पढ़ते थे तब आकार और आचार में अब से सम्पूर्ण अलग प्रकार के व्यक्ति थे। इस समय मोहित के सामने हिस्से में गंजापन, पीछे चुटिया, हर सुबह पैने उस्तरे से मूँछ-दाढ़ी का सफाया हुआ

करता है। किन्तु तब वे सोने के फ्रेम के चश्मे, मूँछ-दाढ़ी और साहबी ढंग के बाल संवारने से उन्नीसवीं शताब्दी के नये संस्करण कार्तिकेय के समान थे। वेशभूषा के प्रति विशेष रुचि थी। मांस-मदिरा बुरी नहीं लगती थीं और इससे जुड़े दो-चार और भी शौक थे।

पास ही गृहस्थ परिवार रहता था। हेमशशी नाम की उनकी एक विधवा कन्या थी। उसकी उम्र अधिक नहीं थी—चौदह से पन्द्रह की थी और पाँव बढ़ाती हुई।

समुद्र से दूर क्षितिज तक नीली तटभूमि जैसी रमणीय स्वप्नवत् चित्रवत् लगती है, वैसा किनारे पर जाकर नहीं लगता। वैधव्य के वेष्टन अन्तराल में हेमशशी संसार से जितनी दूर हो पड़ी थी, उस दूरत्व के विच्छेद के कारण संसार उसके लिए पर पारवर्ती परम रहस्यमय प्रमोद भवन के समान लगता। वह जानती न थी यह जगत् यंत्र का कल-कारखाना अत्यन्त जटिल है। दुःख-सुख, विपद-सम्पद, संकट-संशय और नैराश्य-परिताप से मिश्रित है। उसे लगता संसार यात्रा कलनादिनी निर्झरिणी के स्वच्छ जल-प्रवाह के समान सहज, सम्मुखवर्ती सुन्दर पृथ्वी के सभी पथ-प्रशस्त और सरल, सुख केवल उसके वातायन के बाहर और तृप्तिहीन आकांक्षा तो बस कोमल हृदय के भीतर ही है। विशेषतः, तब उसके अन्तराकाश के दूर दिगन्त से एक यौवन समीकरण ने उच्छ्वसित हो विश्व संसार को विचित्र वासन्ती श्री से विभूषित कर दिया था। सारा आकाश उसके हृदय हिल्लोल से पूर्ण हो गया था और पृथ्वी जैसे उसी के सुगन्धित मर्मकोष के चारों ओर लाल कमल के कोमल दलों के समान स्तर-स्तर में विकसित हो उठी थी।

घर में उसके माँ-बाप और दो छोटे भाइयों के अलावा और कोई नहीं था। दोनों भाई तड़के ही जल्दी खाकर स्कूल जाते, फिर स्कूल से लौटकर खाना खाते और सन्ध्या के बाद मुहल्ले के नाइट स्कूल में पाठ अभ्यास करने जाते। पिता सामान्य वेतन पाते, घर में मास्टर रखने की उनमें सामर्थ्य नहीं थी।

काम से छुट्टी पा हेम अपने अकेले कमरे में आ बैठती। एकटक राजपथ पर लोगों का आना-जाना देखती। फेरीवाला कातर और ऊँचे स्वर में हाँक लगाता, वही सुनती; और सोचती—पथिक सुखी हैं, भिक्षुक स्वतंत्र है और फेरीवाला जीविका के लिए कठिन प्रयास में प्रवृत्त है—ऐसा नहीं—ये सारे लोग मानो आनी-जानी सुख रंगभूमि के अभिनेता मात्र हैं।

मोहित मोहन देखने में सर्वसौभाग्य सम्पन्न पुरुष-श्रेष्ठ महेन्द्र के सामन जान पड़ता। लगता, उस ऊँचे माथे वाले सुन्दर युवक के पास सब कुछ है और उसे सब कुछ दिया जा सकता है। बालिका जैसे गुड़िया को जीवित प्राणी मानकर खेलती है, वैसे ही विधवा मोहित को मन-ही-मन हर तरह की महिमा से युक्त देवता रूप में खेलती थी। किसी-किसी शाम को देखती, मोहित का कमरा प्रकाश से उज्ज्वल,

नर्तकी के घुंघरुओं और नारी कण्ठ के संगीत ध्वनि से मुखरित है। उस दिन वह दीवारों पर पड़ी चंचल छायाओं की ओर देखते-देखते निद्राहीन तृषित आँखों से सारी रात बैठे हुए काट देती। उसका व्यथित पीड़ित हृदय-पिण्ड पिंजरे के पक्षी की तरह उसकी पसलियों पर पूरे जोर से चोट करता रहता।

ऐसा नहीं कि वह अपने इस देवता की विलासिता के लिए मन-ही-मन भर्त्सना करती, निन्दा किया करती थी। आग जैसे पतंगे को नक्षत्र-लोक का प्रलोभन दिखा आकर्षित करती है, मोहित का वह आलोकित कक्ष हेमशशी को उसी प्रकार स्वर्ग मरीचिका दिखा ललचाया करता। वह गहन रात में एकाकिनी जगी बैठी उस पास के वातायन की आलोक छाया तथा संगीत और अपने मन की आकांक्षा तथा कल्पना को ले एक माया राज्य गढ़ लेती। अपनी मानस पुतली को उस मायापुरी के बीच बैठाकर विस्मित-विमुग्ध नेत्रों से और अपने जीवन-यौवन, सुख-दुख, इहलोक-परलोक सभी को वासना के अंगार में अगरु के समान जला-जलाकर उस निस्तब्ध निर्जन मन्दिर में उसकी पूजा करती। वह जानती नहीं थी, उसके सामने वाले उस हरम के भीतर एक निरतिशय क्लान्ति, ग्लानि, पंकिलता, वीभत्स-क्षुधा और प्राणों को नष्ट करने वाली आग है। उस निशाचर आलोक में जो एक हृदयहीन निष्ठुरता का कुटिल हास्य प्रलय-क्रीड़ा करता रहता, विधवा दूर से उसे देख नहीं पाती।

हेम अपने निर्जन वातायन में बैठी अपने माया स्वर्ग ओर कल्पित देवता को ले चिर जीवन स्वप्नावेश में बिता सकती थी किन्तु दुर्भाग्य क्रम से देवता ने अनुग्रह किया और स्वर्ग समीप आने लगा। स्वर्ग ने जब एकबारगी पृथ्वी का स्पर्श किया तब स्वर्ग भी टूट गया और जिस व्यक्ति ने इतने दिनों अकेले बैठकर स्वर्ग रचा था, वह भी टूटकर धराशायी हुआ।

इस वातायनवासिनी मुग्ध बालिका के प्रति कब मोहित की लालायित दृष्टि पड़ी। कब उसे विनोदचन्द्र के झूठे नाम के हस्ताक्षर से उसे बार-बार पत्र लिखा और अन्त में एक सशंक उत्कण्ठित अशुद्ध वर्तिनी और उच्छ्वसित हृदयावेग पूर्ण उत्तर मिला और उसके बाद कुछ दिन घात-प्रतिघात, उल्लास-संकोच, सन्देह-संभ्रम, आशा-आशंका की कैसी आँधी बहने लगी, उसके बाद प्रलय सुख की उन्मत्तता में सारा जगत् संसार विधवा के चारों ओर कैसे घूमने लगा और घूमते-घूमते घूर्णन वेग से सारा जगत् मिथ्या छाया के समान कैसे अदृश्य हो गया और अन्त में कब एक दिन वह रमणी घूर्णमान संसार चक्र वेग से अलग हो अत्यन्त दूर विक्षिप्त हो पड़ी, वह सब विवरण पूरे विस्तार से कहने की जरूरत नहीं दिखती।

एक दिन गहन रात में माता-पिता, भाई और घर को छोड़ हेमशशी विनोदचन्द्र छद्मनामधारी मोहित के साथ एकगाड़ी पर चढ़ बैठी। देव प्रतिमा जब अपने सब मिट्टी, फूस और पन्नी के गहने लेकर उसकी बगल में जा बैठी, तब वह लज्जा-ग्लानि से मिट्टी में मिली जा रही थी। अन्त में जब गाड़ी छूटी तक वह रोकर

मोहित के पैर पकड़कर बोली, ''सुनो, मैं तुम्हारे पैरों पड़ती हूँ मुझे मेरे घर पहुँचा आओ।''

मोहित ने हड़बड़ाकर उसके मुँह को ज़ोर से दबा लिया। गाड़ी तेज गति से चलने लगी।

जल में डूबकर मर रहे व्यक्ति को जैसे अन्तिम समय में जीवन की सारी घटनावली स्पष्ट याद हो आती है, वैसे उस द्वाररुद्ध गाड़ी के गाढ़ अन्धकार में हेमशशी को याद आने लगी। प्रतिदिन भोजन के समय उसके पिता उसे सामने बैठाये बिना खाना नहीं खाते थे। उसे याद आया, उसके सबसे छोटे भाई को स्कूल से लौटकर अपनी दीदी के हाथ से खाना अच्छा लगता याद आया, सवेरे-सवेरे वह अपनी माँ के साथ पान लगाने बैठती और दोपहर में उसके बाल बाँध देती। घर का एक-एक छोटे-से-छोटा कोना और दिन का हर छोटा काम उसके मन के सामने जाज्वल्यमान हो उठने लगा। तब अपना जीवन और छोटी-सी गृहस्थी उसे स्वर्ग जान पड़ी। वह पान लगाना, बाल बाँधना, पिता के भोजन के समय पंखा झलना, छुट्टी के दिन दोपहर को साते समय उनके सफ़ेद बाल उखाड़ना, भाइयों की शैतानियों को सहना–यह सभी उसके लिए परम शान्तिपूर्ण दुर्लभ सुख के समान जान पड़ने लगे। वह समझ न सकी, यह सब रहते संसार में और किस सुख की आवश्यकता है।

उसे लगने लगा, पृथ्वी के घर-घर में सब कुल-कन्याएँ इस समय गहरी निद्रा में सोई पड़ी है। उस अपने कमरे में अपनी शय्या पर निस्तब्ध रात्रि में निश्चिन्त नींद में पड़ी होती–यह कितनी सुखकर है, जिसे इससे पहले वह क्यों नहीं समझ सकी। घर की लड़कियाँ कल सुबह घरों में जाग उठेंगी। निःसंकोच, नित्य कर्म में प्रवृत्त होंगी, और घर से भागी हेमशशी की इस रात की सुबह कहाँ जाकर होगी और उस प्रभात में उसके उस गली के किनारे छोटी-मोटी घर-गृहस्थी पर जब सुबह की चिर-परिचित शान्तिमय हास्यपूर्ण धूप आ पड़ेगी उस समय वहाँ सहसा कैसी लज्जा प्रकट हो पड़ेगी–कैसी लाञ्छना, कैसा हाहाकार जाग हो उठेगा।

हेम का हृदय विदीर्ण हो करुण विलाप करने लगा। वह सकरुण अनुनय के साथ कहने लगी, ''अभी रात बाक़ी है। मेरी माँ, मेरे दोनों भाई अभी जगे नहीं होंगे। अभी भी मुझे लौटा आओ।''

किन्तु उसके देवता ने कान तक नहीं दिया। एक द्वितीय श्रेणी के चक्र शब्द मुखरित रथ पर चढ़ाकर उसे उसके अनेक दिन के आकांक्षित स्वर्ग लोक की ओर ले चला। इसके कुछ ही दिनों बाद देवता और स्वर्ग ने एक बार फिर दूसरे एक द्वितीय श्रेणी के एक जीर्ण रथ पर चढ़ एक दूसरे पथ पर प्रस्थान किया–रमणी आकण्ठ पंक में निमज्जित हो गयी।

मोहित मोहन के पूर्व इतिहास से इस एकमात्र घटना का उल्लेख किया। रचना कहीं एकरस न हो उठे इसी से अन्य घटनाओं का उल्लेख नहीं किया।

अब उन सब पुरानी बातों को फिर से कहने की आवश्यकता नहीं। अब उसी विनोदचन्द्र नाम को स्मरण रखें। ऐसा कोई व्यक्ति जगत् में है या नहीं, इसमें सन्देह है। अब मोहित शुद्धाचारी हुए हैं, वे आह्निक तर्पण करते हैं, और हर समय शास्त्र-आलोचना किया करते हैं। अपने छोटे-छोटे लड़कों को भी योगाभ्यास करा रहे हैं और घर की लड़कियों की सूर्य, चन्द्र, मरुत गण के लिए भी अभेद्य अन्तःपुर में प्रबल शासन द्वारा रक्षा कर रहे हैं। किन्तु किसी समय एकाधिक रमणियों के प्रति अपराध किया है इससे आज रमणियों के सब प्रकार के सामजिक अपराधों का कठिनतम दण्ड विधान किया करते हैं।

क्षीरोदा को फाँसी की सज़ा देने के दो-दिन बाद भोजन विलासी मोहित जेल के बगीचे से मनपसन्द साग-सब्जी इकट्ठी करने गये। क्षीरोदा अपने पतित जीवन के सारे अपराधों को याद कर शर्मिंदा हुई या नहीं, यह जानने का उन्हें कौतूहल हुआ। उन्होंने वन्दिनी-गृह में प्रवेश किया।

दूर से ही ज़ोर की क़लह की ध्वनि सुनायी पड़ रही थी। कमरे में प्रवेश करके देखा, क्षीरोदा ने पहरेदार के साथ भारी आपाधापी-सी मचा रखी है। मोहित मन-ही-मन हँसे, सोचा, स्त्रियों का स्वभाव ऐसा ही है। मौत सिर पर सवार है, फिर भी झगड़ा करना नहीं छोड़ेंगी। ये लोग शायद यम के घर जाकर यमदूत के साथ भी झगड़ा करती हैं।

मोहित ने सोचा, भर्त्सना ओर उपदेश द्वारा अभी भी इसके अन्तर में अनुताप उद्रेक करना उचित है। इस साधु उद्देश्य से क्षीरोदा के निकट पहुँचते ही वह करुण स्वर से हाथ जोड़े बोली, "ओ जज साहब, दुहाई तुम्हारी। इससे कहो यह मेरी अँगूठी लौटा दे।"

पता लगाया तो जान पड़ा कि क्षीरोदा ने बालों में एक अँगूठी छिपाकर रखी थी—संयोगवश पहरेदार की निगाह उस पर पड़ी, जिसे उसने छीन लिया।

मोहित फिर मन-ही-मन हँसे। आज नहीं तो कल फाँसी के तख़्ते पर चढ़ेगी, फिर भी अँगूठी का मोह नहीं छोड़ पा रही है, गहना ही स्त्रियों का सर्वस्व है।

पहरेदार से कहा, "कहाँ है अँगूठी, ज़रा दिखाओ।"

प्रहरी ने उसके हाथ में अँगूठी दे दी।

अचानक ही उन्होंने जैसे कोई जलता अंगारा हाथ में लिया हो, ऐसे चौंक उठे। अँगूठी के एक तरफ हाथी-दाँत पर तेल के रंग से चित्रित मूँछ-दाढ़ी से सुशोभित एक युवक का बहुत छोटा-सा चित्र जड़ा है और दूसरी तरफ सोने के ऊपर खुदा

था—विनोदचन्द्र।

तब मोहित ने अँगूठी से मुँह उठाकर एक बार क्षीरोदा के मुँह की ओर अच्छी तरह ताका। चौबीस वर्ष पहले का और एक अश्रु सजल प्रीति सुकोमल सलज्ज शंकित सुख याद आया। उस मुख के साथ इसकी समानता है।

मोहित ने फिर एक बार सोने की अँगूठी की ओर देखा। उसके बाद जब धीरे-धीरे मुँह ऊपर उठाया तब उनके सामने की एक कलंकिनी पतिता रमणी एक लघु स्वर्णांकुर उज्ज्वल प्रभा बिखेरती एक स्वर्णमयी देवी प्रतिभा के समान प्रकट हो उठी।

प्रथम प्रकाशन : साधना; माघ, बंगाब्द 1301
मूल शीर्षक : निषिथे

आधी रात में

"डॉक्टर ! डॉक्टर !"

परेशान कर डाला! इतनी रात गए।

आँखें खोलकर देखा, अपने ज़मींदार दक्षिणाचरण बाबू थे। हड़बड़ाकर उठते हुए टूटी पीठ की कुर्सी घसीटकर उन्हें बैठने को दी और व्याकुल भाव से मुँह की ओर देखा। घड़ी देखी, रात के ढाई बजे थे।

उड़े रंग वाले दक्षिणाचरण बाबू ने फटी आँखों से मेरी ओर देखते हुए कहा, "आज रात को फिर वहीं उपद्रव मच गया है। तुम्हारी दवा कुछ काम नहीं आई।"

मैंने कुछ संकोच के साथ कहा, "मालूम होता है, आपने शराब की मात्रा फिर बढ़ा दी है।"

दक्षिणाचरण बाबू ने अत्यन्त खीझकर कहा, "यह तुम्हारा भारी भ्रम है। शराब की बात नहीं। सारी बात सुने बिना तुम असली कारण का अनुमान नहीं लगा पाओगे।"

आले में मिट्टी के तेल की छोटी-सी ढिबरी मंद-मंद जल रही थी, मैंने उसे उकसा दिया। प्रकाश थोड़ा जगमगा उठा और बहुत-सा धुआँ निकलने लगा। धोती का छोर देह के ऊपर खींचकर अखबार बिछे चीड़ के खोखे पर बैठ गया। दक्षिणाचरण बाबू कहने लगे—"मेरी पहली पत्नी जैसी गृहिणी मिलना बड़ा मुश्किल है। किन्तु तब मेरी उम्र ज़्यादा नहीं थी, सहज ही रसाधिक्य हो गया था, तिस पर काव्य-शास्त्र का अच्छी तरह अध्ययन किया था, इससे निरे गृहिणीपन से मन नहीं भर पाता था। कालिदास का वह श्लोक प्रायः मन में उभर आता—

गृहिणी सचिवः सखी मिथः
प्रियशिष्या ललिते कलाविधौ।

किन्तु मेरी पत्नी पर ललित कलाविधि का कोई उपदेश नहीं चल पाता था और यदि सखी भाव से प्रणय-सम्भाषण करता तो वे हँसकर उड़ा देतीं। गंगा के प्रवाह से जिस तरह इन्द्र का ऐरावत परास्त हो गया था वैसे ही उनकी हँसी के सामने बड़े-बड़े काव्यों के टुकड़े और प्यार के अच्छे-अच्छे सम्भाषण क्षण-भर में ही खिसककर बह जाते। हँसने की उनमें अपर्वू क्षमता थी।

उसके बाद, आज लगभग चार बरस हुए मुझे भयंकर रोग ने धर दबाया।

होंठ पक गए, बुखार बिगड़ गया, मरने की-सी हालत हो गई। बचने की कोई उम्मीद न थी। एक दिन ऐसा हुआ कि डॉक्टर भी जवाब दे गया। तभी मेरे एक आत्मीय कहीं से एक ब्रह्मचारी को ले आए। उसने गाय के घी के साथ एक जड़ी पीसकर मुझे खिलाई। चाहे औषधि के गुण से हो या भाग्य के फेर से, उस बार मैं बच गया।

बीमारी के समय मेरी पत्नी ने दिन-रात एक क्षण भी विश्राम नहीं किया। उन दिनों एक अबला स्त्री ने, मनुष्य की सामान्य शक्ति के सहारे प्राणपण से व्याकुलता के साथ द्वार पर आए हुए यमदूतों से अनवरत युद्ध किया। अपने सम्पूर्ण प्रेम, समस्त हृदय, सारी सेवा से उसने स्वयं मेरे इस अयोग्य प्राण को मानो दुधमुँहे शिशु के समान दोनों हाथों से छिपाकर ढक लिया था। आहार नहीं, नींद नहीं, संसार में और किसी का कोई ध्यान न रहा। यम तो पराजित बाघ के समान मुझे अपने चंगुल से छोड़कर चले गए, किन्तु जाते-जाते मेरी पत्नी पर एक प्रबल पंजा मार गए। वह उस समय गर्भवती थीं, कुछ समय बाद उन्होंने एक मृत सन्तान को जन्म दिया। उसके बाद से ही उनके नाना प्रकार के जटिल रोगों की शुरुआत हुई। तब मैंने उनकी सेवा शुरू कर दी। इससे वे बड़ी व्याकुल हो उठीं। कहने लगीं, 'अरे ! क्या करते हो! लोग क्या कहेंगे ! इस तरह दिन-रात तुम मेरे कमरे में मत आया-जाया करो।'

स्वयं पंखे की हवा खाने के बहाने यदि रात को उनके ज्वर के समय मैं पंखा करने चला जाता तो भारी छीना-झपटी मच जाती। किसी दिन उनकी सेवा के कारण यदि मेरे नियमित भोजन के समय में दस मिनट की देर हो जाती तो वह भी अनेक तरह के अनुनय, अनुरोध, अनुयोग का कारण बन जाती। थोड़ी-सी भी सेवा करने पर लाभ के बदले हानि होने लगती। वे कहतीं, 'पुरुषों का इतना अति करना अच्छा नहीं।'

हमारे बरानगर के उस घर को, मेरा ख्याल है तुमने देखा है। घर के सामने ही बगीचा है और बगीचे के सामने ही गंगा बहती हैं। हमारे सोने के कमरे के नीचे ही दक्षिण की ओर मेंहदी की बाड़ लगाकर कुछ जमीन घेरकर मेरी पत्नी ने अपने मनपसन्द बगीचे का एक टुकड़ा तैयार किया था। सम्पूर्ण बगीचे में वही भाग बहुत सीधा-सादा और एकदम देशी था। मतलब यह कि उसमें गन्ध की अपेक्षा वर्ण की बहार, फूल की तुलना में पत्तों की विचित्रता नहीं थी, और गमलों में लगाए छोटे पौधों के पास कमची के सहारे कागज की बनी लैटिन में लिखे नाम की जय-ध्वजा नहीं उड़ती थी। बेला, जूही, गुलाब, गन्धराज, कनेर और रजनीगंधा ही कुछ अधिक थे। एक विशाल मौलश्री वृक्ष के नीचे सफेद संगमर्मर पत्थर का एक चबूतरा बना था। स्वस्थ रहने पर वे स्वयं खड़ी होकर दोनों समय उनको धोकर साफ़ करवाती थीं। ग्रीष्मकाल में काम से छुट्टी पाने पर शाम के समय वही उनके बैठने की जगह थी

वहाँ से गंगा तो दिखती थी, किन्तु गंगा से कोठी की छोटी नौका में बैठे बाबू लोग उनको नहीं देख पाते थे।

बहुत दिन तक चारपाई पर पड़े-पड़े एक दिन चैत्र में शुक्लपक्ष की शाम को उन्होंने कहा, 'घर में बन्द रहने से मेरा जी न जाने कैसा हो रहा है, आज एक बार अपने उस बगीचे में जाकर बैठूँगी।'

मैंने बड़े यत्न से सहारा देकर उन्हें धीरे-धीरे ले जाकर उसी मौलश्री वृक्ष के नीचे बनी पत्थर की वेदी पर लिटा दिया। यों तो मैं उनका सिर अपनी जाँघ पर ही रख सकता था, किन्तु मैं जानता था कि वे उसे विचित्र-सा आचरण समझेंगी, इसलिए एक तकिया लाकर उनके सिर के नीचे रख दिया।

मौलश्री के दो-एक खिले हुए फूल झर रहे थे और शाखाओं के बीच से छायांकित ज्योत्स्ना उनके मुरझाये चेहरे पर आ रही थी। चारों ओर शान्ति और निस्तब्धता थी। उस सघन गन्धपूर्ण छाया अन्धकार में एक ओर चुपचाप बैठकर उनके मुख की ओर देखकर मेरी आँखों में पानी भर आया। मैंने धीरे-धीरे बहुत समीप पहुँचकर अपने हाथों में उनका एक उत्तप्त जीर्ण हाथ ले लिया। इस पर उन्होंने कोई आपत्ति न की। कुछ देर तक इसी तरह चुप बैठे-बैठे मेरा हृदय न जाने कैसा उद्वेलित हो उठा। मैं बोल उठा, 'तुम्हारा प्रेम मैं कभी नहीं भूलूँगा।'

'कहते ही समझ गया कि इस बात के कहने की कोई जरूरत न थी। मेरी पत्नी हँस पड़ी। उस हँसी में लज्जा थी, सुख था और थोड़ा-सा अविश्वास था; और उसमें काफ़ी मात्रा में परिहास की तीव्रता भी थी। प्रतिवादस्वरूप कोई बात न कहकर उन्होंने केवल अपनी उस हँसी से ही व्यक्त किया, 'किसी भी दिन नहीं भूलोगे यह कभी संभव नहीं और मैं इसकी आशा भी नहीं करती।'

इस धारदार हँसी के डर से ही मैंने कभी अपनी पत्नी के साथ अच्छी तरह प्रेमलाप करने का साहस नहीं किया। उनके सामने न रहने पर जो बातें मन में आतीं उनके सामने जाते ही वे बेकार लगने लगतीं। छपे अक्षरों में जो बातें पढ़ने पर आँखों से आँसुओं की धार बहने लगती है उनको मुँह से कहते हुए क्यों हँसी आती है, यह मैं आज तक न समझ सका।

बातचीत में तो वाद-प्रतिवाद चल जाता है, किन्तु हँसी के ऊपर तर्क नहीं चलता, इसलिए चुप होकर रह जाना पड़ा। चाँदनी और अधिक चमकदार हो उठी। एक कोयल बार-बार कुहू-कुहू करती हुई चंचल हो गई। मैं बैठा-बैठा सोचने लगा; ऐसी चाँदनी रात में भी क्या पिकवधू बहरी हो गई है।

बहुत इलाज करने पर भी मेरी पत्नी का रोग शान्त होने के कोई लक्षण नहीं दिखे। डॉक्टर ने कहा, 'एक बार जलवायु परिवर्तन करके देखना अच्छा होगा।' मैं पत्नी को लेकर इलाहाबाद चला गया।

इतना कहकर दक्षिण बाबू सहसा चौंककर चुप हो गए। संदेहपूर्ण भाव से

उन्होंने मेरे मुख की ओर देखा, उसके बाद हाथों से सिर थामकर सोचने लगे। मैं भी चुप बैठा रहा। ताक में केरोसीन की ढिबरी टिमटिमाकर जलने लगी और निस्तब्ध कमरे में मच्छरों की भनभनाहट स्पष्ट सुनाई दे रही थी। हठात् मौन तोड़कर दक्षिण बाबू ने कहना शुरू किया—

"वहाँ हारान डॉक्टर मेरी पत्नी की चिकित्सा करने लगे।

अन्त में बहुत दिन तक स्थिति में कोई अन्तर न होते देखकर डॉक्टर ने भी कह दिया, मैं भी समझ गया और मेरी पत्नी भी समझ गई कि उनका रोग अच्छा होने वाला नहीं है। उनको सदा बीमार रहकर ही जीवन काटना पड़ेगा। तब एक दिन मेरी पत्नी ने मुझसे कहा, 'जब न तो रोग ही दूर होता है और न मेरे जल्दी मरने की ही कोई आशा है, तब और कितने दिन इस जिंदा लाश के साथ काटोगे ! तुम दूसरा विवाह कर लो।'

अब मेरे हँसने की बारी थी। किन्तु, मुझमें क्या उस तरह हँसने की क्षमता है! मैं उपन्यास के मुख्य नायक की तरह गम्भीर और गर्वित भाव से कहने लगा, 'जितने दिन इस शरीर में प्राण हैं...'

वे टोककर बोलीं, 'बस-बस, और अधिक मत बोलो ! तुम्हारी बात सुनकर तो मैं दंग रह जाती हूँ।'

पराजय स्वीकार न करते हुए मैं बोला, 'इस जीवन में और किसी से प्रेम नहीं कर पाऊँगा।'

सुनकर मेरी पत्नी जोर से हँस पड़ी। तब मुझे हार जाना पड़ा। मैं नहीं जानता कि उस समय कभी अपने-आपसे भी स्पष्ट स्वीकार किया था या नहीं। किन्तु इस समय समझ रहा हूँ कि उस आशाहीन सेवा-कार्य से मैं मन-ही-मन थक गया था। उस काम में चूक करूँगा—ऐसी कल्पना भी मेरे मन में नहीं थी। इसलिए सारा जीवन इस ताउम्र बीमार रहने वाली स्त्री के साथ बिताना होगा—यह कल्पना भी मुझे पीड़ाजनक महसूस हुई। हाय! यौवन की प्रथम बेला में जब सामने देखा था तब प्रेम की कुहक में, सुख के आश्वासन में, सौन्दर्य की मरीचिका में मुझे अपना सारा भावी जीवन खिलता हुआ दिखाई दिया था। अब, आज से लेकर अन्त तक केवल आशाहीन यहाँ से वहाँ तक प्यासी मरुभूमि।

मेरी सेवा में वह आन्तरिक थकान उन्होंने अवश्य ही देख ली थी। उस समय मैं नहीं जानता था, किन्तु अब ज़रा भी संदेह नहीं है कि वे मुझे क ख ग के समान बहुत ही आसानी से समझ लेती थीं। इसीलिए जब उपन्यास का नायक बनकर मैं गम्भीर मुद्रा से उनके पास कवित्व प्रदर्शित करने जाता तो वे बड़े सहज स्नेह के साथ हँस उठतीं। मेरे अपने अगोचर अन्तर की सब बातों को भी वे अन्तर्यामी के समान जानती थीं। इस बात को सोचकर आज भी लज्जा से मर जाने की इच्छा होती है।

हारान डॉक्टर हमारी ही जाति के थे। उनके घर प्रायः मेरा निमंत्रण रहता। कुछ दिनों के यातायात के बाद डॉक्टर ने अपनी कन्या के साथ मेरा परिचय करा दिया। कन्या अविवाहित थी, उसकी उम्र पन्द्रह की होगी। डॉक्टर ने कहा कि उनको मन के अनुकूल पात्र नहीं मिला इसलिए उन्होंने उसका विवाह नहीं किया। किन्तु, बाहर के लोगों से अफ़वाह सुनता—कन्या के कुल में दोष था। किन्तु, और कोई दोष नहीं था, जैसी सुन्दर थी वैसी ही सुशिक्षित। इस कारण कभी-कभी किसी-किसी दिन उसके साथ विभिन्न विषयों पर आलोचना करते-करते घर लौटते मुझे रात हो जाती, पत्नी को औषधि देने का समय निकल जाता। वे जानती थीं कि मैं हारान डॉक्टर के घर गया हूँ, किन्तु उन्होंने एक भी दिन देर के कारण के बारे सवाल प्रश्न तक नहीं किया।

रेगिस्तान में फिर एक बार मरीचिका दिखाई देने लगी। तृष्णा जब गले तक आ गई थी तभी आँखों के सामने लबालब स्वच्छ जल कल-कल छल-छल करने लगा। इस स्थिति में मैं मन को प्राणपण से रोकने पर भी मोड़ नहीं सका। रोगी का कमरा मुझे पहले से दुगुना आनंदहीन लगने लगा। तब सेवा करने और दवा खिलाने का सारा नियम प्रायः भंग होने लगा।

हारान डॉक्टर बीच-बीच में मुझसे प्रायः कहते रहते, जिनका रोग अच्छा होने की कोई सम्भावना नहीं है उनका मरना ही भला है; क्योंकि जीवित रहने से उसको स्वयं भी सुख नहीं मिलता, और दूसरों को भी दुःख होता है। साधारण रूप से ऐसी बात कहने में कोई दोष नहीं तथापि मेरी पत्नी को लक्ष्य करके इस प्रकार के प्रसंग उठाना उनके लिए उचित नहीं था। किन्तु मनुष्य के जीवन-मरण के विषय में डॉक्टरों के मन ऐसे संवेदनशून्य होते हैं कि वे ठीक प्रकार से हमारे मन की हालत नहीं समझ सकते।

सहसा एक दिन बगल के कमरे से सुना, मेरी पत्नी हारान बाबू से कह रही थी, 'डॉक्टर, फिजूल ही इतनी दवाइयां खिला-खिलाकर अस्पताल का कर्ज क्यों बढ़ा रहे हो। जब मेरे प्राण ही एक रोग हैं तब तो कोई ऐसी दवा दो जिससे शीघ्र ही ये प्राण चले जायें।'

डॉक्टर ने कहा, 'छिः, ऐसी बातें न करें।'

यह सुनकर मेरे हृदय को एक बारगी बड़ा धक्का लगा। डॉक्टर के चले जाने पर मैं अपनी पत्नी के कमरे में जाकर उनकी चारपाई के सिरहाने बैठ गया, उनके माथे पर धीरे-धीरे हाथ फेरने लगा। वे बोलीं, 'यह कमरा बड़ा गर्म है, तुम बाहर जाओ। तुम्हारे टहलने का समय हो गया है। थोड़ा टहले बिना रात को तुम्हें भूख नहीं लगेगी।'

टहलने जाने का अर्थ था डॉक्टर के घर जाना। मैंने ही उनको समझाया था कि भूख लगने के लिए थोड़ा टहल लेना विशेष आवश्यक है। आज मैं दावे के साथ

कहता हूँ, वे ही मेरी इस छलना को समझती थीं। मैं ही मूर्ख था जो सोचता था कि वे अनजान है।''

यह कहकर दक्षिणाचरण बाबू हथेली पर सिर टिकाए बहुत देर तक मौन बैठे रहे। अन्त में बोले, ''मुझे एक गिलास पानी ला दो!''

पानी पीकर कहने लगे–

''एक दिन डॉक्टर बाबू की पुत्री मनोरमा ने मेरी पत्नी को देखने के लिए आने की इच्छा जताई। पता नहीं क्यों, उसका वह प्रस्ताव मुझे अच्छा नहीं लगा। किन्तु प्रतिवाद करने का कोई कारण न था। वह एक दिन शाम को मेरे घर आ गई। उस दिन मेरी पत्नी की पीड़ा अन्य दिनों की अपेक्षा कुछ बढ़ गई थी। जिस दिन उनका कष्ट बढ़ता, उस दिन वे बहुत स्थिर और चुपचाप रहती। केवल बीच-बीच में मुट्ठियाँ बँध जातीं और मुँह नीला हो जाता, इसी से उनकी पीड़ा का अन्दाज़ा लगता। कमरे में कोई आहट न थी, मैं बिस्तर के किनारे चुपचाप बैठा था। उस दिन टहलने जाने का मुझसे अनुरोध करें, इतनी सामर्थ्य उनमें न थी; या हो सकता है कि मन-ही-मन उनकी यह इच्छा रही हो कि अत्यधिक कष्ट के समय मैं उनके पास रहूँ। चौंध न लगे, इससे केरोसीन की बत्ती दरवाजे के पास थी। कमरा अँधेरा और निस्तब्ध था। केवल कभी-कभी पीड़ा के कुछ शान्त होने पर मेरी पत्नी का गहरा दीर्घ निश्वास सुनाई पड़ता था।

इसी समय मनोरमा कमरे के दरवाजे पर आ खड़ी हुई। उलटी ओर से बत्ती का प्रकाश आकर उनके मुख पर पड़ा। प्रकाश से चौंधिया जाने के मारे कमरे में कुछ भी न देख पाने के कारण वह कुछ क्षणों तक दरवाजे के पास खड़ी इधर-उधर करने लगी। मेरी स्त्री ने चौंककर मेरा हाथ पकड़कर पूछा, 'वह कौन है?' अपनी उस कमजोरी की हालत में सहसा अपरिचित व्यक्ति को देखकर उन्होंने डरकर मुझसे दो-तीन बार अस्पष्ट स्वर में प्रश्न किया, ''कौन है! वह कौन है जी!'

न जाने मेरी कैसी दुर्बुद्धि हुई कि मैंने पहले ही कह दिया, 'मैं नहीं जानता।' कहते ही मानो किसी ने मुझे चाबुक मारा। दूसरे क्षण मैं बोला, 'ओह, अपने डॉक्टर बाबू की बेटी!'

पत्नी ने एक बार मेरे मुख की ओर देखा, मैं उनके मुख की ओर न देख सका। दूसरे ही क्षण उन्होंने क्षीण स्वर में मेहमान से कहा, 'आप आइए!' मुझसे बोली, 'उजाला करो!'

मनोरमा कमरे में आकर बैठ गई। उसके साथ मरीज़ की थोड़ी-बहुत बातचीत चलने लगी। इसी समय डॉक्टर बाबू आ गए। वे अपने औषधालय से दो शीशी दवा साथ लाए थे। उन शीशियों को निकालते हुए वे मेरी पत्नी से बोले, ''यह नीली शीशी मालिश करने के लिए है और यह खाने के लिए है। देखिये, दोनों को मिलाइएगा नहीं, यह दवा भयंकर विष है।'

मुझे भी एक बार सावधान करते हुए उन्होंने दोनों दवाइयों को चारपाई के पास ही टेबिल पर रख दिया। विदा लेते समय डॉक्टर ने अपनी पुत्री को बुलाया।

मनोरमा ने कहा, 'पिताजी, मैं रह क्यों न जाऊँ। साथ में कोई महिला नहीं है, इनकी सेवा कौन करेगा?'

मेरी पत्नी व्याकुल हो उठीं। बोलीं, 'नहीं, नहीं, आप कष्ट न कीजिए। पुरानी नौकरानी है, वह माँ की भाँति मेरी सेवा करती है।'

डॉक्टर हँसते हुए बोले, 'ये लक्ष्मी-स्वरूपा हैं, चिरकाल से दूसरों की सेवा करती आ रही हैं, दूसरे की सेवा सहन नहीं कर पातीं।'

पुत्री को लेकर डॉक्टर जाने की तैयारी कर ही रहे थे कि उसी समय मेरी पत्नी बोलीं, 'डॉक्टर बाबू, ये इस बन्द कमरे में बहुत देर से बैठे हैं, इनको थोड़ी देर बाहर घुमा ला सकते हैं?'

डॉक्टर बाबू ने मुझसे कहा, 'चलिए न, आपको नदी के किनारे थोड़ा घुमा लायें।'

मैं तनिक आपत्ति प्रकट करने के बाद जल्दी ही राजी हो गया। डॉक्टर बाबू ने चलते समय दवाइयों की दोनों शीशियों के सम्बन्ध में फिर मेरी पत्नी को सावधान कर दिया।

उस दिन मैंने डॉक्टर के घर ही भोजन किया। लौटने में रात हो गई। आकर देखा मेरी स्त्री छटपटा रही थीं। मैंने पश्चात्ताप से पीड़ित होकर पूछा, 'क्या तुम्हारी तकलीफ़ बढ़ गई है ?'

वे उत्तर न दे सकीं। चुपचाप मेरे चेहरे की ओर देखने लगीं। उस समय उनका गला रुँध गया था। मैं तुरन्त रात में ही डॉक्टर को बुला लाया।

''वह आकर पहले तो बहुत देर तक वह कुछ समझ ही न पाए। अन्त में उन्होंने पूछा, 'क्या तकलीफ़ बढ़ गई है? एक बार दवा की मालिश करके क्यों न देखा जाय।'

यह कहते हुए उन्होंने टेबिल से शीशी उठाकर देखी, वह खाली थी।

मेरी पत्नी से पूछा, 'क्या आपने भूल से यह दवाई खाई है?'

मेरी पत्नी ने गरदन हिलाकर चुपचाप बताया, 'हाँ।'

डॉक्टर तुरन्त अपने घर से पम्प लेने के लिए गाड़ी में बैठकर दौड़े। मैं अर्धमूर्छित-सा पत्नी के बिस्तर पर पड़ गया।

उस समय, जिस तरह माता पीड़ित शिशु को तसल्ली देती है, उसी तरह उन्होंने मेरे सिर को अपने वक्षःस्थल के पास खींचकर हाथों के स्पर्श द्वारा मुझे अपने मन की बात समझाने की चेष्टा की। केवल अपने उस करुण स्पर्श के द्वारा ही वे मुझसे बार-बार कहने लगीं, 'दुखी मत होना, अच्छा ही हुआ है, तुम सुखी रहोगे, यही सोचकर मैं सुख से मर रही हूँ।'

जब डॉक्टर लौटे तो जीवन के साथ-साथ मेरी पत्नी की सारी परेशनियों का भी अंत हो गया।''

दक्षिणाचरण फिर एक बार पानी पीकर बोले, ''ओह! बड़ी गरमी है!''

यह कहते हुए तेजी से बाहर निकलकर बरामदे में दो-चार बार टहलने के बाद फिर आ बैठे। अच्छी तरह स्पष्ट हो गया, वे कहना नहीं चाहते थे किन्तु मानो मैंने जादू करके उनसे बात निकलवा ली हो। फिर आरम्भ किया :

मनोरमा से विवाह करके घर लौट आया।

उसने अपने पिता की सम्मत्ति के अनुसार मुझसे विवाह किया था; किन्तु जब मैं उससे प्रेम की बात कहता, प्रेमालाप करके उसके हृदय पर अधिकार करने की चेष्टा करता, तो वह हँसती नहीं, गम्भीर बनी रहती। उसके मन में कहाँ किस जगह क्या खटका लग गया था, मैं कैसे समझता?

इन्हीं दिनों मेरी शराब पीने की लत बहुत बढ़ गई।

एक दिन शरद् के आरम्भ में शाम को मनोरमा के साथ अपने बाग में टहल रहा था। घोर अन्धकार हो आया था। घोंसलों में पक्षियों के पंख फड़फड़ाने तक की आहट थी, केवल घूमने के रास्ते के दोनों किनारे घनी छाया से ढके झाऊ के पेड़ हवा में सर-सर करते काँप रहे थे। थकान का अनुभव करती हुई मनोरमा उसी मौलश्री वृक्ष के नीचे सफेद पत्थर की वेदी पर आकर अपने हाथों पर सिर रखकर लेट गई। मैं भी पास आकर बैठ गया।

वहाँ और भी घना अंधकार था। आकाश का भाग जो दिखाई दे रहा था, वह पूरी तरह तारों से भरा था। वृक्षों के तले झींगुरों की आवाज मानों अनन्त गगन के सीने से अलग निःशब्दता के अधोभाग पर आवाज की एक पतली किनारी बुन रही हो। उस दिन भी शाम को मैंने कुछ शराब पी थी, मन खूब तरल था। अन्धकार जब आँखों को सहन हो गया। तब वृक्षों की छाया नीचे पीले रंग वाली उस शिथिल रमणी की अस्परूट मूर्ति ने मेरे मन में एक अनिवार्य आवेग का संचार कर दिया। मुझे लगा, वह मानो कोई छाया हो, मैं उसे मानो किसी भी तरह भुजाओं में नहीं बाँध सकूँगा।

इसी समय अँधेरे झाऊ वृक्षों की चोटियों पर जैसे आग जल उठी हो। उसके बाद कृष्ण पक्ष का हल्के बादलों से ढँका चाँद धीरे-धीरे वृक्षों के ऊपर आकाश में ऊपर उठा। सफेद पत्थर पर सफेद साड़ी पहने उस थकी लेटी रमणी के मुख पर चाँदनी आ पड़ी। मैं और न रह सका। पास आकर हाथों में उसका हाथ लेकर बोला, ''मनोरमा, तुम मेरा विश्वास नहीं करतीं, पर मैं तुमसे प्रेम करता हूँ। मैं तुमको कभी नहीं भूल सकूँगा।'

बात कहते ही मैं चौंक उठा। याद आया; ठीक यही बात मैंने कभी किसी और से भी कही थी। और तभी मौलश्री की शाखाओं के ऊपर होती हुई झाऊ वृक्ष की

चोटी पर से होती हुई कृष्ण पक्ष के पीले रंग के खण्डित चाँद के नीचे से, गंगा के पूर्वी किनारे से लेकर गंगा के सुदूर पश्चिमी किनारे तक हाहा-हाहा हाहा—करती एक हँसी अत्यन्त तीव्र वेग से बह उठी। वह मर्म-भेदी हँसी थी या आकाशभेदी हाहाकार था, कह नहीं सकता। मैं उसी क्षण मूर्छित होकर पत्थर की वेदी से नीचे गिर पड़ा। मूर्च्छा भंग होने पर देखा, अपने कमरे में बिस्तर पर लेटा हूँ। पत्नी ने पूछा 'तुम्हें अचानक यह क्यों हुआ?'

मैंने काँपते हुए कहा, 'तुमने सुना नहीं, सारे आकाश को गुँजाती हुई एक हा-हा करती हँसी ध्वनित हुई थी?'

पत्नी ने हँसकर कहा, 'वह हँसी थोड़े ही थी। पंक्ति बाँधकर पक्षियों का एक बहुत बड़ा झुण्ड उड़ा था, उन्हीं के पंखों का शब्द सुनाई दिया था। तुम इतने से ही डर जाते हो?'

दिन के समय मैं स्पष्ट समझ गया कि 'वह सचमुच पक्षियों के झुण्ड के उड़ने का ही शब्द था। इस ऋतु में उत्तरी दिशा से हंस-श्रेणी नदी के कछार में चुगने के लिए आती है। किन्तु शाम हो जाने पर यह विश्वास टिक नहीं पाता था। उस समय लगता, मानो चारों ओर समस्त अन्धकार को भरती हुई सघन हँसी जमा हो गई हो, किसी सामान्य बहाने से ही अचानक आकाश-व्यापी अन्धकार को फाड़कर ध्वनित हो उठेगी। अन्त में ऐसा हुआ कि शाम के बाद मनोरमा से मुझे कोई भी बात कहने का साहस न होता।

तब मैं वरानगर का अपना घर छोड़कर मनोरमा को साथ लेकर नौका पर बाहर निकल पड़ा। अगहन के महीने में नदी की हवा से सारा भय भाग गया। कुछ दिनों बड़े सुख में रहा। चारों ओर के सौन्दर्य से आकर्षित होकर मनोरमा भी मानो बहुत दिन बाद मेरे लिए अपने हृदय का बंद दरवाजा धीरे-धीरे खोलने लगी।

गंगा पार कर, खड़ पार कर अंत में हम पद्मा में आ पहुँचे। भयंकारी पद्मा उस समय हेमन्त ऋतु की बिल में पड़ी साँपन-सी इकहरी निर्जीव-सी लम्बी शीतनिद्रा में मग्न थी। उत्तर की ओर नीरव रेगिस्तानी कछार धू-धू कर रहा था और दक्षिण के ऊँचे किनारे पर गांवों के आमों के बगीचे इस राक्षसी नदी के मुख के अत्यन्त समीप हाथ जोड़े खड़े काँप रहे थे। बीच-बीच में पद्मा निद्रा के आवेश में करवट बदलती और विर्दीर्ण तट-भूमि छपाक से टूट-टूटकर गिर पड़ती। यहाँ घूमने की सुविधा देखकर नौका बाँध दी।

एक दिन घूमते हुए हम दोनों बहुत दूर चले गए। सूर्यास्त की स्वर्णच्छाया विलीन होते ही शुक्ल पक्ष का निर्मल चन्द्रालोक देखते-देखते खिल उठा। उस अन्तहीन चमकीली के कछार पर जब असीम, मुक्त, चाँदनी एकदम आकाश की सीमाओं तक प्रसारित हो गई तब लगा मानों जन-शून्य चन्द्रलोक के असीम स्वप्न-राज्य में केवल हम दो व्यक्ति ही भ्रमण कर रहे हों। एक लाल शाल मनोरमा

के सिर से उतरता उसके मुख पर लिपटते हुए उसके शरीर को ढके हुए था। निस्तब्धता जब गहरी हो गई, केवल सीमाहीन, दिशाहीन शुभ्रता और शून्यता के अतिरिक्त जब और कुछ भी न रहा, तब मनोरमा ने धीरे-धीरे हाथ बढ़ाकर ज़ोर से मेरा हाथ पकड़ लिया। अत्यन्त पास आकर वह मानों अपना सम्पूर्ण शरीर-मन-जीवन-यौवन मेरे ऊपर डालकर एकदम निर्भय होकर खड़ी हो गई। मैंने पुलकित-उद्वेलित हृदय से सोचा, कमरे के भीतर क्या भला यथेष्ट प्रेम किया जा सकता है! यदि ऐसा अनावृत्त मुक्त अनन्त आकाश न हो तो क्या कहीं दो व्यक्ति बँध सकते हैं। उस समय लगा—हमारे न घर है, न द्वार है, न कहीं लौटना है, बस हम इसी प्रकार हाथ में हाथ लिये अगम्य मार्ग में उद्देश्यहीन भ्रमण करते हुए चन्द्रालोकित शून्यता पर पैर धरते मुक्त भाव से चलते रहेंगे।

इसी तरह चलते-चलते एक जगह पहुँचकर देखा, थोड़ी दूर पर रेत के बीच एक जलाशय-सा बन गया है। पद्मा के उतर जाने पर उसमें पानी बचा रह गया था।

रेत के उस निस्तरंग, गाढ़ निद्रामग्न, निश्चल जल पर चाँदनी की रेखा मूर्च्छित भाव से पड़ी थी। उसी स्थान पर आकर हम दोनों खड़े हो गए। मनोरमा ने न जाने क्या सोचकर मेरे मुख की ओर देखा। अचानक उसके सिर पर से शाल खिसक गया। मैंने चाँदनी से खिला हुआ उसका वह मुँह उठाकर चूम लिया।

उसी समय उस जनमानव-शून्य निःसंग मरुभूमि में गंभीर स्वर में न जाने कौन तीन बार बोल उठा, 'कौन है? कौन है? कौन है?'

मैं चौंक पड़ा, मेरी पत्नी भी कांप उठी। किन्तु दूसरे ही क्षण हम दोनों ही समझ गए कि यह शब्द मनुष्य का नहीं था, अमानवीय भी नहीं था। कछार में विहार करने वाले जलचर पक्षी की आवाज थी। इतनी रात को अचानक अपने निरापद निभृत निवास के समीप जनसमागम देखकर वह चौंक उठा था।

भय से चौंककर हम दोनों झटपट नौका में लौट आए। रात को आकर बिस्तर पर लेट गए। थकी होने के कारण मनोरमा शीघ्र ही सो गई। उस समय अन्धकार में न जाने कौन मेरी मसहरी के पास खड़ा होकर सोई हुई मनोरमा की ओर एक लम्बी जीर्ण अस्थि-पिंजर-मात्र अंगुली दिखाकर मानों मेरे कान में बिलकुल चुपचाप अस्फुट स्वर में बारम्बार पूछने लगा, 'कौन है? कौन है? वह कौन है जी?'

झटपट उठकर दियासलाई रगड़कर बत्ती जलाई। उसी क्षण वह छायामूर्ति विलीन हो गई। मेरी मसहरी को कँपाकर, नौका को डगमगाकर मेरे पसीना-पसाना हो चुके। शरीर के खून को बर्फ करके हा-हा-हा-हा-हा-हा-हा करती हुई, एक हँसी अन्धकार-रात्रि में बहती चली गई। पद्मा को पार कर—मानो वह चिरकाल से देश-देशान्तर, लोक-लोकान्तर को पार करती क्रमशः क्षीण, क्षीणतर, क्षीणतम होकर असीम सुदूर की ओर चली जा रही थी। धीरे-धीरे वह मानो जन्म-मृत्यु के देश को पीछे छोड़ गई, क्रमशः वह मानो सुई के अग्रभाग के समान क्षीणतम हो आई। मैंने

इतना क्षीण स्वर पहले कभी नहीं सुना, कल्पना भी नहीं की, मानो मेरे दिमाग में अनन्त आकाश हो और वह शब्द कितनी ही दूर क्यों न जा रहा हो, किसी भी तरह मेरे मस्तिष्क की सीमा न छोड़ पा रहा हो। अन्त में जब नितान्त असह्य हो गया तब सोचा, बत्ती बुझाए बिना न सो पाऊँगा। जैसे ही रोशनी बुझाकर लेटा, वैसे ही मेरी मसहरी के पास मेरे कान के समीप, अँधेरे में वह रुका हुआ-सा स्वर फिर बोल उठा, 'कौन है, कौन है, वह कौन है जी।'

उसी गहरी रात में निस्तब्ध नौका में मेरी गोलाकार घड़ी भी सजीव होकर अपनी घण्टे की सुई को मनोरमा की ओर घुमाकर शेल्फ के ऊपर ताल मिलाकर बोलने लगी, 'कौन है! कौन है, वह कौन है जी!' 'कौन है, कौन है, वह कौन है जी!'

कहते-कहते दक्षिणा बाबू का रंग फीका पड़ गया, उनका गला रुंध आया। मैंने उनको सहारा देते हुए कहा, ''थोड़ा पानी पीजिए!''

इसी समय सहसा किरोसीन की मेरी बत्ती लुप-लुप करती बुझ गई। अचानक देखा, बाहर प्रकाश हो गया है। कौआ बोल उठा। दहिंगल पक्षी सिसकारी भरने लगा। मेरे घर के सामने वाले रास्ते पर भैंसा-गाड़ी का चरमर-चरमर शब्द होने लगा। दक्षिणा बाबू के मुख की मुद्रा अब बिल्कुल बदल गई। अब भय का कोई चिन्ह न रहा। रात्रि की कुहक में काल्पनिक शंका की मत्तता में उन्होंने मुझसे जो इतनी बातें कह डालीं उसके लिए वे अत्यन्त लज्जित और मेरे ऊपर मन-ही-मन क्रोधित हो उठे। शिष्टाचार प्रकट करने वाले किसी शब्द को बोले बिना ही वे अकस्मात् उठकर तेज गति से चले गए।

उसी दिन आधी रात में फिर मेरे दरवाजे पर खटखटाहट हुई, ''डाक्टर! डाक्टर!''

प्रथम प्रकाशन/साधना/चैत्र, बंगाब्द 1301

दीदी

गाँव में रहने वाली किसी अभागिन के अन्यायी अत्याचारी पति के सब दुष्कृत्यों का विस्तार से वर्णन करते हुए पड़ोसिन तारा ने बड़े संक्षेप में अपनी राय प्रकट करते हुए कहा—ऐसे पति के मुँह में आग।

सुनकर जयगोपाल बाबू की पत्नी शशी ने बड़े कष्ट का अनुभव किया। पति जाति के मुख में सिगार की आग छोड़ अन्य किसी दूसरी तरह की आग की किसी दशा में भी कामना करना स्त्री जाति को शोभा नहीं देता। इसलिए इस बारे में उनके कुछ संकोच प्रकट करने पर कठोर हृदय वाली तारा दुगुने उत्साह के साथ बोली, "ऐसे पति के रहने की अपेक्षा सात-सात जन्मों तक विधवा होना कहीं अच्छा है।" यह कहते हुए वह बीच सभा से उठकर चली गयी।

शशी ने मन-ही-मन कहा, 'पति के ऐसे किसी अपराध की कल्पना वह नहीं कर सकती, जिससे उसके प्रति मन का भाव इतना कठिन हो सके।' इस बात की मन-ही-मन आलोचना करते-करते उसके कोमल हृदय का सारा प्रीति रस उसके प्रवासी पति की ओर उच्छ्‌वसित हो उठा। शय्या पर उसके पति जिस तरफ़ सोते थे उस हिस्से पर बाँह फैलाकर लेटे हुए उसने सूने तकिए का चुम्बन किया, उसमें पति के सिर की सुगन्ध का अनुभव किया और द्वार बन्द कर लकड़ी के बक्से से पति की बहुत दिनों से आँखों से ओझल तस्वीर और हाथ की लिखी चिट्ठियाँ निकालकर बैठ गयी। उस दिन की निस्तब्ध दोपहरी इस प्रकार उस कमरे में एकान्त चिंता में पुरानी यादों और विषाद के आँसुओं को बहाते बीती।

शशीकला और जयगोपाल का नवदाम्पत्य हो, ऐसा नहीं। बाल्यकाल में विवाह हुआ था, इस बीच सन्तान भी हुई है। दोनों बहुत दिनों तक एक साथ ही रहे थे, नितान्त साधारण सहज भाव से ही दिन बीते हैं। किसी भी ओर अपरिचित प्रेमोच्छ्‌वास का कोई लक्षण नहीं दिखाई दिया। करीब सोलह वर्ष एक ही भाव से एक साथ बिताकर अकस्मात् कार्यवश उसके पति के विदेश चले जाने पर शशी के मन में एक प्रबल प्रेमावेग जाग उठा। विरह द्वारा बन्धन में जितना ही खिंचाव पड़ा कोमल हृदय को प्रेम के फन्दे ने उतना ही सख़्त हो जकड़ लिया। शिथिल अवस्था में जिसके अस्तित्व का वह अनुभव न कर पायी, अब उसकी वेदना उसे कसकने लगी।

इसीलिए आज इतने दिनों के बाद इतनी उम्र में, सन्तान की माँ होकर, शशी वसन्त मध्याह्न में निर्जन कमरे में विरही शय्या पर उन्मेषित यौवन-नववधू का

सुख-स्वप्न देखने लगी। जो प्रेम अज्ञातभाव से जीवन के सामने से प्रवाहित हो गया है, सहसा आज उसी के शब्द से जागकर मन-ही-मन उसी स्रोत के विपरीत बहते दोनों किनारों पर बहुत दूर कई सोने की नगरियाँ अनेक कुंजवन देखने लगी। पर उस अतीत की सुख संभावना के बीच अब फिर पदार्पण करने का अवसर नहीं। सोचने लगी, 'अब जब पति को निकट पाएगी तब जीवन को नीरस और वसन्त को निष्फल नहीं होने देगी।' कितने दिन कितनी ही बार बेकार की बहसों में, छोटे-छोटे विवादों में उसने पति के प्रति अत्याचार भी किये थे। आज अनुतप्त चित्त हो एकान्त मन से संकल्प किया, फिर कभी भी वह असहिष्णुता प्रकट नहीं करेगी, पति की इच्छा में बाधा खड़ी नहीं करेगी। पति का आदेश पालन करेगी, प्रीतिपूर्ण नम्र हृदय से पति के भले-बुरे सभी आचरण सहेगी क्योंकि पति ही सर्वस्व है, पति प्रियतम है, पति देवता है।

शशीकला लम्बे समय तक अपने माता-पिता की एकमात्र लाड़ली कन्या रही थी। और जयगोपाल हालाँकि मामूली नौकरीपेशा करता था, फिर भी भविष्य की उसे कोई भी चिन्ता नहीं थी। गाँव में राज सुख से रहने के लिए उसे उसके ससुर की यथेष्ट सम्पत्ति मिली हुई थी।

इसी समय नितान्त असमय ही प्रायः वृद्धावस्था में शशीकला के पिता कालीप्रसन्न के एक पुत्र सन्तान जन्मी। सच कहें तो माता-पिता के इस अनपेक्षित असंगत अन्याय आचरण के लिए शशी मन-ही-मन अत्यन्त क्षुब्ध हुई थी। जयगोपाल को भी यह बात सचमुच अच्छी नहीं लगी थी। अधिक आयु में लड़के के प्रति माता-पिता का स्नेह अत्यन्त प्रबल हो उठा। इस नवागत, लघुकाय, स्तन्यपिपासु, निद्रातुर साले ने अनजाने ही दो निर्बल हाथों की छोटी-छोटी बन्द पड़ी मट्ठियों द्वारा ही जयगोपाल की सारी आशाओं और भरोसों का जब अपहरण कर लिया, तब उसने आसाम के एक चाय-बाग़ान में नौकरी कर ली। पास ही किसी स्थान में नौकरी की तलाश के लिए सभी ने उससे ज़ोर-ज़बरदस्ती की थी, पर एक तरह से हर किसी पर गुस्से के कारण या फिर चाय के बग़ीचे में जल्दी आगे बढ़ने के उपाय की जानकारी के कारण, जयगोपाल ने किसी की बात पर कान नहीं दिया। शशी को बच्चों के साथ उसके मायके में रख वह आसाम चला गया। विवाहित जीवन में पति-पत्नी का यही प्रथम विच्छेद था।

इस घटना के कारण नन्हें से भाई पर भी शशीकला को बड़ा क्रोध आया। जिस मन के आक्षेप को मुँह खोलकर कहने का उपाय नहीं उसी का आक्रोश सबसे अधिक होता है। यह नन्हा-सा प्राणी आराम से माँ का दूध पीता और आँखे मूँदकर सोया रहता और उसकी बहन—दूध गरम, भात ठण्डा, लड़के के स्कूल जाने में देरी आदि कई बहानों को ले दिन-रात मान-अभिमान करके स्वयं परेशान होती और सबको तंग करती।

थोड़े दिनों के बाद ही लड़के की माँ की मृत्यु हो गयी, मरने के पहले माँ अपनी कन्या के हाथों बेटे को सौंप गई।

जल्दी ही उस मातृहीन लड़के ने अपनी दीदी के हृदय पर अधिकार जमा लिया। हुँ-हुँकार शब्द करते उसके ऊपर कूदकर बड़े आग्रह के साथ अपना नन्हा पोपला-सा मुँह खोलकर उसके मुँह आँख और नाक को निगलने की चेष्टा करता, छोटी-सी मुट्ठी में उसके बालों की लटों को थामकर किसी भी तरह छोड़ना नहीं चाहता। सूर्योदय के ही पहले जाग जाता और लुढ़कता-फुदकता उसके पास आकर कोमल स्पर्श से उसे पुलकित कर ज़ोर-ज़ोर से चिहुँकना आरम्भ कर देता। और जब धीरे-धीरे वह उसे दीदी और दीदी-माँ कहकर बुलाने लगा, कामकाज के मौक़े पर और दूसरे समय भी निषिद्ध काम कर, निषिद्ध खाद्य खाकर, निषिद्ध स्थान में विधिवत् ऊधम मचाना शुरू कर दिया—तब शशी और सह न सकी। इस लघु स्वेच्छाचारी अत्याचारी के निकट पूर्ण रूप से आत्मसमर्पण कर दिया। लड़के की माँ नहीं थी। इसलिए, उसके प्रति उसका आधिपत्य कहीं अधिक था।

लड़के का नाम रखा गया नीलमणि। उसकी उम्र जब दो वर्ष की हुई तब उसके पिता को एक गंभीर बीमारी ने आ दबोचा। जयगोपाल के पास तत्काल चले जाने के लिए पत्र भेजा गया। जयगोपाल जब बहुत कोशिशों के बाद छुट्टी लेकर आ पहुँचा तब कालीप्रसन्न का मृत्युकाल निकट था।

मृत्यु से पहले कालीप्रसन्न ने नाबालिग लड़के की देखरेख का भार जयगोपाल को सौंपकर सम्पत्ति का चौथाई हिस्सा पुत्री के नाम लिख दिया। इसलिए ज़मीन-जायदाद की रक्षा के लिए जयगोपाल को नौकरी छोड़कर चला आना पड़ा।

काफ़ी दिनों के बाद पति-पत्नी का पुनर्मिलन हुआ। किसी जड़ पदार्थ के टूटने पर उसके जोड़ में जोड़ मिला दिया जा सकता है, पर दो मानव-मन को जहाँ से अलग किया जाता है, दीर्घ विच्छेद के बाद भी रेखा के साथ रेखा ही नहीं मिल पाती। क्योंकि मन एक सजीव पदार्थ है, पलपल उसका स्वभाव परिणत और परिवर्तित होता रहता है।

शशी के लिए इस नये मिलन के नये भाव का संचार हुआ। उसने जैसे एक बार फिर पति के साथ विवाह किया हो। पुरातन दाम्पत्य में चिराभ्यास वश जो जड़ता पैदा हो गयी थी, विरह के आकर्षण में अपसृत हो उसने अपने पति को जैसे पूर्वपेक्षा पूर्णतर रूप से प्राप्त किया, उसने मन-ही-मन प्रतिज्ञा की, "जैसे भी दिन आएँ, जितने भी दिन जाएँ, पति के प्रति इस दीप्त प्रेम की उज्ज्वलता को कभी भी धुंधला नहीं होने दूँगी।"

इस नये मिलन में जयगोपाल के मन की हाल अलग थी। पहले जब दोनों संयोग में एकत्र थे, तब पत्नी के साथ उनके सारे स्वार्थ और विचित्र अभ्यासों का ऐक्यबन्धन था। पत्नी तब जीवन की नित्य सत्य हो उठी थी। उसे छोड़ने पर दैनिक अभ्यास जाल में सहसा बहुत-सा भाग खाली रह जाता। इसलिए बाहर जाकर पहले-पहल तो जयगोपाल अगाध जल में गिरा। लेकिन धीरे-धीरे उसके उस अभ्यास-विच्छेद में नये अभ्यास की पैबन्द लग गई।

और इतना ही नहीं। पहले नितान्त निश्चेष्ट-निश्चित भाव से उसके दिन कटते। बीच में दो वर्ष तक अपनी स्थिति में उन्नति की चेष्टा उसके मन में ऐसे प्रबल रूप में जाग उठी थी कि उसके मन के सामने और कुछ भी नहीं था। इस नये नशे की तीव्रता की तुलना में उसका पूर्व जीवन वस्तुहीन छाया के समान दीखा। स्त्रियों की प्रकृति में प्रधान परिवर्तन लाता है प्रेम और पुरुषों में दुश्चेष्टा।

दो वर्ष बाद, जब जयगोपाल लौटा तो उसने अपनी पत्नी को ठीक पहले जैसा नहीं पाया। उसकी पत्नी के जीवन में इस शिशु साले ने आकर एक नया परिसर ही रच डाला। यह हिस्सा उसके लिए पूरी तरह अपरिचित था और इसमें पत्नी के साथ उसका कोई योग नहीं था। उसकी पत्नी उसको इस शिशु-स्नेह में स्थान देने की बहुत चेष्टा करती पर वह इसमें पूरी तरह सफल हुई या नहीं, कह नहीं सकता।

शशी नीलमणि को गोद में लिये मुस्कराती हुई पति के आगे बढ़ा देती। नीलमणि प्राणपण से शशी के गले से लिपट उसके कंधे में मुँह छिपा लेता, किसी प्रकार आत्मीयता की रक्षा नहीं करता। शशी की इच्छा होती कि उसके इस छोटे भाई के अधीन जितनी तरह की लुभावनी कलाएँ हैं—सब जयगोपाल के सामने प्रकट करें; किन्तु जयगोपाल इसके लिए विशेष आग्रह नहीं दिखाता और शिशु भी कोई विशेष उत्साही नहीं था। जयगोपाल किसी भी तरह समझ नहीं पाता, इस दुबले-पतले और भारी से सिर वाले और गम्भीर से चेहरे वाले साँवले से लड़के में ऐसा क्या है, जिसके लिए उसके प्रति इतने स्नेह को बेकार में बहाया जा रहा है।

स्नेह के रंग-ढंग को स्त्रियाँ बड़ी जल्दी भाँप लेती हैं। शशी ने बहुत जल्दी समझ लिया कि जयगोपाल नीलमणि के प्रति विशेष अनुरक्त नहीं। तब भाई को वह बड़ी सावधानी से आड़ में कर रखती, पति की स्नेहहीन और उदासीन दृष्टि से उसे दूर-दूर रखने की चेष्टा करती। इस प्रकार बालक उसके गोपन का जतनधन, उसके अकेलेपन की स्नेह-सामग्री बन बैठा। सभी जानते हैं कि स्नेह जितना गोपन, जितना एकान्त होता है उतना ही प्रबल होता है।

नीलमणि के रोने पर जयगोपाल बुरी तरह खीज उठता, इसलिए शशी उसे जल्दी से सीने में छुपा, जी-जान से हृदय से, उसे चुप करने की चेष्टा करती—विशेष रूप से तब जबकि नीलमणि के रोने से रात में उसके पति की नींद में बाधा पड़ती। पति इस क्रन्दन परायण बालक के प्रति अत्यन्त ईर्ष्यालु रूप से घृणा प्रकट करता

हुआ जर्जर चित्त से गरज उठता। तब शशी अपराधिनी-सी संकुचित और त्रस्त-व्यसन हो उठती। उसी क्षण उसे गोद में दूर ले जाती और एकान्त सानुनय स्नेह स्वर में, ''मेरा सोना, मेरा धन, मेरा रतन'' कहकर सुलाती।

बच्चों के बीच अनेक बहाने लेकर झगड़े-विवाद होते ही रहते हैं। पहले ऐसे अवसरों पर शशी अपनी सन्तानों को दण्डित कर भाई का पक्ष लेती; क्योंकि उस बेचारे की माँ नहीं थी। अब न्यायकर्ता के साथ-ही-साथ दण्ड के तरीके में भी परिवर्तन हुआ। तब हमेशा ही निरपराध और अविचार के कारण नीलमणि को कठिन दण्ड भोगना पड़ता। यह अन्याय शशी के हृदय में नटसाल की तरह बिंध जाता; इसलिए वह अपने दण्डित भाई को कमरे में ले जाकर मिठाई और खिलौने देकर उसे दुलरा कर चुम्बन लेकर शिशु के आहत हृदय को यथाशक्ति सान्त्वना देने की चेष्टा करती। नतीजा यह हुआ कि शशी नीलमणि से जितना ही स्नेह करती, जयगोपाल नीलमणि के प्रति उतना ही खीजता, और जयगोपाल नीलमणि के प्रति जितना ही विराग प्रकट करता, शशी उतना ही उसे स्नेहसुधा से अभिषिक्त करती रहती।

वैसे जयगोपाल कभी भी अपनी पत्नी के प्रति किसी तरह का कठोर व्यवहार नहीं करता और शशी चुपचाप नम्रता और प्रेम के साथ पति की सेवा करती रहती। केवल इस नीलमणि को लेकर अन्दर-ही-अन्दर एक-दूसरे को रात हो या दिन आघात पहुँचाने लगे।

इस तरह नीरव द्वन्द्व का गोपन घात-प्रतिघात खुले विवाद की अपेक्षा कहीं अधिक दुःसह होता है।

नीलमणि के सारे शरीर में सिर ही सबसे प्रधान था। ऐसा लगता, मानो विधाता ने एक पतली-सी सींक में फूँक मार उसके सिरे पर एक बड़ा-सा बुदबुद पैदा कर दिया है। डॉक्टर भी अक्सर यह आशंका प्रकट करते कि लड़का भी किसी बुलबुले के समान क्षण-भंगुर क्षणस्थायी होगा। बहुत दिनों तक उसने बोलना और चलना भी नहीं सीखा। उसके उदास और गंभीर चेहरे को देखकर लगता, उसके माता-पिता अपने बुढ़ापे की सारी चिन्ताओं का भार इस छोटे शिशु के सिर पर लाद गये हैं।

दीदी की जतन और सेवा से नीलमणि ने अपने विपदकाल को पार किया, छठे वर्ष में पाँव रखा।

कार्तिक महीने में भैयादूज के दिन नया कुर्ता, चादर और लालकिनारे की धोती पहनाकर, बाबू बने नीलमणि का शशी तिलक करने जा ही रही थी, कि स्पष्ट बोलने वाली पड़ोसिन तारा ने आ बातों ही बातों में शशी के साथ झगड़ा छेड़ दिया।

उसने कहा, ''पीठ-पीछे भाई का सर्वनाश कर भाई के माथे पर तिलक लगाने

का कोई लाभ नहीं।''

शशी यह सुनकर विस्मय, क्रोध, वेदना से वज्राहत हुई। अन्त में जाकर सुना, दोनों पति-पत्नी परामर्श कर, लगान की अदायगी न होने के कारण नाबालिग नीलमणि के हिस्से की सम्पत्ति नीलाम कराकर उसके पति के फुफेरे भाई के नाम बेनामी कर खरीद रहे हैं।

यह सुनकर शशी ने अभिशाप दिया, ''जो लोग इस सफ़ेद झूठ का प्रचार कर सकते हैं उनका मुँह कोढ़ से गल जाये।'' यह कहकर वह रोती हुई पति के पास जा पहुँची और इस अफ़वाह की बात सुनायी।

जयगोपाल बोले, ''आजकल किसी पर विश्वास करने की जरूरत नहीं। उपेन तो मेरा सगा फुफेरा भाई है, उस पर ज़मीन-जायदाद का भार सौंपकर मैं पूरी तरह निश्चिन्त था। उसने कब पीछे लगान बाकी रख हासिलपुर महल अपने नाम खरीद लिया है, मैं जान भी नहीं पाया।''

शशी ने आश्चर्य से पूछा, ''उस पर मुक़द्दमा नहीं चलाओगे ?''

जयगोपाल ने कहा, ''भाई के ऊपर मुक़द्दमा करूँ ? और ऐसे मुक़द्दमे से कोई लाभ भी नहीं, बस पैसों की बर्बादी होती है।''

पति की बात पर विश्वास करना शशी का परम कर्त्तव्य था, पर वह किसी भी तरह विश्वास न कर सकी। तब यह सुखी परिवार, यह प्रेम की गृहस्थी, सहसा उसके लिए अत्यन्त विकराल और वीभत्स स्वरूप धारण करती दिखायी दी। जिस गृहस्थी को वह अपना परम आश्रय मानती रही, अकस्मात् एक निष्ठुर फन्दा जान पड़ी जिसमें उन दोनों भाई-बहनों को चारों ओर से फाँस लिया गया है। अकेली स्त्री, असहाय नीलमणि की कैसे रक्षा करे, काफी सोच-विचार कर भी वह कोई उपाय नहीं सोच पायी। वह जितनी ही चिन्ता करती उसका हृदय उतना ही भय और घृणा से तथा इस विपन्न बालक भाई के प्रति असीम स्नेह से भर उठता। उसे लगा, अगर वह कोई उपाय जानती तब सीधे लाटसाहब के पास जाकर निवेदन करती, यहाँ तक कि महारानी के पास पत्र लिखकर अपने भाई की सम्पत्ति की रक्षा कर लेती। महारानी कभी भी नीलमणि के वार्षिक सात सौ अट्ठावन रुपये मुनाफ़े के हासिलपुर महल को बेचने नहीं देतीं।

शशी जब इस प्रकार एकबारगी महारानी के पास अर्ज़ी भेजकर अपने फुफेरे देवर को पूरी तरह मज़ा चखाने का उपाय सोच ही रही थी, तभी नीलमणि को अचानक ज्वर ने आ घेरा। उसे ऐंठन के साथ-साथ मिर्गी के दौरे पड़ने लगे।

जयगोपाल ने किसी गाँव के गँवई डॉक्टर को बुलाया। शशी के अच्छे डॉक्टर के लिए अनुरोध करने पर जयगोपाल बोला, ''क्यों, मतिलाल बुरा डॉक्टर है?''

तब शशी ने उसके पैरों पर गिर कर सिर की क़सम दी। जयगोपाल ने कहा, ''अच्छा, शहर से डॉक्टर बुलवा रहा हूँ।''

शशी नीलमणि को गोद में ले सीने से लगाये पड़ी रही। नीलमणि भी एक क्षण के लिए उसे आँख से ओझल नहीं होने देता। कहीं बहाने से वह चली न जाय, इस भय से उससे चिपटा रहता, यहाँ तक कि सोने पर भी आँचल नहीं छोड़ता।

सारा दिन इसी प्रकार बीत गया। शाम ढल जाने के बाद जयगोपाल ने आकर कहा, "शहर में डॉक्टर बाबू नहीं मिले, वे कहीं दूर रोगी देखने गये हैं।" यह भी कहा, "एक मुक़द्दमे के सिलसिले में मुझे आज ही कहीं बाहर जाना पड़ रहा है, मैं मतिलाल से कहता जा रहा हूँ, वह रोगी को बराबर देख जाया करेगा।"

रात में नीलमणि नींद में बड़बड़ाने लगा। प्रातःकाल ही शशी बिना आगा-पीछा विचारे बीमार भाई को लिये नाव पर चढ़ी और एकदम शहर के उस डॉक्टर के घर पहुँची। डॉक्टर घर पर ही थे, शहर छोड़कर कहीं बाहर नहीं गये थे। उन्होंने भद्र महिला देख जल्दी से किराये का मकान ठीक करके एक बूढ़ी विधवा की देख-रेख में शशी को रुक जाने को कहा और बालक का इलाज शुरू कर दिया।

दूसरे दिन ही जयगोपाल आ पहुँचे। क्रोध में आगबबूला होकर उसने पत्नी को उसी क्षण साथ लौट जाने को कहा।

पत्नी बोली, "तुम अगर मुझे काट भी डालो तो भी मैं अभी नहीं लौटूँगी। तुम लोग मेरे नीलमणि को मार डालना चाहते हो; उसके माँ नहीं, बाप नहीं, मुझे छोड़ उसका कोई भी नहीं है, मैं उसकी रक्षा करूँगी।"

जयगोपाल क्रोध से बोले, "तब फिर यहीं रहो। मेरे घर में अब कभी न लौटना।"

शशी तब उत्तेजित होकर बोली, "वह घर क्या तुम्हारा है, घर तो मेरे भाई का है।"

जयगोपाल बोला, "अच्छा, यह देखा जायेगा।"

मुहल्ले के लोगों ने कुछ दिनों तक इस घटना को लेकर बड़ा हंगामा मचाया। पड़ोसिन तारा बोली, "पति के साथ झगड़ा करना है, तो घर बैठकर क्यों नहीं करती? घर छोडकर जाने की क्या जरूरत। हज़ार हो, आख़िर पति तो है ही।"

पास में जो रुपये थे सब ख़र्च कर गहने आदि बेच शशी ने अपने भाई की मौत के मुँह से रक्षा की। तभी उसे खबर मिली कि द्वारीग्राम में उनकी जो बड़ी जोतवाली ज़मीन थी, साथ ही उस पर जो घर बना था, और जिसकी आय किसी भी तरह सालाना डेढ़ हज़ार रुपये से कम न होगी, उस जोत ज़मीन को ज़मीदार के साथ मिलकर जयगोपाल ने अपने नाम से ख़ारिज करवा दिया है। अब सारी सम्पत्ति जयगोपाल की है, उसके भाई की भी नहीं।

बीमारी से ठीक हो जाने के बाद नीलमणि करुण स्वर में कहने लगा, "दीदी, घर चलो।" उसे अपने साथी भान्जों की याद आ रही थी, इसी से बार-बार कहने लगा, "दीदी, अपने उसी घर में चलो न!"

यह सुनकर उसकी दीदी कुछ बोली नहीं बस रोने लगी—"अब वह हम लोगों का घर कहाँ!"

लेकिन रोने से ही कोई लाभ नहीं था। उस समय सारी दुनिया में दीदी को छोड़कर भाई का दूसरा कोई नहीं था। यह सोच आँखों के आँसू पोंछकर शशी ने डिप्टी-मजिस्ट्रेट तारिणी बाबू के अन्तःपुर में जाकर उनकी पत्नी के सामने दुखड़ा रोया।

डिप्टी बाबू जयगोपाल को पहचानते थे। भले घर की महिला घर के बाहर निकल ज़मीन-जायदाद के लिए पति के साथ झगड़े में प्रवृत्त होना चाहती है, इस बात से शशी के प्रति वे बुरी तरह खीज पड़े। उसे भुलावे में रखकर उन्होंने उसी समय जयगोपाल को पत्र लिखा। जयगोपाल दौड़ा आया। साले के साथ अपनी पत्नी को जबरदस्ती नाव पर चढ़ाकर घर पहुँचा दिया।

पति-पत्नी में दूसरी बार सम्बन्ध-विच्छेद के बाद फिर से यह दुबारा मिलन हुआ। प्रजापति ब्रह्मा की इच्छा।

बहुत दिनों बाद घर लौटकर पुराने साथियों के साथ नीलमणि बड़े आनन्द से खेलता फिरने लगा। उसके उस निश्चिंत आनन्द को देख भीतर ही भीतर शशी का हृदय विदीर्ण होता रहता।

सर्दियों के दिन थे। मजिस्ट्रेट साहब ने शहर का दौरा करते हुए एक दिन शिकार की खोज में गाँव के बीच तम्बू डलवाया। गाँव के रास्ते पर साहब के साथ नीलमणि की मुलाकात हुई। दूसरे बालक उन्हें देख चाणक्य के श्लोक में कुछ परिवर्तनपूर्वक नखी दंत श्रृंगी आदि के साथ साहब को भी मिलाकर काफ़ी दूर निकल गये लेकिन गंभीर प्रकृति नीलमणि अटल कौतूहल और प्रशान्त भाव से साहब को आँखें फाड़-फाड़कर देखता रहा।

साहब ने बड़े विनोद से उसके पास आकर पूछा, "तुम पाठशाला में पढ़ते हो?"

बालक ने नीरव भाव से सिर हिलाकर बताया, "हाँ।"

साहब ने फिर पूछा, "तुम कौन-सी किताब पढ़ते हो?"

नीलमणि किताब शब्द का अर्थ न समझ चुपचाप मजिस्ट्रेट की ओर ताकता रहा।

नीलमणि ने मजिस्ट्रेट साहब के साथ अपने परिचय का पूरा हवाला बड़े उत्साह के साथ अपनी दीदी को जा सुनाया।

दोपहर में चपकन, पैंट, पगड़ी पहन जयगोपाल मजिस्ट्रेट को सलाम करने गया। हर तरफ़ अर्थी-प्रत्यर्थी, चपरासी और सिपाहियों की भीड़ ही भीड़! साहब गर्मी के भय

से तम्बू के बाहर खुली छाया में कैम्प मेज़ लगवाकर बैठे थे और जयगोपाल को चौकी पर बैठाकर उससे स्थानीय हालचाल पूछ रहे थे। जयगोपाल अपने गाँव वाले सर्वसाधारण के सामने इस गौरव आसन पर जमे मन-ही-मन फूल रहा था और सोच रहा था, ''इस समय चक्रवर्ती और नन्दी में से कोई भी आकर देख जाता तो अच्छा होता।''

इतने में नीलमणि को साथ लेकर घूँघट से मुँह ढके एक महिला मजिस्ट्रेट के बिल्कुल सामने आ खड़ी हुई और कहा, ''साहब, आपके हाथों मैंने अपने इस अनाथ भाई को सौंप दिया, अब आप ही इसकी रक्षा करें।''

साहब अपने उस पूर्व परिचित वृहत् मस्तक गंभीर प्रकृति बालक को देख और स्त्री को भद्र महिला समझकर उसी क्षण उठ खड़े हुए, बोले, ''आप अन्दर तम्बू में आइये।''

महिला बोली, ''मुझे जो कहना है मैं यहीं कहूँगी।''

जयगोपाल का चेहरा फक पड़ गया। वह बेचैनी का अनुभव करने लगा। गाँव के कौतूहली लोगों ने परम विनोद का अनुभव किया और चारों ओर से अधिक निकट आने की चेष्टा की। साहब के बेंत उठाते ही सब भाग खड़े हुए।

शशी अपने भाई का हाथ पकड़े उस पितृ-मातृहीन बालक का सारा इतिहास आद्योपान्त बता गयी। जयगोपाल ने बीच-बीच में उसे रोकने की कोशिश की। मजिस्ट्रेट का चेहरा सुर्ख होता चला गया और वे बोले, 'चुप रहो'; और बेंत के अगले सिरे से उसे चौकी पर से उठ जाने और सामने खड़े होने का निर्देश दिया।

जयगोपाल मन-ही-मन शशी के प्रति गुर्राता हुआ चुप खड़ा रहा। नीलमणि दीदी से चिपका यह सब चुपचाप सुनता रहा।

शशी की बात समाप्त होने पर मजिस्ट्रेट ने जयगोपाल से कुछ प्रश्न किये और उसका उत्तर सुन बहुत देर तक चुप रहे। फिर शशी को सम्बोधित करते हुए बोले, ''बेटी, यह मुक़द्दमा हालाँकि मेरे पास नहीं आयेगा, फिर भी तुम निश्चिन्त रहो। इस सम्बन्ध में जो भी उचित होगा; मैं करूँगा। तुम अपने भाई को लेकर निर्भय घर लौट जा सकती हो।''

शशी बोली, ''साहब, जितने दिनों तक उसे अपना घर वापस नहीं मिलता, उतने दिनों तक अपने भाई को मैं घर ले जाने का साहस नहीं जुटा पाती। इस समय नीलमणि को आपके पास न रखने पर इसकी रक्षा कोई नहीं कर सकेगा।''

साहब ने पूछा, ''तुम कहाँ जाओगी?''

शशी बोली, ''मैं अपने पति के साथ घर लौट जाऊँगी। मुझे अपनी कोई चिन्ता नहीं।''

साहब थोड़ा हँसे। गले में ताबीज पहने कृशकाय श्यामवर्ण गंभीर प्रशान्त मृदु स्वभाव बंगाली लड़के को साथ ले जाने को किसी तरह राज़ी हुए।

लेकिन शशी के विदा लेते समय बालक ने उसके आँचल को कसकर पकड़ लिया। साहब बोले, "बेटे, तुम्हें कोई डर नहीं—आओ।"

घूँघट में से अविरल आँसू बहाते-बहाते शशी बोली, "राजा भैया, जा भैया ! दीदी के साथ तेरी फिर मुलाक़ात होगी।"

यह कहते हुए उसे चिपटाकर, उसके सिर और पीठ पर हाथ फेरते किसी प्रकार अपना आँचल छुड़ा जल्दी से वहाँ से चली गयी। तुरन्त साहब ने नीलमणि को बाएँ हाथ से कसकर पकड़ा। वह 'दीदी रे दीदी' कहकर ज़ोर-ज़ोर से रोने-चिल्लाने लगा। शशी ने एक बार मुड़कर देखा, फिर दूर से फैलाये दाहिने हाथ द्वारा उसके प्रति नीरव सान्त्वना भेजकर विदीर्ण हृदय से चली गयी।

बहुत दिनों के बाद फिर उसी जाने-पहचाने पुराने घर में पति-पत्नी का मिलन हुआ।

लेकिन यह मिलन अधिक दिनों तक टिक नहीं पाया। क्योंकि, इसके थोड़े समय के बाद ही, एक दिन सुबह-ही-सुबह ग्रामवासियों को ख़बर मिली कि पिछली रात शशी हैजे जैसे आक्रान्त हो मर गयी और रात ही में उसे फूँक दिया गया।

किसी ने इस बारे में कुछ भी नहीं कहा। केवल यह पड़ोसिन तारा रह-रह कर गरज उठती, पर 'चुप-चुप' कह उसका मुँह बन्द कर देते।

विदा के समय शशी भाई को वचन दे गयी थी—फिर मुलाकात होगी। उस वचन की रक्षा कहीं हुई कि नहीं, मालूम नहीं।

प्रथम प्रकाशन : अज्ञात
मूल शीर्षक : प्रतिवेशिणी

पड़ोसिन

मेरी पड़ोसिन बाल-विधवा है—शरद की ओस से धुले डाली से अलग शेफाली के फूल के समान। वह किसी सुहाग कक्ष की पुष्प-शय्या के लिए नहीं, केवल लिए के निमित्त ही उत्सर्ग की हुई है।

मैं मन-ही-मन उसकी पूजा करता। उसके प्रति मेरे मन का जैसा भाव था, उसे पूजा के अतिरिक्त किसी अन्य सहजशब्द द्वारा प्रकट करना नहीं चाहता। दूसरे के पास तो नहीं ही, उसके पास भी नहीं।

मेरा अन्तरंग प्रिय बंधु नवीन माधव, वह भी कुछ नहीं जानता था। इस प्रकार अपने इस गंभीरतम आवेग को गुप्त रख निर्मल बनाये हुए था। इससे मैं कुछ गर्व का अनुभव करता।

किन्तु मन का वेग पहाड़ी नदी के समान अपने जन्म-शिखर पर बंधकर नहीं रहना चाहता। किसी-न-किसी उपाय से बाहर निकल आने की चेष्ठा करता है। सफल न होने पर हृदय में वेदना उत्पन्न करता रहता है। इसीलिए सोच रहा था, कविता में अपने भाव प्रकट करूँगा। पर लेखनी कुण्ठित थी, किसी भी तरह वह अग्रसर होना नहीं चाहती थी। और आश्चर्य की बात यह थी कि ठीक उसी समय मेरे बन्धु नवीन माधव पर अकस्मात् प्रचण्ड वेग से कविता लिखने की सनक सवार हुई, सहसा ही फट पड़े भूकम्प के समान।

उस बेचारे पर ऐसी दैव-विपत्ति पहले कभी नहीं आयी, इसलिए वह इस नये आन्दोलन के लिए लेशमात्र भी तैयार नहीं था। उसके हाथ में तब छन्द-तुक वग़ैरह कुछ भी मौजूद नहीं था, तो भी वह हतोत्साहित नहीं हुआ। यह देखकर मैं आश्चर्य में पड़ गया। कविता ने जैसे बुढ़ापे की दूसरी पत्नी के समान उस पर पूरी तरह अधिकार जमा लिया था। नवीन माधव छन्द-तुक सम्बन्धी सहायता और संशोधन के लिए मेरे सामने आ उपस्थित हुआ।

कविता की विषयवस्तु नयी नहीं थी, लेकिन पुरानी भी नहीं; अर्थात् उसे चिर नूतन भी कहा जा सकता है, चिर पुरातन कहने में भी कोई हर्ज़ नहीं। प्रियतमा के प्रति प्रेम की कविता। मैंने उसे एक धक्का देते हुए हँसकर पूछा, ''क्यों रे, यह कौन है?''

नवीन ने हँसकर कहा, ''अभी तक खोज नहीं पाया हूँ।''

उस नए रचनाकार की सहायता के काम में मुझे बड़े आराम का अनुभव हुआ। नवीन की काल्पनिक प्रियतमा के प्रति मैंने अपने रुद्ध आवेग को प्रयोग किया। चूज़े के अभाव में मुर्गी जैसे बत्तख़ के अण्डे पाकर भी पंख को फैला सेती है, ठीक वैसे ही अभागा मैं नवीन माधव के भावों को अपने हृदय की गर्माहट से दबाकर बैठ गया। अनाड़ी के लेख को इतने प्रबल वेग से सुधारने लगा कि क़रीब पन्द्रह आने वह मेरा ही लेख हो गया।

नवीन विस्मय के साथ कहता, ''ठीक यही बात मैं कहना चाहकर भी कह नहीं पाता था। पर तुम्हारे पास ये सारे भाव कहाँ से आ जुटते हैं?''

मैं कवि के समान उत्तर देता, ''कल्पना से। सत्य भाव-स्रोत को पत्थर के समान दबाए रखती है, कल्पना उसके पथ को उन्मुक्त कर देती है।''

नवीन ने गंभीर चेहरा बनाकर कुछ सोचकर कहा, ''ऐसा ही तो देख रहा हूँ। ठीक ही है।'' फिर कुछ देर तक सोचने के बाद बोला, ''ठीक, बिल्कुल ठीक।''

पहले ही कह चुका हूँ कि मेरे प्रेम में एक कातर संकोच था, इसीलिए अपनी कलम से किसी भी तरह कुछ नहीं लिख पाया। नवीन को पर्दे की तरह बीच में रखकर ही मेरी लेखनी मुँह खोल सकी। ये लेख मानों रस से भरपूर गर्मी से फटने लगे।

नवीन बोला, ''यह तो तुमने ही लिखा है। तुम्हारे नाम से प्रकाशित करूँ?''

मैंने कहा, ''खूब कहा। यह तो तुम्हारा ही लेख है, मैंने तो बस थोड़ा-बहुत बदल-भर दिया है?''

धीरे-धीरे नवीन भी ऐसा ही सोचने लगा।

ज्योतिषी जैसे नक्षत्र के उदय की प्रतीक्षा में आकाश की ओर तकता रहता है, मैं भी वैसे ही बीच-बीच में अपने पास के घर की खिड़की की ओर तकता, मैं इस बात से अस्वीकार नहीं कर सकता। भक्त का वह व्याकुल दृष्टिपात कभी-कभी सार्थक भी होता। उस कर्मयोगरता ब्रह्मचारिणी के सौम्य मुखश्री से शान्त स्निग्ध ज्योति प्रतिबिम्बित हो क्षणभर में मेरे समस्त चित्तक्षोभ का दमन कर देती।

लेकिन उस दिन सहसा ही यह क्या देखा! मेरे चन्द्रलोक में अभी भी अग्नि उत्पात शेष है। वहाँ के जन्य-शून्य समाधिमग्न गिरिगुफा में समस्त वह्निदाह क्या अभी भी सम्पूर्ण निर्वापित नहीं हुई है।

उस दिन वैशाख की दोपहरी में आकाश के उत्तर-पूर्व कोने में बादल सघन होते जा रहे थे। उस आसन्न झंझा के मेघों से चमकने वाली बिजली के प्रकाश में मेरी पड़ोसिन अपनी खिड़की पर अकेली खड़ी थी। उस दिन उसकी शून्य, घनी काली आँखों में कैसी सुदूर प्रसारित सघन वेदना दिखी।

है, अभी मेरे उस चन्द्रलोक में ताप है। अभी भी वहाँ गर्म निःश्वास बह रही है। देवता के लिए मनुष्य नहीं, मनुष्य के लिए देवता है। उसकी उन दोनों आँखों की

विशाल व्याकुलता उस दिन की उस आँधी के आलोक में व्यग्र पक्षी के समान उड़ चली थी। स्वर्ग की ओर नहीं, मानव-हृदय नीड़ की ओर।

उस उत्सुक आकांक्षा से भरे दृष्टिपात को देखने के बाद से अशान्त चित्त को स्थिर बनाये रखना मेरे लिए दुस्साध्य हो गया। तब केवल दूसरे की अपरिपक्व कविता को संशोधित कर तृप्ति नहीं मिलती। एक किसी प्रकार का कार्य करने की चंचलता जगी।

तब मैंने संकल्प किया कि बंगाल में विधवा-विवाह का प्रचलन करने के लिए अपने पूरे प्रयत्नों का प्रयोग करूँगा। केवल भाषण और लेख ही नहीं, आर्थिक सहायता के लिए भी आगे बढ़ा।

नवीन मेरे साथ तर्क करने लगा। उसने कहा, उसने कहा, "चिर वैधव्य में एक पवित्र शान्ति है, एकादशी की क्षीण चाँदनी में चमकती समाधि भूमि के समान एक विराट रमणीयता है। विवाह की संभावना मात्र से ही क्या वह नष्ट नहीं हो जाती है?"

ऐसी कवित्व भरी बातें सुनते ही मुझे क्रोध आता। अकाल में जो व्यक्ति सूखकर मर रहा है, पेट-भरा व्यक्ति उसके पास यदि भोजन की स्थूलता के प्रति घृणा प्रकट करता हुआ फूल की सुगन्धि और पक्षी के गान से उस मरने वाले का पेट भराना चाहे तो वह कैसा लगेगा।

मैंने क्रोध से कहा, "देखो नवीन, कलाकार यह कहता है, दृश्य की दृष्टि से टूटे पुराने घर का भी अपना एक सौन्दर्य है। लेकिन उस घर को केवल चित्र की दृष्टि से देखने से नहीं चलता, उसमें रहना पड़ता है। इसलिए कलाकार जो भी कहे, उसकी मरम्मत की आवश्यकता है। वैधव्य को लेकर तुम तो दूर से अच्छी खासी कविता लिखना चाहते हो, लेकिन उसमें एक आकांक्षापूर्ण मानव हृदय अपनी विचित्र वेदना को लेकर वास कर रहा है, उसे याद रखना हमारा कर्त्तव्य है।"

सोचा था, नवीन माधव को किसी तरह भी दल में खींच नहीं सकूँगा, इसलिए उस दिन कुछ अधिक गर्माहट में बातें की थीं। पर अचानक देखा, मेरे भाषण के अन्त में नवीन माधव ने एक गहरी उसाँस भरकर मेरी सारी बातें मान लीं। अन्य बहुत-सी अच्छी-अच्छी बातों के कहने का अवसर ही नहीं दिया।

एक सप्ताह के बाद नवीन ने आकर कहा, "तुम यदि सहायता करो तो मैं एक विधवा से विवाह करने के लिए तैयार हूँ।"

मैं इतना खुश हुआ कि मैंने नवीन को गले लगा लिया और बोला, "इसमें जितने रुपये खर्च होंगे, मैं दूँगा।"

तब नवीन ने अपना इतिहास बताया।

तब मैं जान पाया कि उसकी प्रियतमा काल्पनिक नहीं है। कुछ दिनों से एक विधवा स्त्री से वह दूर से ही प्रेम करता। किसी के सामने उसने यह प्रकट नहीं किया

है। जिस मासिक पत्रिका में नवीन, उर्फ़ मेरी कविताएँ प्रकाशित होतीं वे पत्रिकाएँ यथास्थान पहुँच जातीं। कविताएँ बेकार नहीं गयीं। बिना मिले चित्त आकर्षण का एक उपाय मेरे बन्धु ने ढूँढ निकाला।

पर नवीन का कहना है कि उन्होंने किसी षड्यंत्र से ये सारे कौशल नहीं अपनाए हैं। यहाँ तक कि उन्हें विश्वास था कि विधवा पढ़ना नहीं जानती। वे विधवा के भाई के नाम पत्रिका बिना हस्ताक्षर किये, बिना मूल्य के ही भेज देते। यह केवल मन को सान्त्वना देने का एक पागलपन मात्र था। मन में आता, देवता को समर्पण के उद्देश्य से पुष्पांजलि अर्पित की गयी, वे जानें या न जानें, ग्रहण करें या न करें।

इधर-उधर के बहानों से विधवा के भाई के साथ नवीन ने जो मित्रता स्थापित कर ली थी, नवीन कहते हैं, उसमें भी कोई उद्देश्य नहीं था। जिससे प्यार किया जाता है उसके निकटवर्ती परिजनों का संग भी मधुर लगता है।

आखिरकार उसके भाई के कठिन रोग को लेकर बहन के साथ कैसे मुलाकात हुई, वह लम्बी बात है। कवि के साथ कविता आधारभूत विषय का प्रत्यक्ष परिचय होने से कविता के सम्बन्ध में बहुत सारी आलोचनाएँ हो गयी हैं। आलोचना केवल कुछ छपी कई-एक कविताओं में बद्ध हो ऐसा भी नहीं।

हाल ही में मेरे साथ तर्क में परास्त होकर नवीन उस विधवा से मिलकर विवाह का प्रस्ताव दे बैठा था। पहले-पहल तो किसी भी तरह सहमति नहीं मिली। तब नवीन ने मेरे मुँह से निकाली सारी युक्तियों का प्रयोग कर और उसके साथ अपनी आँखों के दो-चार बूँद पानी मिलाकर उसे बिल्कुल हरा दिया। अब विधवा के अभिभावक फूफा कुछ रुपये चाह रहे थे।

मैंने कहा, "अभी लो।"

नवीन बोला, "इसके अतिरिक्त विवाह के बाद पहले पाँच-छः महीने तक पिताजी अवश्य ही मासिक खर्चा-पानी देना बन्द कर देंगे, तब तक के लिए हम दोनों का खर्चा जुटाना होगा।"

मैंने बिना कुछ बोले चेक काट दिया। कहा, "अब उनका नाम तो बताओ। मेरे साथ जब कोई होड़ ही नहीं, तब परिचय देने में कोई भय नहीं। मैं तुम्हारी देह छूकर सौगन्ध खाता हूँ कि मैं उनके नाम पर कविता नहीं लिखूँगा, और अगर लिखी भी तो उनके भाई को न भेजकर तुम्हारे पास भेज दूँगा।"

नवीन बोला, "अरे, उसके लिए मैं डरता नहीं। विधवा विवाह की लज्जा से वे अत्यन्त कातर हैं, इसीलिए तुमसे उनके बारे में आलोचना करने के लिए उन्होंने बहुत मना कर दिया था। लेकिन अब ढक रखना मिथ्या है। वे तुम्हारी ही पड़ोसिन हैं, उन्नीस नम्बर घर में रहती हैं।"

मेरा यह शरीर अगर लोहे का बायलर होता तो एकबारगी धमाके से फट जाता। मैंने पूछा, "विधवा विवाह में उनकी अस्वीकृति नहीं है ?"

नवीन ने हँसकर कहा, ''फिलहाल तो नहीं।''

मैंने कहा, ''केवल कविता पढ़कर ही वे मुग्ध हैं।''

नवीन बोला, ''क्यों, मेरी वे कविताएँ तो कुछ बुरी नहीं है।''

मैंने मन-ही-मन कहा, ''धिक्कार है!''

किसे धिक्कारा ?

न उन्हें, न अपने को और न विधाता को। ...लेकिन धिक्कार है!

प्रथम प्रकाशन/भारती/अग्रहायण, बंगाब्द 1308
मूल शीर्षक : रासमणिर छेले

रासमणि का बेटा

रासमणि कालीपद की माँ थी, लेकिन मजबूरन उन्हें पिता का दायित्व निभाना पड़ा। माँ, अगर माँ-बाप दोनों बन जाय तो बंच्चे के लिए ठीक नहीं होता। उनके पति भवानीचरण पुत्र को नियंत्रित रखने में बिल्कुल असमर्थ थे। पुत्र से इतना लाड़ क्यों करते हैं, यह पूछे जाने पर कि वे जो उत्तर देते, उसे समझने के लिए उनके अतीत को जानना जरूरी है :

भवानीचरण का जन्म शानियाड़ी के प्रसिद्ध सम्भ्रान्त धनी परिवार में हुआ था। उन के पिता अभ्याचरण की पहली पत्नी के पुत्र थे श्यामचरण। पत्नी-वियोग के पश्चात् बड़ी उम्र में अभयाचरण ने जब दूसरा विवाह किया तो उनके ससुर ने अपनी पुत्री के नाम आलन्दि ताल्लुका विशेष रूप से लिखा लिया था। जंवाई की उम्र के हिसाब से उन्होंने मन-ही-मन सोचा कि यदि कन्या विधवा हो गई तो खाने-पहनने के लिए उसे सौतेले पुत्र पर निर्भर नहीं रहना पड़ेगा।

जैसा उन्होंने सोचा था, वैसा होते देर न लगी। धेवते भवानीचरण के जन्म के कुछ ही समय बाद उनके जंवाई की मृत्यु हो गई। उनकी पुत्री ने अपनी विशेष संपत्ति पर अधिकार कर लिया। अपनी आँखों यह देखकर अपनी पुत्री के जीवन-यापन के बारे में बहुत-कुछ निश्चिन्त होकर वे परलोक सिधार गए।

श्यामाचरण उस समय जवान हो चुके थे। यहाँ तक कि उनका बड़ा लड़का उस समय भवानी से एक साल बड़ा था। अपने पुत्र के साथ-ही-साथ वह भवानी का भी पालन-पोषण करने लगे। विमाता की सम्पत्ति में से वह कभी एक पैसा भी नहीं लेते थे और हर वर्ष हिसाब साफ करके उनको दिखाकर उसकी रसीद ले लेते थे।

लगभग सभी सोचते थे कि इतना सीधापन मूर्खता का ही दूसरा नाम है। बिना बँटी पैतृक सम्पत्ति का एक भाग दूसरे विवाह की स्त्री के हाथ में पड़ जाय, यह गाँव के किसी भी आदमी को अच्छा न लगा। श्यामाचरण अगर धोखा देकर दस्तावेज़ों को मानने से इंकार कर देते तो पड़ौसी उनके पौरुष की प्रशंसा करते। और जिन उपायों से भी वे सफल हो सकते थे, ऐसे निपुण परामर्शदाताओं का अभाव भी न था। लेकिन, श्यामाचरण ने अपने पारिवारिक अधिकार को छोड़कर भी अपनी विमाता की सम्पत्ति को पूरी तरह स्वतन्त्र रखा।

इन्हीं कारणों से तथा सहज स्नेहशील स्वभाव के कारण विमाता ब्रजसुन्दरी उन

पर अपने पुत्र के समान स्नेह ओर विश्वास करती थी। उन्होंने अनेक बार उन्हें फटकारा भी था। वे कहती थीं, "बेटा, यह सब तो तुम ही लोगों का है। इस सम्पत्ति को साथ लेकर तो मैं जाऊंगी नहीं, यह तुम्हीं लोगों की रहेगी। इतना हिसाब-किताब देखने की मुझे जरूरत क्या है!"

श्यामाचरण इन बातों पर ध्यान ही नहीं देते थे।

वे अपने लड़कों पर कठोर नियंत्रण रखते थे। लेकिन भवानीचरण से कुछ नहीं कहते थे, यह देखकर सभी कहते कुछ नहीं कहते थे, 'अपने लड़कों की अपेक्षा भवानी को माँ से अधिक चाहते थे।' इस तरह भवानी का पढ़ना-लिखना कुछ भी नहीं हुआ और रुपये-पैसे के मामले में हमेशा बच्चा बने रहे। धन-सम्पत्ति के बारे में उन्हें कभी कोई चिन्ता नहीं करनी पड़ती थी। केवल बीच-बीच में एक-आध दिन हस्ताक्षर करने पड़ते। क्यों हस्ताक्षर करते, इसको समझने की वे कोशिश ही न करते, क्योंकि कोशिश करने पर भी सफल नहीं हो सकते थे।

दूसरी ओर श्यामाचरण का बड़ा लड़का तारापद हर काम में पिता की मदद करते रहने के कारण काम-काज में पक्का हो गया। श्यामाचरण की मृत्यु के बाद तारापद ने भवानीचरण से कहा, "काकाजी, हम लोगों के साथ रहना अब और नहीं चल सकता। किसी दिन किसी साधारण-सी बात को लेकर मनमुटाव हो गया, तो फिर गृहस्थी नष्ट-भ्रष्ट हो जांयगी।"

अलग होकर किसी दिन स्वयं अपनी संपत्ति की देखभाल करनी पड़ेगी, इस बात की भवानी ने स्वप्न में भी कल्पना नहीं की थी। जिस गृहस्थी में बचपन से वे बड़े हुए थे उसको वे अखण्ड ही समझते थे। उसमें किसी एक स्थान पर जोड़ है, और उस जोड़ की जगह से उसके दो हिस्से किये जा सकते हैं, सहसा यह समाचार पाकर वे बेचैन हो गए।

वंश की मानहानि जैसी बातें जब तारापद को जरा भी विचलित न कर सकीं, तब संपत्ति का बँटवारा किस तरह हो, इस असाध्य चिन्ता में भवानी को लगना पड़ा। चिन्ता देखकर तारापद ने अत्यन्त विस्मित होकर कहा, "काकाजी, बात क्या है? आप इतनी चिन्ता क्यों कर रहे हैं? संपत्ति का बँटवारा तो हो ही चुका है। दादाजी अपने सामने ही तो बँटवारा कर गए थे।"

भवानी ने कहा, "सच! मैं तो इस बारे में कुछ भी नहीं जानता।"

तारापद ने कहा, "कमाल है। जानते कैसे नहीं? देश-भर के लोग जानते हैं। बाद में आपके साथ हमारा कोई झगड़ा न हो इसलिए आलन्दि-ताल्लुका आपके हिस्से में लिखकर दादाजी ने पहले से ही आपको अलग कर दिया है। इसी तरह तो अब तक चलता आया है।"

भवानीचरण ने सोचा—सभी-कुछ सम्भव है। पूछा, "यह घर?"

तारापद ने कहा, "चाहें तो यह घर आप ही रख सकते हैं। सदर महकमे में

कोठी है, वह मिल जाय तो हमारा काम किसी-न-किसी तरह चल जाएगा।''

तारापद को इस तरह आसानी से पैतृक घर छोड़ने के लिए राजी होते देखकर वे उसकी उदारता पर चकित रह गए। सदर महकमे का अपना मकान उन्होंने कभी नहीं देखा था और उससे उनको तनिक भी मोह न था।

उन्होंने जब अपनी माता ब्रजसुन्दरी को सारा किस्सा बताया तो उन्होंने माथा ठोंककर कहा, ''मैया री, क्या बात हुई! आलन्दि तालुका तो मेरे भरण-पोषण के लिए मुझे निजी संपत्ति के रूप में मिला था, उसकी आमदनी भी कोई ऐसी ज्यादा नहीं है। पैतृक सम्पत्ति में तुम्हारा जो हिस्सा है, वह तुम्हें क्यों नहीं मिलेगा।''

भवानी ने कहा, ''तारापद कहता है, पिता ने इस ताल्लुके के अलावा हमें और कुछ नहीं दिया था।''

ब्रजसुन्दरी ने कहा, ''यह बात क्या मैं कहने से ही मान लूँगी। मालिक ने अपने हाथ से अपने वसीयतनामे की दो प्रतियां लिखी थीं। उसकी एक प्रति उन्होंने मुझे सौंप दी थी। वह मेरे सन्दूक में ही है।''

सन्दूक खोला गया। उसमें आलन्दि तालुके का दानपत्र तो था, लेकिन वसीयतनामा नहीं था। उसकी चोरी हो गई थी।

परामर्शदाता को बुलाया गया। यह व्यक्ति उनके गुरु महाराज का पुत्र था, नाम था बगलाचरण। सब कहते थे, उसकी बुद्धि बहुत मंजी हुई है। उसका पिता गाँव का मन्त्रदाता था, और वह मन्त्रणादाता। पिता-पुत्र ने गाँव के लोगों के परलोक और इहलोक का बँटवारा कर लिया था। दूसरों के लिए उसका फल चाहे जैसा हो उनको अपने लिए कोई परेशानी नहीं हुई।

बगलाचरण ने कहा, ''वसीयतनामा न मिला, न सही। पिता की सम्पत्ति में दो भाइयों का समान भाग तो रहेगा ही।''

इसी समय पहले पक्ष द्वारा एक वसीयतनामा पेश किया गया। उसमें भवानीचरण का कुछ भी हिस्सा नहीं लिखा था। सारी सम्पत्ति पौत्रों को दी गई थी। उस समय अभयाचरण के कोई पुत्र नहीं पैदा हुआ था।

बगला को कर्णधार बनाकर भवानी मुकद्दमे के महासमुद्र में उतरे पड़े। बन्दरगाह में आकर लोहे के संदूक की जब परीक्षा की तो मालूम हुआ कि लक्ष्मी के वाहन उल्लू का घोंसला बिल्कुल सूना था। साधारण दो-एक सोने के पंख टूटे पड़े थे। पैतृक संपत्ति पहले पक्ष के हाथ में चली गई और आलन्दि तालुके का जो हिस्सा मुकद्दमे के व्यय से बच गया था, उसके सहारे से किसी तरह गुजर तो हो सकती थी, लेकिन वंश-मर्यादा को नहीं बचाया जा सकता था। पुराने घर के मिल जाने पर भवानीचरण ने सोचा, 'भारी जीत हुई है।' तारापद सदर में चला गया। दोनों पक्षों में अब कोई मेलजोल न रहा।

श्यामाचरण का विश्वासघात ब्रजसुन्दरी को शूल के समान लगा। उसने मालिक का वसीयतनामा चुराकर भाई को धोखा दिया और पिता का विश्वास तोड़ा, इसको वे किसी भी तरह न भूल सकीं। जितने दिन वे जिन्दा रहीं, रोजाना ही दीर्घ निःश्वास लेकर बार-बार कहतीं, "धर्म इसे कभी नहीं सह सकेगा।" भवानीचरण को प्रायः रोजाना वे यह कहकर आश्वासन देती रहीं कि "मैं कानून-अदालत कुछ नहीं समझती; मैं तुमसे कहती हूँ कि मालिक का वह वसीयतनामा बहुत दिनों तक कभी नहीं दबा रह सकता। वह तुमको वापस अवश्य मिलेगा।"

माता से लगातार यह बात सुनते-सुनते भवानीचरण को पक्का भरोसा हो गया था। वे स्वयं अक्षम थे, इसलिए ऐसे वचन उनके लिए लिए बहुत सुखदायक थे। सती-साध्वी के वचन अवश्य पूरे होंगे, जो उनका है, वह अपने-आप उनके पास लौट आएगा, इस बात को वे निश्चित मान बैठे थे। माता की मृत्यु के बाद उनका यह विश्वास और भी दृढ़ हो गया। गरीबी के सारे अभाव और कष्ट मानों उन्हें छू ही नहीं पाते थे। उन्हें लगता, यह अन्न-वस्त्र की परेशानी, यह पहले के ठाट-बाट में रुकावट, ये तो जैसे दो दिन के लिए एक अभिनय-मात्र हैं—इनमें कोई सत्यता ही नहीं है। इसीलिए जब ढाका की पुरानी धोती फट जाने पर उन्हें कम दामों की मोटी धोती खरीदनी पड़ी तो उन्हें हँसी आ गई। दुर्गापूजा के समय पहले की-सी धूमधाम न हो सकी। 'मनोनमः' करके काम चलाना पड़ा। आने वालों ने यह दीनहीन आयोजन देखकर पुराने समय की बातों की चर्चा चलाई। भवानीचरण मन-ही-मन हँसे। उन्होंने सोचा, 'ये जानते नहीं, यह सब केवल थोड़े दिनों के लिए है, उसके बाद एक दिन ऐसी धूम से पूजा होगी कि इनकी आंखें खुल जायेंगी।' भविष्य के इस निश्चित समारोह को वे प्रत्यक्ष की तरह देखते और वर्तमान की दीनता उन्हें नजर ही न आती।

इस विषय पर उनके साथ चर्चा करने वाला प्रमुख व्यक्ति था—उनका नौकर नोटो। न जाने कितनी बार पूजा के उत्सव की गरीबी के बीच बैठकर स्वामी और दास इस पर विस्तार से चर्चा कर चुके थे कि भविष्य में अच्छे दिन आने पर किस तरह का आयोजन करना होगा। यहाँ तक कि किसे बुलाना होगा किसे नहीं। कलकत्ता से यात्रा-दल लाने की जरूरत है या नहीं, इसको लेकर दोनों पक्षों में तर्क-वितर्क होता रहता था। उस भविष्यकाल के लिए सूची बनाने में कंजूसी बरतने के लिए नटबिहारी (नोटो) को भवानीचरण की कड़ी फटकार भी सहनी पड़ती। ऐसी घटना प्रायः होती ही रहती।

भवानीचरण के मन में मोटे तौर पर सम्पत्ति-विषयक किसी भी तरह की चिन्ता नहीं थी। उनकी चिन्ता का एकमात्र कारण था, उस धन का भोग कौन करेगा। अभी तक उनके सन्तान नहीं हुई थी। कन्याभार से लदे हितैषी उनसे जब एक और विवाह करने का अनुरोध करते तो कभी-कभी उनका मन चंचल हो उठता। उसका कारण

यह नहीं था कि इसका उन्हें कोई विशेष शौक था। सेवक और अन्न की भाँति स्त्री के पुरातनत्व को श्रेष्ठ गिनते थे। लेकिन जिसे सम्पत्ति की सम्भावना हो, उसके लिए सन्तान की सम्भावना का न होने को वे विधि की विडम्बना ही मानते थे।

ऐसी हालत में जब उनके पुत्र का जन्म हुआ तब सभी ने कहा, "अब इस घर का भाग्य पलटेगा, यह उसी का सूत्रपात हुआ है। स्वयं स्वर्गीय मालिक बालक की जन्मकुण्डली में भी देखा गया। ग्रह-नक्षत्रों का इस तरह का योग हुआ था कि अपहृत सम्पत्ति का उद्धार हुए बिना रह ही नहीं सकता।

पुत्र-जन्म के बाद में भवानीचरण के व्यवहार में कुछ बदलाव दिखने लगा। इतने दिन तक उन्होंने गरीबी को एकदम हँसी-खेल की तरह झेला किया था। लेकिन पुत्र के मामले में वे उनकी रक्षा न कर सके। शानियाड़ी के विख्यात चौधरी के घर में बुझते हुए कुल-दीपक को उज्ज्वल करने के लिए आकाशव्यापी समस्त ग्रह-नक्षत्रों की अनुकूलता के फलस्वरूप जो शिशु अवतरित हुआ था उसके प्रति तो कुछ- न-कुछ जिम्मेदारी थी ही। पुरातन काल से आज तक इस परिवार में हर पुत्र को जन्म से ही जो आदर-सम्मान मिलता आया है, उससे भवानीचरण का ज्येष्ठ पुत्र ही पहले-पहल वंचित हुआ—इस दुख को वे भूल न सके। 'इस वंश का जो चिरप्राप्य मुझे मिला वह मैं अपने पुत्र को न दे पाया'—यह याद करके उनको लगने लगा, 'मैंने ही उसे वंचित किया है।' इसलिए कालीपद के लिए वे जो धन-व्यय न कर सके, अपने अत्यधिक लाड़-प्यार द्वारा उन्होंने उसकी पूर्ति करने की चेष्टा की।

भवानी की पत्नी रासमणि भिन्न स्वभाव की स्त्री थीं। उन्होंने शानियाड़ी के चौधरियों के वंश-गौरव के सम्बन्ध में कभी जिज्ञासा महसूस नहीं की। भवानी यह जानते थे और इसको लेकर मन-ही-मन हँसते थे। सोचते थे, जैसे साधारण दरिद्र वैष्णव वंश में उनकी पत्नी का जन्म हुआ था, उसे देखते उनकी यह भूल क्षमा करने योग्य थी। चौधरियों की मान-मर्यादा के सम्बन्ध में यह अनुमान करना उनके लिए असम्भव ही था।

रासमणि स्वयं भी इसको स्वीकार करतीं। कहती, "मैं गरीब की बेटी हूँ, मान-सम्मान की परवाह नहीं करती। मेरा कालीपद बना रहे, वही मेरा सबसे बड़ा ऐश्वर्य है।" वसीयतनामा फिर मिल जायेगा और कालीपद के कल्याण के लिए इस वंश के विलुप्त सम्पत्ति-रूपी जल-से रहित नदी में फिर जल की बाढ़ आयगी, इन सब बातों पर वे कान भी न देती थी। ऐसा कोई व्यक्ति नहीं था जिसके साथ उनके पति खोए वसीयतनामे के विषय में चर्चा न करते हों। केवल अपनी पत्नी के सामने इस सबसे बड़ी बात की चर्चा नहीं करते थे। दो-एक बार उसके साथ चर्चा करने का प्रयास किया था, लेकिन कोई रस न मिला। अतीत की महिमा एवं भावी महिमा, इन दोनों पर उनकी पत्नी कोई ध्यान नहीं देती थीं। वर्तमान आवश्यकताओं ने ही उनके हृदय को आकर्षित कर रखा था।

ये आवश्यकताएँ भी कोई छोटी न थीं। अनेक प्रयत्नों द्वारा गृहस्थी चलानी पड़ती, क्योंकि लक्ष्मी चले जाने पर भी अपना थोड़ा-बहुत भार पीछे फेंक जाती हैं। ऐसी स्थिति में कोई उपाय नहीं रहता। इस परिवार का आश्रय प्रायः नष्ट हो गया था, लेकिन आश्रित दल अब उन्हें छुट्टी नहीं देना चाहता था। भवानीचरण भी ऐसे आदमी नहीं थे कि अभाव के भय से किसी को भी विदा कर दें।

इस भारग्रस्त गृहस्थी को चलाने का भार रासमणि के ऊपर था। किसी से उन्हें कोई विशेष सहायता भी न मिलती थी। कारण, इस परिवार की अच्छी स्थिति के दिनों में सभी आश्रितजनों ने आराम और आलस्य में अपने दिन बिताये थे। चौधुरी-वंश के महावृक्ष के नीचे इन लोगों की सुख-शय्या के ऊपर अपने-आप छाया होती रही और पका फल अपने-आप मुँह के पास आकर गिरता था। इसलिए इनमें से किसी को तनिक भी प्रयत्न नहीं करना पड़ा। आज इनसे किसी तरह के काम करने को कहने पर ये बड़े अपमान का अनुभव करते। रसोईघर का धुआँ लगते ही इनके सिर में दर्द होने लगता और चलने-फिरने में न जाने कहाँ से ऐसी निगोड़ी गठिया की बीमारी आकर बैठ जाती कि वैद्य के बहुमूल्य तेल से भी रोग दबने का नाम न लेता था। इसके अलावा, भवानीचरण कहते रहते थे कि आश्रय के बदले में आश्रितों से काम लिया जाय तो वह तो चाकरी कराना हुआ। उससे तो आश्रयदान का मूल्य ही चला जाता है। चौधुरियों के परिवार में ऐसा नियम ही नहीं है।

इसलिए सारा भार रासर्मा-ा के ही ऊपर था। दिन-रात अनेक युक्तियों और परिश्रम द्वारा इस परिवार के समस्त अभावों को चुपचाप मिटाकर चलना पड़ता। इस तरह दिन-रात गरीबी के साथ लड़ाई करके, खींचातानी करके, मोल-भाव करके काम चलाना मनुष्य को बहुत कठोर बना देता है, उसकी कमनीयता चली जाती है। जिनके लिए वह पग-पग पर मरता-खपता रहता है, वे ही उसे सहन नहीं कर पाते। रासमणि केवल रसोईघर में भोजन पकाती हों ऐसा नहीं था, भोजन-सामग्री को जुटाने का भार भी बहुत-कुछ उन्हीं के ऊपर था—लेकिन उसी अन्न को खाकर दोपहर में जो सोते, वे ही रोजना उस अन्न की निंदा करते, और अन्नदाता की भी।

केवल घर का ही काम नहीं, ताल्लुके की जो थोड़ी-बहुत मिल्कियत अभी बाकी थी उसका हिसाब-किताब देखना, लगान अदायगी की व्यवस्था करना, सब-कुछ रासमणि को करना पड़ता। वसूली आदि के सम्बन्ध में इतनी खींचतान पहले कभी नहीं थी। भवानीचरण का रुपया अभिमन्यु से ठीक उल्टा था, वह बाहर निकलना ही जानता था, अन्दर प्रवेश करने की विद्या उसको आती नहीं थी। रुपये के लिए किसी से कभी भी तगादा करने में वे बिल्कुल अक्षम थे। रासमणि इस सम्बन्ध में किसी से एक पाई की भी रियायत नहीं करती थी। इसलिए आसामी उनकी बुराई करते; गुमाश्ते भी उनकी सावधानी के मारे बेचैन होकर उनके खानदानी छोटेपन की चर्चा करके उन्हें गाली दिये बिना न छोड़ते थे। यहाँ तक कि उनके पति भी उनकी

कंजूसी को अपने विश्वविख्यात परिवार के लिए अपमानजनक कहकर कभी-कभी मीठे स्वर में आपत्ति करते थे। इन समस्त बुराइयों और तिरस्कारों की पूरी तरह से उपेक्षा करके वे अपने नियम के अनुसार काम करती चलातीं और सारे दोष अपने ऊपर ले लेतीं। वे गरीब घर की हैं, बड़े आदमियों की बातें उनकी समझ से बाहर हैं, इसे बार-बार स्वीकार करके वे घर-बाहर के सब लोगों की अप्रिय बनकर अंचल के छोर से कमर कसकर तूफ़ानी वेग से काम करती रहतीं। कोई उन्हें बाधा पहुँचाने का साहस न करता।

किसी काम के लिए अपने पति को बुलाना तो दूर रहा, मन-ही-मन उन्हें यह डर हमेशा बना रहता था कि भवानीचरण सहसा मालिक होने का दम भरकर कहीं किसी काम में हस्तक्षेप न कर बैठें। 'तुम्हें कुछ चिन्ता नहीं करनी, इस सब में तुम्हारे रहने की जरूरत नहीं है' ऐसा कहकर हर बात के लिए पति को रोके रखना ही उनका मुख्य उद्देश्य था। पति भी जन्म से ही इस बात के भलीभांति अभ्यस्त थे, इसलिए इस बारे में पत्नी को अधिक दुख नहीं उठाना पड़ा। बहुत उमर बीत जाने तक रासमणि के कोई सन्तान नहीं हुई थी, इसलिए अपने अकर्मण्य सरल प्रकृति दूसरों की ओर देखते रहने वाले पति को लेकर ही उनका पत्नी-प्रेम और मातृ-स्नेह दोनों पूरे हो गए थे। भवानी को वे बड़े हो चुके बालक के रूप में ही देखती थीं। परिणामस्वरूप सास की मृत्यु के बाद से घर के मालिक और मालकिन दोनों का काम उनको अकेले ही करना पड़ता। पति की रक्षा करने के लिए वे ऐसे कठोर भाव से चलतीं कि उनके पति के मित्र उनसे बहुत डरते थे। प्रखरता को छिपाकर रख सकतीं, स्पष्ट बातों की धार को कुछ नर्म कर सकतीं और पुरुष-मण्डली के साथ यथोचित संकोच की रक्षा करती हुई चल सकतीं, ऐसा नारीजनोचित संयोग उन्हें नहीं मिला।

अभी तक तो भवानीचरण आज्ञाकारी की ही भांति चल रहे थे। लेकिन कालीपद के विषय में रासमणि को मानकर चलना उनके लिए कठिन हो उठा।

इसका कारण यह था कि रासमणि भवानी के पुत्र को भवानीचरण की दृष्टि से नहीं देखती थीं। अपने पति के सम्बन्ध में सोचती, 'बेचारा क्या करे, उसका क्या दोष, वह बड़े आदमी के घर में जन्मा है, उसके लिए और उपाय ही क्या है।' इस कारण, उनके पति किसी तरह का कष्ट स्वीकार करें, इसकी वे आशा ही नहीं कर सकती थीं। इसलिए हज़ारों अभावों के रहते हुए भी वे अपनी पूरी शक्ति से पति के लिए सारी आवश्यक वस्तुएँ इकट्ठी कर देतीं। उनके घर में बाहरी आदमियों के लिए खूब कड़ा हिसाब था, लेकिन भवानीचरण के आचार-व्यवहार में भरसक पुराने नियमों में तनिक भी बदलाव न होने पाता। बेहद खींचातानी के दिन यदि किसी चीज की कोई विशेष कमी रह जाती तो वह केवल अभाव के कारण ही हो गई है, इस बात को वे किसी भी तरह पति को न जानने देतीं। कहतीं, "अरे! मरे कुत्ते ने भोजन में मुँह डालकर सब भ्रष्ट कर डाला!" और इस तरह अपनी काल्पनिक असावधानी को

धिक्कारतीं थीं। 'मूर्ख नोटो की गलती से नई खरीदी धोती खो गई'—कहकर उसकी बुद्धि को कोसतीं। ऐसे मौकों पर भवानीचरण अपने प्रिय नौकर का पक्ष लेकर गृहिणी के क्रोध से उसको बचाने के लिए बेचैन हो उठते। यहाँ तक कि कभी-कभी ऐसा भी हुआ कि जो धोती न तो गृहिणी ने खरीदी और न भवानीचरण ने आँखों से देखी और जिस काल्पनिक धोती को खो देने के कारण नटबिहारी दोषी ठहराया गया—भवानीचरण ने प्रसन्नतापूर्वक मान लिया कि उस धोती को नोटो ने खो दिया था। उन्होंने उसे पहना भी था और उसके बाद...उसके बाद क्या हुआ यह सहसा उनकी कल्पना-शक्ति में नहीं आया। उसको स्वयं पूरा करते हुए रासमणि कहती—"जरूर ही तुमने अपनी बाहरी बैठक में छोड़ दी होगी। वहाँ जो चाहे आता-जाता है, किसी ने चुरा ली होगी।"

भवानीचरण के लिए इस तरह की व्यवस्था थी। लेकिन, अपने पुत्र को वे किसी भी तरह पति के बराबर नहीं समझती थीं। वह तो उन्हीं के गर्भ की सन्तान थी, फिर उसके लिए बाबूपना कैसा! वह काम करने वाला मजबूत आदमी बनेगा, अनायास ही दुःख सहन करेगा और परिश्रम करके खायगा। इसके बिना उसका काम नहीं चलेगा। ऐसा न हुआ तो उसे अपमान झेलना पड़ेगा, इस तरह की बात किसी तरह शोभा नहीं दे सकती। कालीपद के लिए रासमणि ने मोटा-झोटा खाना-पहनना निश्चित कर दिया था। चिवड़ा और गुड़ देकर उसे नाश्ता करातीं और सिर-कान ढँककर रुई का सलूका पहनाकर उसको जाड़े से बचाने की व्यवस्था करतीं। शिक्षक महोदय को बुलवाकर उन्होंने कह दिया था कि विशेष ध्यान देकर अनुशासन में संयत रखकर पढ़ाया जाय।

अब एक बड़ी परेशानी हुई। सरल स्वभाव भवानीचरण बीच-बीच में विरोध के लक्षण प्रकट करने लगे, लेकिन रासमणि ने मानों उनको देखकर भी न देखा। ताकतवर पक्ष से भवानी सदा ही हार मानते आ रहे थे, इस बार भी मजबूरन हार माननी पड़ी। लेकिन मन से उनका विद्रोह-भाव नहीं मिटा। इस परिवार का लड़का दुलाई ओढ़े तथा चिवड़ा खाय, ऐसा दृश्य कैसे देखा जा सकता था!

दुर्गा-पूजा के समय उन्हें याद आता, मालिकों के राज में नई सज-धज के साथ वे किस असीम उत्साह का अनुभव करते थे। दुर्गा-पूजा के दिन रासमणि ने कालीपद के लिए जैसे सस्ते कपड़े सिलवाए थे, बीते जमाने में उनके घर के नौकर भी वैसे नहीं पहनते थे। रासमणि अनेक तरह से पति को समझाने की कोशिश करती कि "कालीपद को जो दिया जाता है, उसी से वह प्रसन्न होता है। वह पुराने दस्तूर की बात बिल्कुल नहीं जानता। तुम क्यों बेकार ही अपना मन भारी करते हो।" लेकिन, भवानीचरण यह भूल नहीं पाते थे कि बेचारा कालीपद अपने वंश का गौरव नहीं जानता इसीलिए उसको बहकाया जा रहा है। असलियत में, मामूली उपहार पाकर जब गर्व और आनन्द से नाचता हुआ वह दौड़कर उनको दिखाने आता तो उससे

भवानीचरण को मानों और भी दुख होता। वे किसी भी तरह इसे नहीं देख पाते थे। उन्हें मुँह फेरकर चले जाना पड़ता।

एक बार बगलाचरण एक बड़ी अद्‌भुत मेम की गुड़िया लाए थे। किसी एक जगह चाभी भरने से वह कुरसी से खड़ी होकर तेजी से अपने ऊपर पंखा झलने लगती। पंखा झलने में निपुण गरमी से भयभीत इस मेम की गुड़िया के प्रति कालीपद के मन में बड़ा लोभ पैदा हुआ। कालीपद अपनी माँ को अच्छी तरह जानता था, इसलिए माँ से कुछ न कहकर उसने भवानीचरण के सामने करुण-स्वर में आवेदन किया। भवानीचरण ने उदारता के साथ उसे आश्वस्त किया, लेकिन तुरन्त ही उसका मूल्य सुनकर उनका मुँह सूख गया।

रासमणि ही रुपया पैसा वसूल करती थीं। जमा भी उन्हीं के पास रहता था, खर्च भी उन्हीं के हाथों होता था। भवानीचरण भिखारी की तरह उनके दरवाजे पर जा उपस्थित हुए। शुरू में इधर-उधर की बातों की विस्तार से चर्चा करके अन्त में धाँय से अपने मन की बात कह डाली।

रासमणि ने कहा, ''पागल हुए हो।''

भवानीचरण चुप होकर कुछ देर सोचने लग गए। उसके बाद हठात् बोल उठे, ''अच्छा देखो, रोज भात के साथ तुम मुझे जो घी और खीर देती हो, उसकी क्या जरूरत है!''

रासमणि बोलीं, ''क्यों, ज़रूरत क्यों नहीं है।''

भवानीचरण ने कहा, ''वैद्यजी कहते हैं, उससे पित्त बढ़ जाता है।''

उग्र भाव से सिर हिलाते हुए रासमणि ने कहा, ''तुम्हारा वैद्य तो सब जानता है!''

भवानीचरण ने कहा, ''मैं कहता हूँ, रात को मेरे लिए पूड़ियां बन्द करके भात दे दिया करो तो अच्छा होगा। पूड़ियों से पेट भारी रहता है।''

रासमणि ने कहा, ''पेट भारी होने से आज तक तो तुम्हें कोई नुकसान होते नहीं देखा। जन्म से पूड़ी खाकर ही तो तुम बड़े हुए हो।''

भवानीचरण हर तरह का त्याग स्वीकार करने को तैयार थे। लेकिन, उस ओर बड़ी कठोरता थी। घी का भाव बढ़ रहा था तो भी पूड़ियों की संख्या ठीक पहले-जैसी ही थी। दोपहर के भोजन में जब खीर रहती तो दही न देने से कोई हानि न होती। लेकिन, जरूरी न होने पर भी इस घर में बाबू लोग बराबर दही-खीर खाते आ रहे थे। एक भी दिन भवानीचरण के भोजन में दही का न होना देखना रासमणि किसी भी तरह सहन नहीं कर पाती थीं। इसलिए देह पर पंखा झलती वह मेम की गुड़िया इस घर में प्रवेश कर सकेगी इसका कोई उपाय न दिखा।

भवानीचरण एक दिन से ही अपने गुरुपुत्र के घर पर गए और इधर-उधर बातचीत के बाद उन्होंने उस गुड़िया की चर्चा छेड़ दी। उनकी वर्तमान आर्थिक

विपन्नता की बात बगलाचरण से छिपी रहने का कोई कारण न था, आज उनके पास रुपया न होने के कारण यह एक साधारण खिलौना अपने लड़के के लिए नहीं खरीद सकते, इस बात का आभास देने में भी मानों उनका सिर कटा जा रहा। फिर भी संकोच को दबाकर उन्होंने कपड़े में लिपटा हुआ एक बूटेदार पुराना कीमती शाल अपनी चादर में से बाहर निकाला। अवरुद्ध स्वर में कहा, "समय कुछ खराब आ गया है, नकद रुपया हाथ में बहुत नहीं है—इसलिए सोचा है कि यह शाल तुम्हारे यहाँ गिरवी रखकर कालीपद के लिए वह गुड़िया ले जाऊँ।"

उस शाल के बदले यदि कम कीमत की कोई चीज देनी होती तो बगलाचरण हिचकता नहीं। लेकिन वह जानता था, इसे वह हजम नहीं कर सकेगा। गाँव के लोग तो निन्दा करेंगे ही, तिस पर रासमणि के गले से जो बातें निकलेंगी वे भी अच्छी नहीं होंगी। शाल को दुबारा चादर में छिपांकर हताश होकर भवानीचरण को लौटना पड़ा।

कालीपद रोज पिता से पूछता, "पिताजी, मेरी उस मेम का क्या हुआ?"

भवानीचरण रोज ही हँसकर कहते, "ठहरो, जल्दी क्या है। पहले सप्तमी पूजा का दिन तो आवे।"

रोजाना कोशिश करके मुँह पर हँसी लाना लगातार मुश्किल होने लगा।

उस दिन चतुर्थी थी। कोई बहाना बनाकर भवानीचरण असमय घर के अन्दर गए। सहसा मानों किसी बात के प्रसंग में रासमणि से बोल उठे, "देखो, मैं कई दिन से ध्यान से देख रहा हूँ, कालीपद की तबियत जैसे दिन-ब-दिन खराब होती जा रही हो।"

रासमणि ने कहा, "राम! राम! खराब क्यों होगी भला। उसकी तबियत में तो मुझे कोई गड़बड़ी नहीं दिखाई देती।"

भवानीचरण ने कहा, "देखती नहीं! चुपचाप बैठा रहता है। न जाने क्या सोचता रहता है।"

रासमणि ने कहा, "अगर वह एक पल भी चुप बैठ सकता, तो मेरी तो जान बचती। वह और चिन्ता! कब क्या ऊधम करना होगा, वह यही बात सोचता रहता है।"

इस ओर से दुर्ग-प्राचीर में कोई कमजोरी नहीं दिखी, पत्थरों पर गोले का दाग भी नहीं पड़ा। निःश्वास छोड़कर सिर पर हाथ फेरते हुए भवानीचरण बाहर चले गए। कमरे के बरामदे में अकेले बैठकर खूब जमकर हुक्का पीने लगे। पंचमी के दिन उनकी पत्तल में दही-खीर यों ही पड़े रहे। शाम के समय केवल एक सन्देश लाकर पानी पी लिया, पूड़ी छू भी नहीं पाए। बोले, "भूख जरा भी नहीं है।"

इस बार दुर्ग के प्राचीर में एक बड़ा सूराख दिखा। षष्ठी के दिन रासमणि ने स्वयं कालीपद को अकेले में बुलाकर उससे कहा, "तुम्हारी इतनी उमर हो गई, तो भी तुम्हारा बच्चों की तरह मचलना नहीं गया! छिः! छिः! जिसे पाना संभव नहीं है,

उसके लिए लालच करना आधी चोरी करना है, यह जानते हो।"

कालीपद ने नकियाकर कहा, "मैं क्या जानूँ। पिताजी ने ही कहा है कि वह मुझे देंगे।"

पिताजी के कहने का क्या मतलब था रासमणि कालीपद को समझाने बैठीं। पिता की इस बात में कितना स्नेह और कितनी वेदना है, फिर भी अगर यह चीज देनी पड़ी तो उनके दरिद्र घर की कितनी क्षति होगी, कितना दुःख होगा, यह विस्तार से समझाया। इस तरह रासमणि ने कालीपद को कभी भी कुछ नहीं समझाया था। वे जो करतीं, अत्यन्त संक्षेप में और जोर के साथ करतीं। किसी भी आदेश को नरम बनाने की उन्हें जरूरत ही नहीं पडती। इसलिए जब कालीपद की आज उन्होंने इतनी मिन्नत की, इतने विस्तार से बातें कीं तो वह चकित हो गया और माता के हृदय में कहीं एक स्थान पर कितनी संवेदना है, बालक होने पर भी वह इसे एक तरह से समझ गया। लेकिन, मेम की ओर से एक क्षण के लिए भी मन को हटाना बेहद कठिन था। इसलिए कालीपद अत्यन्त गम्भीर मुँह बनाकर एक सींक लेकर ज़मीन पर लकीर खींचने लगा। तब रासमणि कठोर स्वर में बोलीं, "तुम चाहे गुस्सा हो जाओ, चाहे रोओ-पीटो। जो मिलने का नहीं है वह किसी भी तरह नहीं मिलेगा।"

यह कहकर वे और समय नष्ट न करके तेजी से घर का काम करने चली गईं। कालीपद बाहर चल दिया। उस समय भवानीचरण अकेले बैठे हुक्का पी रहे थे। कालीपद को दूर से देखते ही चटपट उठकर जैसे कोई विशेष काम हो, ऐसा दिखाकर वे कहीं चल दिए। कालीपद ने दौड़ते हुए आकर कहा, "पिताजी, मेरी वह मेम..."

आज भवानीचरण के मुँह पर हँसी नहीं दिखी। कालीपद को गले से लगाकर बोले, "ठहरो बेटा, मुझे एक काम है, कर आऊँ फिर सारी बातें होंगी।" यह कहते हुए वे घर से बाहर निकल गए। कालीपद को लगा, जैसे चटपट उन्होंने अपनी आँखों से आँसू पोंछ लिये हों। कालीपद अपने घर के दरवाजे के पास खड़ा होकर चुपचाप रास्ते की ओर देखता रहा। उसके पिता कहीं किसी काम से नहीं जा रहे थे—यह उनकी चाल से ही दिख रहा था। उनके पैर ऐसे पड़ते थे मानों निराशा का बोझ लादे चले जा रहे हों और उसे उतारने की कहीं कोई जगह न पा रहे हों। यह उनके पीछे से भी स्पष्ट दिख रहा था।

कालीपद ने अन्तःपुर में लौटकर कहा, "माँ, मुझे वह पंखा डुलाती हुई मेम नहीं चाहिए।"

माँ उस समय सरौता लेकर जल्दी-जल्दी सुपारी काट रही थीं। उनका मुख प्रसन्न हो उठा। वहीं बैठे-बैठे मां और बेटे में क्या सलाह हो गई यह कोई भी न जान पाया। सरौता रखकर डलिया-भर कटी-अनकटी सुपारियां छोड़कर रासमणि उसी समय बगलाचरण के घर चली गईं।

भवानीचरण को घर लौटने में आज बहुत देरी हुई। स्नान करके जब वे भोजन करने बैठे तो उनका मुँह देखकर लगा, आज भी दही-खीर की सद्गति नहीं होगी। यही नहीं, आज मछली के पूरे-के-पूरे सिर से बिल्ली का भोग लगेगा। तभी रासमणि ने डोरी में बँधा कागज का एक डिब्बा अपने पति के सामने लाकर रख दिया। भोजन के बाद भवानीचरण जब आराम करने जायेंगे तभी इस रहस्य को वे खोलेंगी, रासमणि की यही इच्छा थी। लेकिन दही, खीर और मछली के सिर का अनादर दूर करने के लिए उसे उसी समय निकालना पड़ गया। डिब्बे के भीतर से मेम की वह गुड़िया तुरन्त बाहर निकलकर पूरे उत्साह से पंखा झलने में लग गई। बिल्ली को आज हताश होकर लौटना पड़ा। भवानीचरण ने पत्नी से कहा, ''आज भोजन बहुत स्वादिष्ट बना है। बहुत दिन से मछली का ऐसा झोल नहीं खाया। और, दही कितना बढ़िया जमा है, उसकी क्या तारीफ़ करूँ।''

सप्तमी के दिन कालीपद ने इच्छित वस्तु प्राप्त की। उस दिन-भर उसने मेम का पंखा डुलाना देख अपनी उम्र के बन्धु-बान्धवों को दिखाकर उनकी ईर्ष्या उकसाई। कोई और स्थिति होती तो वह हर समय इस गुड़िया के निरन्तर समान रूप से पंखा डुलाते रहने से जरूर ही एक ही दिन में ऊब जाता—लेकिन यह जानकर कि अष्टमी के ही दिन इस प्रतिमा का विसर्जन कर देना पड़ेगा, उसका अनुराग अटल बना रहा। अपने गुरुपुत्र को दो रुपये नगद देकर रासमणि केवल एक दिन के लिए इस गुड़िया को भाड़े पर ले आई थीं। अष्टमी के दिन लम्बी साँस लेकर कालीपद अपने हाथ से डिब्बे समेत गुड़िया बगलाचरण को लौटा आया। इस एक दिन के मिलन की सुख-स्मृति उसके मन में बहुत दिनों तक बनी रही। उसके कल्पना-जगत में पंखा चलना कभी बन्द नहीं हुआ।

अब से कालीपद माता का विचार-विमर्श का साथी हो गया और अब से हर साल भवानीचरण कालीपद को इतनी आसानी से पूजा का ऐसा मूल्यवान उपहार के पाते कि वे स्वयं आश्चर्य-चकित हो जाते।

बिना मूल्य दिये संसार में कुछ भी नहीं मिलता और वह मूल्य दुख का मूल्य है। माता का अन्तरंग बनकर यह बात कालीपद रोजाना जितना भी समझ पाता, देखते-देखते वह मानो भीतर से उतना ही प्रौढ़ होने लगा। अब वह सभी कामों में अपनी माता का दाहिना हाथ हो गया था। संसार का भार बढ़ाना नहीं वहन करना चाहिए—यह बात बिना उपदेश-वचनों के ही उसके रक्त में समा गई।

जीवन का उत्तरदायित्व ग्रहण करने के लिए उसको तैयार होना पड़ेगा, यह बात याद करके कालीपद प्राणपण से पढ़ने लगा। छात्र-वृत्ति की परीक्षा में पास होने पर जब उसे छात्र-वृत्ति मिली तब भवानीचरण ने सोचा कि और ज्यादा पढ़ने-लिखने की ज़रूरत नहीं है, अब कालीपद को अपनी जमीन-जायदाद की देख-भाल में लगना चाहिए।

कालीपद ने आकर माँ से कहा, ''कलकत्ता जाकर पढ़े-लिखे बिना मैं आदमी

नहीं बन सकता।''

मां ने कहा, ''सो तो है ही बेटा, कलकत्ता तो जाना ही होगा।''

कालीपद ने कहा, ''मेरे लिए कोई खर्च नहीं करना पड़ेगा। छात्र-वृत्ति से ही काम चला लूँगा—और भी कुछ काम-काज जुटा लूँगा।''

भवानीचरण को राजी कराने में बहुत कष्ट उठाना पड़ा। देख-भाल के लायक कुछ भी तो ज़मीन-जायदाद नहीं है, यह बात कहने पर भवानीचरण बहुत दुःख का अनुभव करते, इससे रासमणि को यह युक्ति दबा देनी पड़ी। उन्होंने कहा, ''कालीपद को आदमी तो बनना है।''

लेकिन वंश-परम्परा के अनुसार शानियाड़ी के बाहर गए बिना ही तो चौधुरी लोग इतने दिन तक आदमी बनते आए थे। विदेश से वे यमपुरी की भाँति डरते थे। कालीपद-जैसे बालक को अकेले कलकत्ता भेजने का प्रस्ताव किसी के दिमाग में आ ही कैसे सकता है, यह वे सोच भी न सके। अन्त में गांव के सर्वप्रधान बुद्धिमान् व्यक्ति बगलाचरण तक ने रासमणि के पक्ष में मत दिया। उसने कहा, ''कालीपद एक दिन वकील होकर उस वसीयतनामे की चोरी के धोखे का बदला चुकायगा, निश्चय है यह उसके भाग्य में लिखा है—इसीलिए कलकत्ता जाने से उसे कोई नहीं रोक सकता।''

यह बात सुनकर भवानीचरण को बड़ी तसल्ली मिली। गमछे में बँधे सारे पुराने कागज-पत्र निकालकर वसीयतनामे की चोरी के बारे में बार-बार कालीपद से चर्चा करने लगे। माता के मन्त्री का काम तो कालीपद अभी तक खूब चतुराई से चला रहा था, लेकिन पिता की मन्त्रणा-सभा में उसका ज़ोर नहीं चला, क्योंकि अपने परिवार के प्रति इस पुराने अन्याय के सम्बन्ध में उसके मन में उतनी उत्तेजना नहीं थी। फिर भी उसने पिता की बात का समर्थन किया। सीता का उद्धार करने के लिए वीरश्रेष्ठ राम ने जिस तरह लंका की यात्रा की थी, कालीपद की कलकत्ता-यात्रा को भी भवानीचरण ने उसी तरह खूब बढ़ाकर देखा। वह केवल सामान्य परीक्षा उत्तीर्ण करने की बात नहीं थीं—घर की लक्ष्मी को लौटाने का आयोजन था।

कलकत्ता जाने के पहले दिन रासमणि ने कालीपद के गले में एक रक्षा-कवच बाँध दिया, और उसके हाथ में पचास रुपये का नोट देते हुए कहा, ''इस नोट को सँभालकर रखना, बुरे वक्त में जरूरत पड़ने पर काम आयगा। गृहस्थी के खर्च से बहुत कष्टपूर्वक जमा किये हुए इस नोट को कालीपद ने यथार्थ पवित्र कवच के समान मानकर ही ग्रहण किया। 'माता के आशीर्वाद के समान इस नोट की वह सदा रक्षा करेगा, कभी खर्च नहीं करेगा'—मन-ही-मन उसने यह संकल्प किया।

भवानीचरण के मुँह से वसीयतनामे की चोरी की बात अब उतनी नहीं सुनाई पड़ती। उनकी बातचीत का एकमात्र विषय अब कालीपद था। उसी की बात कहने के लिए वे अब सारे मुहल्ले में घूमते-फिरते थे। उसकी चिट्ठी मिलने पर घर-घर उसे पढ़कर सुनाने की लालसा में नाक से चश्मा उतरना ही नहीं चाहता था। इससे पहले उनके वंश में भी कोई कलकत्ता नहीं गया था। इसलिए कलकत्ता के गौरव-बोध से उनकी कल्पना अत्यन्त उत्तेजित हो उठी। कलकत्ता की कोई भी बात उनसे छिपी नहीं था। यहाँ तक कि हुगली के पास गंगा का एक और पुल बनाया जा रहा है, ये सारी बड़ी-बड़ी खबरें उनके लिए बिल्कुल घरेलू बातों-जैसी थीं।

"सुना है, भाई! गंगा के ऊपर एक और पुल बनाया जा रहा है—आज ही कालीपद की एक चिट्ठी मिली है, उसमें पूरा समाचार लिखा है।" कहकर चश्मा खोलकर उसके काँच को अच्छी तरह पोंछकर बहुत धीरे-धीरे चिट्ठी को अन्त तक पढ़कर पडौसी को सुनाया।

"देखा भैया! आने वाले समय में न जाने क्या-क्या होने वाला है, कोई ठिकाना है। आखिर ऐसा भी दिन कभी आयगा जब धूल-भरे पैरों से गंगा के ऊपर से कुत्ते, सियार आदि भी पार हो जायेंगे, कलियुग में बात यहाँ तक पहुँच गई है।" गंगा के महात्म्य को इस तरह कम करना निस्संदेह शोचनीय बात थी, लेकिन कालीपद ने कलिकाल की एक इतनी बड़ी जय-वार्त्ता लिखकर करके उनके पास भेजी थी और गाँव के नितान्त अनपढ़ लोग इस समाचार को उसी के कारण जान सके हैं, इस आनन्द में वे वर्तमान युग में जीवों की असीम दुर्गति की चन्ता भी अनायास ही भूल गए। जिसको देखा उसी से उन्होंने सिर हिलाकर कहा, "मैं कहे देता हूँ, गंगा और ज्यादा दिन नहीं रहने की। मन-ही-मन आशा कर रहे थे कि गंगा जब भी जाने की तैयारी करेंगी तभी उसका समाचार सबसे पहले कालीपद की चिट्ठी से ही मिलेगा।

इधर कलकत्ता में कालीपद बड़े कष्ट से पराये-घर में रहकर लड़कों को पढ़ाकर, रात को बहीखाते की नकल करके पढ़ाई चलाने लगा। किसी तरह एन्ट्रेंस परीक्षा पास करने पर उसे फिर से छात्र-वृत्ति मिल गई। इस अनोखी घटना के उपलक्ष्य में सारे गाँव के लोगों को एक बड़ा भोज देने के लिए भवानीचरण बेचैन हो उठे। उन्होंने सोचा कि नाव तो प्रायः किनारे आकर लग गई है—इस साहस के बल पर अब से मन खोलकर खर्च किया जा सकता है। रासमणि से कोई प्रोत्साहन न पाने के कारण भोज रुका रहा।

इस बार कालीपद ने कॉलेज के पास एक मेस में आश्रय पाया। मेस के अधिकारी ने उसे निचले तल्ले के एक काम में न आ सकने वाले कमरे में रहने की इजाजत दे दी। कालीपद घर पर उनके लड़के को पढ़ाकर दोनों समय भोजन पाता और मेस के उस सीलनयुक्त अँधेरे कमरे में जा पड़ता। कमरे की एक सबसे बड़ी सुविधा यह थी कि वहाँ कालीपद का कोई साझीदार नहीं था। इसलिए, यद्यपि वहाँ

हवा नहीं पहुँचती थी, तो भी पढ़ाई-लिखाई निर्विघ्न चलती। जो भी हो, सुविधा-असुविधा का विचार करने लायक स्थिति कालीपद की नहीं थी।

इस मेस में जो लोग भाड़ा देकर रहते थे, विशेष करके जो दूसरी मंजिल पर उच्चलोक में रहते थे उनके साथ कालीपद का कोई सम्पर्क न था। लेकिन, सम्पर्क न रहने पर भी संघर्ष से बचा नहीं जा सकता। ऊँचे का वज्रघात नीचे वालों के लिए कितना प्राणघातक होता है, कालीपद को यह समझते देर न लगी।

इस मेस के उच्चलोक में जो इन्द्र के सिंहासन पर था, उसका परिचय आवश्यक है :

उसका नाम था शैलेन्द्र। वह बड़े आदमी का लड़का। कॉलेज से पढ़ते समय उसके लिए मेस में रहना आवश्यक नहीं था—तो भी उसे मेस में ही रहना अच्छा लगता था। उसके बृहत् परिवार में से कई स्त्री और पुरुष आत्मीय लोगों को कलकत्ता लाकर एक किराए के मकान में रहने के लिए घर से अनुरोध किया गया था, परन्तु वह इसके लिए किसी भी तरह राजी न हुआ। कारण बताया कि घर के लोगों के साथ रहने पर उसकी पढ़ाई-लिखाई कुछ भी न हो पायगी। लेकिन असली कारण यह नहीं था। शैलेन्द्र को लोगों की संगत खूब अच्छी लगती थी लेकिन आत्मीय लोगों से कठिनाई यह थी कि उनकी तरह-तरह की जिम्मेदारियाँ भी ओढ़नी पड़तीं—अमुक के साथ यह नहीं करना चाहिए, अमुक के संबंध में वह न करना, बहुत बुरी बात होगी। इसी कारण शैलेन्द्र के लिए सबसे अधिक सुविधापूर्ण जगह थी मेस। वहाँ आदमी तो थे काफी, फिर भी उसके ऊपर उनका कोई भार न था। वे आते-जाते थे, हँसते थे, बातें करते थे, वे नदी के जल के समान थे, जो बस बहता चला जाता है और कहीं लेश-मात्र भी सबूत नहीं छोड़ता।

लेकिन, शैलेन्द्र में खर्च करने की सामर्थ्य भी थी और प्रवृत्ति भी—इसलिए वह अपने अहंकार को कीमती खुराक देकर उसे सुन्दर सुसज्जित करके रखता था।

वास्तव में, शैलेन्द्र से मन दयालु था। लोगों का दुख दूर करना उसे अच्छा लगता था। लेकिन इतना अच्छा लगता था कि यदि कोई दुःख दूर करने के लिए उसकी शरण में न आता तो वह उसे विधिपूर्वक दुःख दिये बिना नहीं छोड़ता था। उसकी दया जब निर्दय हो उठती तब बड़ा भीषण रूप धारण कर लेती।

मेस के लोगों को थिएटर दिखाना, बकरे का माँस खिलाना, रुपया उधार देकर उसकी बात हमेशा याद न रखना—उसके द्वारा प्रायः ही घटित होता। नवपरिणीत मुग्ध युवक पूजा की छुट्टी में घर जाते समय कलकत्ता के निवास का व्यय पूरा चुका कर जब धनहीन हो जाता तब वधू के मन को लुभाने के लिए उपयोगी फैन्सी साबुन और एसेन्स, और उसी के साथ हाल में आई हुई नई विलायती छींट की एक-आध जाकेट जुटाने के लिए उसे बहुत अधिक दुश्चिंता में न पड़ना पड़ता। शैलेन्द्र की सुरुचि पर पूरी तरह निर्भर होकर वह कहता, "पर भाई, पसन्द तुम्हीं को करनी

पड़ेगी।" दुकान पर उसे साथ लिये जब वह खुद अत्यन्त सस्ती और खराब चीज छांटता; तब शैलेन्द्र उसे डाँटकर कहता, "अरे छिः छिः, तुम्हारी पसन्द भी कैसी है?" और सबसे फैन्सी चीज उठा लेता। दुकानदार के मुख पर चिंता आते ही शैलेन्द्र दाम चुकाने का भार स्वयं ले लेता। दूसरे पक्ष के बार-बार आपत्ति करने पर भी कान न देता। इस तरह शैलेन्द्र चारों ओर से सभी लोगों का सभी बातों में सहारा बन गया था। यदि कोई उसका आश्रय स्वीकार न करता तो उसकी उस अकड़ को वह किसी भी तरह सहन न कर पाता। लोगों का हित करने का उसे ऐसा ही प्रबल शौक था।

बेचारा कालीपद नीचे के सीलनभरे कमरे में फटी बनियान पहने मैली चटाई पर बैठा पुस्तकों के पन्नों पर आँखें गड़ाए झूम-झूमकर पाठ याद करता रहता। जैसे भी हो उसे छात्र-वृत्ति पानी ही होगी।

कलकत्ता आने के पहले माता ने उसे अपने सिर की सौगंध देकर कहा था कि वह बड़े आदमियों के लड़कों के साथ हेल-मेल बढ़ाकर आमोद-प्रमोद में मतवाला न हो जाय। माता का आदेश होने के कारण ही नहीं, गरीबी के कारण बड़े आदमियों के लड़कों के साथ मिलना उसके लिए असम्भव था। वह कभी भी शैलेन्द्र के पास न फटकता। यद्यपि वह जानता था कि शैलेन्द्र का मन जीतने पर उसकी रोजमर्रा की अनेक दुरूह समस्याएँ क्षण-भर में आसान बन सकती हैं, फिर भी कभी किसी कठिन संकट में भी कालीपद उसकी ओर लोभ से आकर्षित नहीं हुआ। वह अपना अभाव सँजोए, अपनी दारिद्रता के अंधकार में दुबका पड़ा रहता।

गरीब होकर भी दूर रहे, शैलेन्द्र इस अहंकार को किसी भी तरह सहन नहीं कर सका। खाना, पहनना—कालीपद की गरीबी आँखों में अखरती थी। जब भी दोतल्ले की सीढ़ी चढ़ते उसके फटे-पुराने कपड़े-लत्ते और मसहरी-बिस्तर निगाह में आते तभी वह मानों एक अपराध की भांति मन में खटकता। इसके अलावा, उसके गले में ताबीज़ लटकता रहता और वह दोनों समय यथाविधि संध्या-वंदन करता। उसका यह सारा गँवारूपन ऊपर के दल के लिए बेहद हास्यास्पद था। शैलेन्द्र की तरफ के एक-दो व्यक्ति इस एकांतवासी निरीह आदमी के रहस्य का उद्घाटन करने के लिए दो-चार दिन उसके कमरे में भी आये गए। लेकिन वे इस लज्जाशील आदमी का मुँह न खुलवा सके। उसके कमरे में ज्यादा देर बैठे रहना सुखकर तथा स्वास्थ्यकर तो था नहीं, इसलिए उठना पड़ जाता।

'यदि इस अकिंचन को एक दिन बकरे के मांस की दावत में बुलाया जाय तो वह अवश्य कृतार्थ होगा,' यह सोचकर कृपा करके उसे एक बार निमन्त्रण-पत्र भेजा गया। कालीपद ने कहला भेजा, उसके लिए संभव नहीं है। इस जवाब से शैलेन्द्र और उसका दल बेहद क्रोधित हो उठा।

कुछ दिनों तक उसके ठीक ऊपर के कमरे में ऐसा धमाधम शब्द और ज़ोर से गाना-बजाना चलता रहा कि कालीपद के लिए पढ़ने में मन लगाना असंभव हो गया।

दिन के समय जब भी संभव होता वह गोलदिघी में एक पेड़ के नीचे पुस्तक लेकर पढ़ा करता और रात रहते ही उठकर बड़े सवेरे एक दीपक जलाकर अध्ययन में लग जाता।

कलकत्ता के खाने और रहने के कष्ट और अधिक परिश्रम के कारण कालीपद को सिर-दर्द की बीमारी ने आ घेरा। कभी-कभी ऐसा होता कि तीन-चार दिन तक उसको पड़े रहना पड़ता। वह जानता था कि यह समाचार मिलने पर उसके पिता उसे कभी भी कलकत्ता में नहीं रहने देंगे और व्याकुल होकर शायद कलकत्ता तक दौड़े आयँगे। भवानीचरण समझते थे कि कलकत्ता में कालीपद ऐसे सुख में हैं जिसकी गाँव के लोगों के लिए कल्पना करना भी असंभव है। देहात में जिस तरह पेड़-पौधे, झाड़-झंखाड़ अपने-आप पैदा होते हैं, कलकत्ता की हवा में सब तरह के आरामों के उपकरण मानों उसी तरह अपने-आप पैदा होते हैं और सभी उनका फल भोग सकते हैं—ऐसी उनकी धारणा थी। कालीपद ने उनकी इस गलतफहमी को किसी भी तरह नष्ट नहीं किया। अत्यन्त कष्ट के समय भी उसने पिता को पत्र लिखना बन्द नहीं किया। लेकिन, ऐसी पीड़ा के दिन शैलेन्द्र का दल जब ऊधम मचाकर भूतों का तमाशा करने लगता तो कालीपद के कष्ट की सीमा न रहती। वह खाली करवटें बदलता रहता और निर्जन कमरे में पड़ा-पड़ा माता को पुकारता और पिता को याद करता। इस तरह गरीबी का अपमान और दुःख वह जितना भुगतता उतनी ही उसके बन्धन से अपने पिता-माता को मुक्त करने की उसकी प्रतिज्ञा उसके मन में दृढ़ होती जाती।

कालीपद ने अपने को समेटकर सबकी दृष्टि से बचा रखने की कोशिश की, लेकिन उससे उत्पात जरा भी कम न हुआ। एक दिन उसने देखा कि चीना बाजार से खरीदे गए उसके पुराने सस्ते जूतों की जोड़ी के एक जूते के बदले में एक अति सुन्दर विलायती जूता रखा था। इस तरह के अनमोल जूते पहनकर कॉलेज जाना असंभव ही था। उसने इस सम्बन्ध में कोई शिकायत न करके वह पराया जूता कमरे के बाहर रख दिया और जूतों की मरम्मत करने वाले मोची से कम दाम पर पुराना जूता खरीदकर काम चलाने लगा। एक दिन ऊपर से एक लड़के ने अचानक कालीपद के कमरे में आकर पूछा, "क्या आप भूल से मेरे कमरे से मेरा सिगरेट-केस ले आए हैं? मुझे कहीं मिल नहीं रहा है।"

कालीपद ने खीझकर कहा, "मैं आप लोगों के कमरे में नहीं गया।"

"अरे! यह लो यहीं तो है"—कहते हुए वह लड़का कमरे के एक कोने से एक मूल्यवान सिगरेट-केस उठाकर बिना कुछ कहे ऊपर चला गया।

कालीपद ने मन-ही-मन निश्चय किया—'अगर एफ. ए. की परीक्षा में अच्छी छात्र-वृत्ति पा जाऊँ तो इस मेस को छोड़कर चला जाऊँगा।'

मेस के लड़के हर साल मिलकर धूम-धाम से सरस्वती पूजा करते थे। उसके

खर्च का प्रमुख अंश शैलेन्द्र उठाता, लेकिन चन्दा सभी लड़के देते। पिछले वर्ष कालीपद के पास कोई चन्दा माँगने भी नहीं आया। इस वर्ष महज उसे तंग करने के ही लिए उसके सामने चन्दे की कॉपी लाकर रख दी गई। जिस दल से कालीपद ने कभी कुछ भी सहायता नहीं ली थी, जिनके प्रायः रोजाना मनाए जाने वाले आमोद-प्रमोद में योग देने के सौभाग्य को उसने एकदम अस्वीकार कर दिया था, जब वे कालीपद के पास चन्दे की सहायता माँगने आए तो पता नहीं उसने क्या सोचकर पाँच रुपये दे डाले। पाँच रुपये शैलेन्द्र को अपने दल के किसी भी व्यक्ति से नहीं मिले थे।

कालीपद की गरीबी की अभी तक तो सभी उपेक्षा करते आए थे, लेकिन आज उसका यह पाँच रुपये का दान उनके लिए बिल्कुल असह्य हो गया। इसकी अवस्था जैसी है वह तो हमसे छिपी नहीं है, तब इसका इतना दिखावा किसलिए। मालूम होता है, सब पर तुरप लगाना चाहता है।

सरस्वती-पूजा खूब धूम-धाम से हुई। कालीपद ने जो पाँच रुपये दिये थे, वे न भी दिये होते भी कोई विशेष कमी न पड़ती। लेकिन कालीपद के पक्ष में यह बात नहीं कही जा सकती। उसे पराये घर भोजन करना पड़ता—हमेशा समयानुसार भोजन भी न मिलता। इसके अलावा मैस के नौकर-चाकर ही उसके भाग्य-विधाता थे, इसलिए भले-बुरे, कम-ज्यादा के विषय में कोई चर्चा न करके जल-पान के लिए कुछ सम्बल उसे हाथ में रखना ही पड़ता था। वही पूँजी गेंदे के फूलों के शुष्क स्तूप के साथ विसर्जित देवी प्रतिमा के पीछे अन्तर्धान हो गई।

कालीपद की सिर-दर्द की बीमारी बढ़ती गई। इस बार की परीक्षा में वह फेल तो नहीं हुआ, लेकिन छात्र-वृत्ति न पा सका। इस कारण पढ़ने का समय कम करके उसे एक ट्यूशन की व्यवस्था करनी पड़ी और बहुत ज्यादा उपद्रव होने पर भी वह मुफ़्त का निवास-स्थान न छोड़ सका।

ऊपर की मंजिल पर रहने वालों ने आशा की थी कि इस बार छुट्टियों के बाद निश्चित रूप से कालीपद इस मैस में लौटकर नहीं आयेगा। लेकिन यथासमय उसके उस नीचे के कमरे का ताला खुल गया। धोती के ऊपर वही अपना धारीदार पुराना चीनी कोट पहने कालीपद ने कोठरी में प्रवेश किया, और एक मैले कपड़े में बँधी बड़ी पोटली के साथ टीन का बक्स उतारकर रखने के बाद सियालदह के कुली ने उसके कमरे के सामने उकड़ूँ बैठकर काफी झगड़ा करके भाड़ा चुकवाया। इस पोटली में बहुत-सी छोटी-बड़ी हाँडी सकोरों, कुल्हाड़ों में कालीपद की मां ने कच्चे आम, बेर, आदि चीजों से बने अनेक तरह के अचार-मुरब्बे स्वयं तैयार करके रख दिए थे। कालीपद जानता था कि उसकी गैरहाजिरी में मजाक बनाने वाला ऊपरी मंजिल का दल उसके कमरे में घुसता था। उसे और कोई आशंका नहीं थी, बस इस बात का बड़ा संकोच था कि कहीं उसके पिता-माता के स्नेह की कोई निशानी इन हँसी उड़ाने वालों के हाथ में न पड़ जाय। उसकी माँ ने उसे खाने की जो चीज़ें दी थीं, वे उसके

लिए अमृत के सामान थीं। वे सभी उसके दरिद्र ग्रामीण-घर की स्नेह-सम्पत्ति ही थीं। जिस पात्र में वे रखी थीं वह मैदा लगाकर चिपकाई सकोरे से ढँकी हाँडी थी। उसमें भी शहर के वैभव का कोई चिन्ह न था। न तो वह काँच का पात्र था, न चीनी मिट्टी का बरतन। लेकिन उन्हें कोई शहरी लड़का अवज्ञा भाव से देखे, यह उसके लिए एकदम असह्य था। पहले वह अपनी इन सारी विशेष चीजों को तख्त के नीचे पुराने समाचार-पत्र वगैरा से ढँककर रखता था। इस बार ताले-चाभी का सहारा लिया। अगर वह पाँच मिनट के लिए भी कमरे के बाहर जाता तो कमरे में ताला बन्द करके जाता।

यह बात सबकी आँखों में खटकी। शैलेन्द्र बोला, "बड़ी भारी धन-सम्पत्ति है न! जिस कमरे में घुसने पर चोर की आँखों में भी पानी आ जाय—उसी कमरे में बार-बार ताला लगाता है। देखता हूँ, एकदम दूसरा 'बैंक-आफ़ बंगाल' हो गया है। हम में से किसी पर भी विश्वास नहीं—कहीं उस पबना की छींट के चीनी कोट का लोभ न संवरण कर पायँ। अरे राधू! उसको भले आदमियों के लायक एक नया कोट खरीदकर दिये बिना तो किसी की तरह नहीं चलेगा। हमेशा उसका वही एक-मात्र कोट देखते-देखते मुझे ऊब हो गई है।"

शैलेन्द्र ने कालीपद के उस सीलन-भरी उखड़े चूने वाली दीवारों वाले अँधेरे कमरे में कभी प्रवेश नहीं किया था। सीढियों से ऊपर चढ़ते समय बाहर से देखते ही उसका सारा शरीर झनझना उठता। विशेषकर जब वह सन्ध्या के समय देखता, एक टिमटिमाता दीपक लिये कालीपद उस घुटन वाले बन्द कमरे में नंगे बदन अकेला बैठा पुस्तक के ऊपर झुका पढ़ाई कर रहा है, तब उसका दम घुटने लग जाता। दल के लोगों से शैलेन्द्र ने कहा, "इस बार कालीपद सात राजाओं का कौन-सा धन-वैभव हरकर ले आया है, जरा इसका पता चलाओ!"

इस कौतुक में सबने उत्साह प्रकट किया।

कालीपद के कमरे का ताला बहुत ही कम दामों वाला ताला था। उसकी रोक बहुत मजबूत नहीं थी। प्रायः सभी चाबियों से वह खुल जाता। एक दिन शाम के समय जब कालीपद लड़कों को पढ़ाने गया था, उसी बीच में दो-तीन अत्यन्त आमोदप्रिय लड़कों ने हँसते-हँसते ताला खोलकर हाथ में एक लालटेन लिये उसके कमरे में प्रवेश किया। तख्त के नीचे से अचार, चटनी, अमावट आदि के बरतनों को खोज निकाला, लेकिन ये चीज़ें बहुमूल्य गोपनीय सामग्री हों, ऐसा उन्हें नहीं लगा।

खोजते-खोजते तकिये के नीचे से छल्लेसहित एक चाबी मिली। उस चाबी से टीन का बक्स खोलते ही कुछ मैले कपड़े, किताबें, कॉपी, कैंची, छुरी, क़लम इत्यादि दिखे। बक्स बन्द करके वे जाने की तैयारी कर ही रहे थे कि सारे कपड़े-लत्तों के नीचे रूमाल में लिपटी कोई एक चीज़ बाहर निकली। रूमाल खोलते ही फटे कपड़ों का एक पुलिंदा दिखाई पड़ा। उस पुलिंदे को खोलने के बाद एक लगभग तीन-चार

कागजों के आवरण उतार डालने पर पचास रुपये का एक नोट निकला।

इस नोट को देखकर फिर कोई अपनी हँसी न रोक सका। वे हा-हा करके उच्च स्वर में हँस पड़े। सबने निश्चय किया कि इस नोट के लिए ही कालीपद बार-बार कमरे में ताला लगाता है, दुनिया के किसी आदमी का विश्वास नहीं कर पाता। उसकी कंजूसी और सन्देहशील प्रकृति पर शैलेन्द्र के साथी चौंक पड़े।

सहसा लगा, मानों सड़क पर कालीपद-जैसी किसी की खाँसी सुनाई पड़ी हो। उसी समय बक्स का ढक्कन बन्द करके नोट हाथ में लिये वे ऊपर भाग गए। एक ने झटपट दरवाजे में ताला लगा दिया।

शैलेन्द्र उस नोट को देखकर खूब हँसा। पचास रुपये शैलेन्द्र के लिए कुछ भी न थे, फिर भी इतना रुपया कालीपद के बक्स है, उसका व्यवहार देखकर कोई इसका अंदाज नहीं लगा सकता था। तिस पर इस नोट के लिए इतनी सावधानी! सबने तय किया, देखा जाय इन रुपयों के खो जाने पर यह विचित्र व्यक्ति क्या काण्ड करता है।

लड़के पढ़ाकर रात में नौ के बाद थके हुए लौटे कालीपद ने कमरे की हालत पर जरा भी ध्यान न दिया। दर्द से उसका सिर मानों फटा जाता हो। समझ गया कि अब कुछ दिन उसके सिर की पीड़ा चलेगी।

दूसरे दिन उसने कपड़े निकालने के लिए तख्त के नीचे से टीन का वक्त खींचा तो देखा, बक्स खुला हुआ है। यद्यपि कालीपद स्वभावतः असावधान नहीं था फिर भी उसको लगा शायद वह ताला लगाना भूल गया होगा। कारण, यदि कमरे में चोर आता तो बाहर के दरवाजे का ताला बन्द न करता।

बक्स खोलकर देखा तो उसके कपड़े-लत्ते सब उलट-पुलट गए थे। उसका हृदय हताश हो गया। जल्दी से सारी चीजें बाहर करके देखीं, माता का दिया हुआ उसका वह नोट नहीं था। कागज और कपड़े के पुलिन्दे थे। कालीपद ने सारे कपड़ों को बार-बार जोर-जोर से झाड़ा, पर नोट नहीं निकला। उधर ऊपर की मंज़िल के लोग एक-एक दो-दो करके मानों अपने काम से सीढ़ियों से उतरकर उस कमरे की ओर देखते हुए बार-बार चढ़ने-उतरने लगे। ऊपर हँसी का फ़व्वारा छूट रहा था।

जब नोट की कोई आशा न रही और जब सिर दर्द के मारे सामान इधर-उधर करना उसके लिए और सम्भव नहीं रह गया, तब वह बिस्तर पर मुर्दे-जैसा औंधा लेट गया। वह उसकी माता की बड़ी तपस्या का नोट था—जीवन के न जाने कितने क्षणों को कठिन यंत्रणाओं में पीसकर दिन-पर-दिन धीरे-धीरे यह नोट जुड़ा था। एक दिन था, जब वह इस दुख के इतिहास को बिल्कुल भी नहीं जानता था, उस समय उसने अपनी माता के भार को केवल बढ़ाया था। अन्त में, जिस दिन माँ ने उसको अपने रोजाना भुगते जाने वाले दुख का साथी बना लिया था, उस दिन के बाद से गौरव का उसने अपने जीवन में फिर कभी अनुभव नहीं किया। कालीपद ने अपने जीवन में जो

सबसे बड़ा सन्देश, जो सबसे बड़ा आशीर्वाद पाया था, वह इसी नोट में समाया हुआ था। अपनी माता के अतलस्पर्शी स्नेह समुद्र-मन्थन से प्राप्त अमूल्य साधना के उस उपहार का चोरी चला जाना उसे एक पैशाचिक अभिशाप जैसा लगा। बगल के जीने पर आज पैरों की आहट बार-बार सुनाई पड़ रही थी। बिना वजह चढ़ने-उतरने का आज अन्त ही नहीं हो रहा था। यह ठीक वैसा ही था जैसे गाँव आग में जलकर राख हुआ जा रहा हो, और ठीक उसके समीप ही आनन्दपूर्ण कल-कल शब्द करती नदी बही जा रही हो अविरत।

ऊपर के तल्ले का अट्टहास सुनकर सहसा एक बार कालीपद को लगा कि यह चोर का काम नहीं है। पलक मारते वह समझ गया कि शैलेन्द्र का दल मजाक में उसका वह नोट ले गया है। चोर के चुराने पर भी उसके मन को इतना कष्ट न होता। उसे लगने लगा मानों धन-मद-गर्वित युवकों ने उसकी मां की देह पर हाथ उठाया हो। इतने दिन से कालीपद इस मैस में था, उसने एक भी दिन इन सीढ़ियों से होकर ऊपर के तल्ले पर पैर तक न रखा था। आज अपनी देह पर वही फटी बनियान लिये, खाली पैर मन के आवेग और सिर-दर्द की उत्तेजना से उसका मुँह लाल हो गया था— वह तेजी से ऊपर चढ़ गया।

लकड़ी की छत वाले बरामदे में मित्र लोग कोई कुरसी पर, कोई बेंत के मूढ़े पर बैठे हँसी-मजाक कर रहे थे। कालीपद दौड़कर उनके बीच जा धमका और भर्राये गले से बोल उठा, "दीजिए, मेरा नोट दीजिए!"

यदि वह विनती के स्वर में बोलता तो सफल हो जाता, इसमें सन्देह नहीं। लेकिन उसको ऐसे क्रोध में देखकर शैलेन्द्र बेहद क्रोधित हो उठा। उसमें सन्देह नहीं कि यदि उसके घर का दरबान होता तो वह उससे इस असभ्य का कान पकड़कर दूर करने का आदेश देता। सब खड़े होकर एक साथ गरज उठे, "क्या कह रहे हैं जनाब! कैसा नोट!"

कालीपद ने कहा, "आप लोग मेरे बक्से से नोट लाए हैं।"

"इतनी बड़ी बात! हमें चोर बनाना चाहते हैं!"

यदि कालीपद के हाथ में कुछ होता तो वह उसी क्षण खून-खराबा कर डालता। उसका रुख देखकर चार-पाँच लोगों ने मिलकर उसके हाथ पकड़ लिए। वह जाल में फँसे बाघ की तरह दहाड़ने लगा। इस अन्याय का बदला लेने की उसमें कोई ताकत न थी, कोई सबूत न था—सभी उसके सन्देह को पागलपन कहकर उड़ा देते। जिन्होंने उसको मृत्यु-बाण मारा था, वे उसके गुस्से को असहनीय कहकर जोर-जोर से छाती फुलाने लगे।

वह रात कालीपद ने किस तरह बिताई, यह कोई नहीं जान सका। सौ रुपये का एक नोट निकालकर शैलेन्द्र ने कहा, "जाओ, उस उज्ड्ड को दे आओ!"

सहचरों ने कहा, "पागल हो गए हो! गर्व तो चूर होने दो। पहले हम सबसे

लिखित में क्षमा-याचना करे, उसके बाद विचार किया जायेगा।''

यथासमय सब सोने गए और नींद आते भी किसी को देर न लगी। सुबह कालीपद की बात प्रायः सब भूल ही गए। सुबह किसी-किसी ने सीढ़ियों से नीचे उतरते समय उसके कमरे में बोलने की आवाज सुनी। सोचा, शायद वकील को बुलाकर परामर्श कर रहा हो। किवाड़ अन्दर से बन्द थे। बाहर से कान लगाकर जो सुना उससे कानून का कोई सम्पर्क नहीं था, बिल्कुल असंबद्ध प्रलाप था।

ऊपर जाकर शैलेन्द्र को खबर दी। शैलेन्द्र उतरकर दरवाजे के बाहर आ खड़ा हुआ। कालीपद न जाने क्या बक रहा था, अच्छी तरह समझ में नहीं आ रहा था, केवल रह-रह कर 'पिताजी-पिताजी' पुकार उठता था।

भय हुआ, शायद नोट के शोक से पागल हो गया हो। बाहर से दो-तीन बार पुकारा, ''कालीपद बाबू!'' किसी ने कोई उत्तर नहीं दिया। केवल वही बड़बड़ाहट चलती रही। शैलेन्द्र ने फिर उच्च स्वर में कहा, ''कालीपद बाबू, दरवाजा खोलिए, आपका नोट मिल गया है।''

दरवाजा नहीं खुला, केवल बड़बड़ाने की अस्पष्ट ध्वनि सुनाई पड़ी।

बात इतनी बढ़ जायगी इसकी शैलेन्द्र ने कल्पना भी न की थी। उसने बोलकर अपने पिछलगुओं के सामने पश्चात्ताप प्रदर्शित नहीं किया। लेकिन, उसके मन में काँटा चुभने लगा। वह बोला, ''दरवाज़ा तोड़ना चाहिए।''

किसी-किसी ने सलाह दी, ''पुलिस को बुला लाओ। क्या पता पागल होकर अचानक कुछ कर बैठे। कल जिस तरह का हाल देखा है, साहस नहीं होता।''

शैलेन्द्र ने कहा, ''नहीं, अभी जल्दी से कोई जाकर अनादि डॉक्टर को बुला लाओ!''

अनादि डॉक्टर घर के पास ही रहते थे। उन्होंने आकर दरवाजे से कान लगाकर कहा, ''यह तो पागलपन ही मालूम पड़ता है।''

दरवाज़ा तोड़ने पर भीतर घुसकर देखा—तख्त पर बिछा अस्त-व्यस्त बिस्तर कुछ खिसककर ज़मीन पर लोट रहा था। कालीपद ज़मीन के ऊपर पड़ा था, वह चेतनाशून्य था। वह लोट लगा रहा था, रह-रह कर हाथ-पैर पटकता और रोता था, उसकी लाल-लाल आँखें खुली हुई थीं और उसके चेहरे से मानों खून फूटा पड़ रहा था।

डॉक्टर ने उसके पास बैठकर बहुत देर तक परीक्षा करके शैलेन्द्र से पूछा, ''इसका कोई सम्बन्धी है?''

शैलेन्द्र का चेहरा पीला पड़ गया। उसने डरकर पूछा, ''क्यों, बात क्या है।''

डॉक्टर ने गम्भीर होकर कहा, ''खबर कर देना अच्छा है, लक्षण अच्छे नहीं हैं।''

शैलेन्द्र ने कहा, ''इनके साथ हमारा घनिष्ठ परिचय नहीं है—कुटुम्बियों का समाचार हम कुछ भी नहीं जानते। खोज करेंगे। लेकिन, इस बीच में क्या करना

चाहिए?''

डॉक्टर ने कहा—''इस कमरे से रोगी को इसी वक्त दूसरे तल्ले के किसी अच्छे कमरे में ले जाना उचित होगा। दिन-रात सेवा-सुश्रुषा का इंतजाम भी करना चाहिए।''

शैलेन्द्र बीमार को स्वयं अपने कमरे में ले गया। अपने साथियों को भीड़ न करने के लिए कहकर कमरे से विदा कर दिया। कालीपद के सिर पर बरफ की थैली रखकर अपने हाथ से हवा करने लगा।

पहले ही कह चुका हूँ, इस कमरे की ऊपरी मंजिल पर रहने वाला दल कहीं किसी तरह का अपमान या परिहास न करे इसलिए अपने पिता-माता का पूरा परिचय कालीपद ने इनसे छिपा रखा था। स्वयं उनके नाम जो चिट्ठी लिखता उसे सावधानी से डाकघर में जाकर दे आता और डाकघर के पते से ही उसके नाम चिट्ठी आती—रोजाना वह स्वयं जाकर ले आता।

कालीपद के घर का परिचय पाने के लिए एक बार फिर उसका बक्स खोलना पड़ा। उसके बक्स में चिट्ठियों के दो बण्डल थे। प्रत्येक बण्डल बड़े यत्न से फीते से बँधा हुआ था। एक बण्डल में उसकी माता की चिट्ठियां थीं और दूसरे में उसके पिता की। माता की चिट्ठियों की संख्या थोड़ी थी, पिता की चिट्ठियाँ ही अधिक थीं। चिट्ठियों को हाथ में लेकर शैलेन्द्र ने दरवाजा बन्द कर दिया और रोगी के बिस्तर के पास बैठकर देखना शुरू किया। चिट्ठी में पता पढ़ते ही एकदम चौंक पड़ा। शानियाड़ी, चौधुरी का परिवार, छः आने के हिस्सेदार! नीचे नाम देखा, भवानीचरण देव शर्मा। भवानीचरण चौधुरी!

चिट्ठी रखकर स्तब्ध होकर बैठकर वह कालीपद के मुख की ओर देखता रहा। कुछ दिन पहले एक बार उसके सहचरों में से किसी ने कहा था कि उसके चेहरे से कालीपद का चेहरा बहुत मिलता है। यह बात सुनने में उसे अच्छी नहीं लगी थी और सबने उसे एकदम उड़ा दिया था। आज वह समझा कि बात निर्मूल नहीं थी। उसके दादा दो भाई थे—श्यामाचरण और भवानीचरण, यह बात वह जानता था। उसके बाद के इतिहास की उसके घर में कभी चर्चा नहीं हुई। भवानीचरण के पुत्र है और उसका नाम कालीपद है, यह वह नहीं जानता था। यह कालीपद! यह उसका चाचा!

तब शैलेन को याद आने लगा, शैलेन की दादी, श्यामाचरण की पत्नी जितने दिन जीवित रहीं, अन्त तक बड़े स्नेह से वे भवानीचरण के विषय में चर्चा करती रहीं। भवानीचरण का नाम लेते ही उनकी आँखों में आँसू भर आते। भवानीचरण उनके देवर थे, लेकिन अवस्था में उनके पुत्र की अपेक्षा छोटे थे, उनको उन्होंने अपने पुत्र के समान ही पाल-पोस कर बड़ा किया था। संपत्ति के झगड़े के कारण जब वे अलग हो गए तो भवानीचरण की थोड़ी बहुत खबर पाने के लिए उनका हृदय लालायित रहता। उन्होंने बार-बार अपने लड़कों से कहा था, भवानीचरण को अत्यन्त सीधा

भला आदमी समझकर जरूर तुमने धोखा दिया है। मेरे ससुर उसे इतना प्यार करते थे कि मैं इस बात पर विश्वास नहीं कर सकती कि वे उसको संपत्ति से वंचित कर जायँ।''

उनके लड़के इन बातों पर बहुत खीझते और शैलेन्द्र को याद आया कि वह भी अपनी दादी के ऊपर बहुत गुस्सा होता। यही नहीं, दादी द्वारा उनका पक्ष लेने के कारण भवानीचरण के ऊपर भी उसे बड़ा गुस्सा आता। अब भवानीचरण की ऐसी दरिद्र अवस्था थी, यह भी वह नहीं जानता था, कालीपद की स्थिति देखकर वह सब बात समझ गया और हजारों प्रलोभनों के रहते हुए भी इतने दिन तक कालीपद उसकी अनुचर-मण्डली में भर्ती नहीं हुआ, इससे उसने बड़े गौरव का अनुभव किया। यदि संयोग से कालीपद उसका पिछलग्गू होता तो आज उसकी लज्जा की सीमा न रहती।

शैलेन के दल के लोगों ने इतने दिन तक प्रायः रोजाना ही कालीपद को कष्ट दिया था और बेइज्जत किया था। शैलेन इस घर में उनके बीच काका को नहीं रख सका। डॉक्टरों का परामर्श लेकर बड़े यत्न से उसको एक अच्छे घर में स्थानान्तरित कर दिया।

शैलेन की चिट्ठी पाकर एक साथी का सहारा लिये भवानीचरण चट-पट कलकत्ता दौड़े आए। आते समय व्याकुल होकर रासमणि ने कष्ट से संचित अपने धन का अधिकांश अपने पति के हाथ में देते हुए कहा, ''देखना, कहीं देख-भाल में कमी न हो। यदि ठीक समझो तो खबर मिलते ही मैं आ जाऊंगी।''

चौधुरी परिवार में वधू के लिए चट-से कलकत्ता जाने का प्रस्ताव बहुत ही असंगत था। अतः पहले समाचार के मिलते ही उनका जाना संभव नहीं हुआ। उन्होंने रक्षाकाली देवी की मनौती की और ज्योतिषी को बुलाकर स्वस्त्ययन कराने की व्यवस्था करा दी।

कालीपद की अवस्था देखकर भवानीचरण हत्‌बुद्धि हो गए। कालीपद को उस समय अच्छी तरह चेतना नहीं आई थी, उसने उनको मास्टर साहब कहकर पुकारा—इससे उनका हृदय विदीर्ण हो गया। बीच-बीच में कालीपद रोता हुआ 'पिताजी' 'पिताजी' पुकार उठता था। वे उसका हाथ पकड़कर उसके मुँह के पास मुँह ले जाकर ज़ोर से कहते, ''मैं यह रहा बेटा, मैं आ रहा हूँ।'' लेकिन उसने उन्हें पहचाना हो, ऐसा भाव प्रकट नहीं किया।

डाक्टर ने आकर कहा, ''ज्वर पहले की अपेक्षा कुछ कम हो गया है, अब शायद अच्छे की ही ओर चलेगा।'' कालीपद अच्छे की ओर नहीं जायगा, यह बात भवानीचरण सोच ही नहीं सकते थे। विशेषकर उसके बचपन से सभी कहते चले आ

रहे थे कि कालीपद बड़ा होकर कोई असाधारण कार्य करेगा। इसे भवानीचरण ने केवल लोगों के मुँह की कही बात समझकर ग्रहण नहीं किया था—यह विश्वास उनके लिए बिल्कुल संस्कारगत हो गया था। कालीपद को बचना ही होगा, यह उसके भाग्य का लेख है। इसी कारण, डॉक्टर जितना अच्छा बताता वे उससे कहीं ज्यादा अच्छा सुन लेते और रासमणि को जो पत्र लिखते उसमें आशंका की कोई बात ही नहीं रहती।

शैलेन्द्र के व्यवहार से भवानीचरण एकदम आश्चर्यान्वित हो गए। यह कौन कहेगा कि वह उनका परमात्मीय नहीं था। विशेषकर कलकत्ता का सुशिक्षित सभ्य लड़का होने पर भी वह उनके प्रति जिस तरह श्रद्धा-भक्ति रखता था, ऐसा देखने में नहीं आता। उन्होंने सोचा कि कलकत्ता के लड़कों का शायद इसी तरह का स्वभाव होता है। मन-ही-मन विचारा, यह तो होने की ही बात है, अपने देहाती लड़कों की शिक्षा ही क्या और सोहबत ही क्या।

ज्वर कुछ-कुछ कम होने लगा और कालीपद ने धीरे-धीरे चेतनता प्राप्त की। पिता को चारपाई के पास देखकर वह चौंक पड़ा। सोचा, उसके कलकत्ता की स्थिति की बात अब उसके पिता को मालूम हो जायगी। उससे भी अधिक चिन्ता यह थी कि उसके ग्रामीण पिता शहर के लड़कों के परिहास के पात्र बन जायंगे। चारों ओर देखकर वह समझ न पाया कि वह कौन-सा कमरा था। लगा, 'यह क्या स्वप्न देख रहा है!'

उस समय अधिक सोचने की शक्ति उसमें नहीं थी। उसे लगा कि बीमारी का समाचार पाकर उसके पिता ने आकर एक अच्छे मकान में ला रखा है। कैसे लाए, उसका खर्च कहाँ से जुटा, इतना खरच करने के बाद कैसा संकट उपस्थित होगा, यह सब बातें सोचने का समय उसके पास नहीं था। इस समय तो उसे अच्छा होना ही होगा, मानों सारी दुनिया से वह यह माँग कर सकता हो।

एक बार जब उसके पिता कमरे में नहीं थे, तब शैलेन एक बर्तन में कुछ फल लेकर उसके पास आकर उपस्थित हुआ। कालीपद अवाक् होकर उसके चेहरे की ओर देखता रहा। सोचने लगा, "इसमें कोई परिहास है क्या।" पहली बात जो उसके मन में आई वह यही थी कि उसके हाथ से तो पिताजी की रक्षा करनी होगी।

फलों का पात्र टेबिल के ऊपर रखकर पैर पकड़कर शैलेन ने कालीपद को प्रणाम किया और कहा, "मैंने बहुत बड़ा अपराध किया है, मुझे क्षमा करें।"

कालीपद हड़बड़ा गया। शैलेन का मुंह देखते ही वह समझ गया कि उसके मन में कोई कपट नहीं है। पहले जब कालीपद मैस में आया था, यौवन की दीप्ति से चमकती हुई इस सुन्दर मुखश्री को देखकर कितनी बार उसका मन कितना आकर्षित हुआ था, लेकिन वह अपनी गरीबी के संकोच के कारण कभी उसके निकट भी नहीं गया। यदि वह बराबर का होता, यदि मित्र के समान उसके पास जाने का अधिकार

उसके लिए सुलभ होता, तो वह कितना खुश होता। लेकिन एक-दूसरे के अत्यन्त पास रहते हुए भी दोनों के बीच रहने वाले अपार व्यवधान को पार करने का कोई तरीका नहीं था। शैलेन जब जीने से ऊपर चढ़ता या नीचे उतरता तो उसकी बढ़िया चादर की सुगन्ध कालीपद के अँधेरे कमरे में पहुंच जाती, तब पढ़ाई छोड़कर इस हँसमुख चिन्ता-रेखाहीन तरुण मुख की ओर एक बार देखे बिना उससे रहा न जाता। तुरन्त क्षण-भर के लिए उसके उस सीले कोने वाले कमरे में दूर के सौन्दर्य-लोक के ऐश्वर्य की चमकती हुई रश्मि की छटा आ पड़ती। आज जब शैलेन ने बिस्तर पर उसके सामने फलों का पात्र लाकर रखा तब कालीपद ने दीर्घ निःश्वास लेकर उस सुन्दर मुँह की ओर फिर एक बार आँख उठाकर देखा। क्षमा की बात अपने मुँह से बिल्कुल भी नहीं निकाली—धीरे-धीरे फल उठाकर खाने लगा। जो कहना था वह उसके द्वारा कह दिया गया।

कालीपद रोजाना आश्चर्य से देखने लगा कि उसके ग्रामीण पिता भवानीचरण के साथ शैलेन की मित्रता खूब जम गई है। शैलेन उनको दादा कहता, और एक-दूसरे के बीच निरन्तर हँसी-मज़ाक चलता रहता। उन दोनों के हँसी-मजाक का प्रधान लक्ष्य थी—अनुपस्थित दादी। इतने समय बाद हँसी-मजाक के इस दक्षिण-पवन के हिल्लोल से भवानीचरण के मन में मानों यौवन-स्मृति का पुलक संचरित होने लगा। दादी से अपने हाथों का तैयार किया हुआ अचार, अमावट आदि सारी चीजें शैलेन ने रोगी की अनवधानता के समय चुराकर खा डाली थीं, यह बात आज उसने निसंकोच भाव से स्वीकार की। इस चोरी की खबर से कालीपद को बड़े ही गहरे आनन्द का अनुभव हुआ। अपनी माँ के हाथ की चीजें वह दुनिया के लोगों को बुलाकर खिलाना चाहता था यदि वे उसका मूल्य समझ सकें। कालीपद के लिए आज उसकी रोग-शय्या आनंदसभा बन गई—ऐसा सुख उसे अपने जीवन में कम ही मिला था। उसे प्रतिक्षण लगने लगा, 'माँ होती तो कितना अच्छा होता!' यहां होती तो उसकी माँ इस विनोदप्रिय सुन्दर युवक को कितना स्नेह करतीं—इस बात की वह कल्पना करने लगा।

रोगी के कमरे की सभा में बातचीत का केवल एक विषय था जो कभी-कभी आनन्द-प्रवाह में बड़ी बाधा डाल देता। कालीपद के मन में मानो गरीबी का एक अभिमान था। किसी समय उनके पास प्रचुर ऐश्वर्य था, इस बात को लेकर व्यर्थ ही गर्व करने से उसको बड़ी लज्जा का अनुभव होता। 'हम गरीब हैं' इस बात को किसी 'लेकिन' से ढँक देने के लिए वह तनिक भी राजी न था। भवानीचरण भी अपने ऐश्वर्य के दिनों की बात गर्व से चलाते हों, ऐसा नहीं था। लेकिन वे उनके सुख के दिन थे, उनके पूर्ण यौवन के दिन थे। विश्वासघाती संसार का वीभत्स रूप तब तक उनके सामने नहीं आया था। विशेषकर श्यामाचरण की पत्नी, उनकी अत्यन्त स्नेहमयी भाभी, रमासुन्दरी, जब उनके घर की मालकिन थीं तब उस लक्ष्मी के भरे

भण्डार के दरवाजे पर खड़े होकर उन्होंने कितना अजस्र स्नेह लूटा था—उन सुख के दिनों की याद के उजालों से ही तो भवानीचरण के जीवन की शाम सोने-सी हो गई थी। लेकिन, इस सम्पूर्ण सुखद स्मृति की बातचीत में घूम-फिरकर उस वसीयतनामे की चोरी की बात आ ही जाती। इस प्रसंग के आते ही भवानीचरण बड़े उत्तेजित हो जाते। अब भी वह वसीयतनामा मिल जायगा, इस सम्बन्ध में उनके मन में लेशमात्र भी सन्देह न था। उनकी सती-साध्वी माँ की बात कभी व्यर्थ नहीं जायगी। वह बात चलते ही कालीपद मन-ही-मन अशांत हो उठता। वह जानता था कि यह उसके पिता का निरा पागलपन था। माता-पुत्र दोनों ने इस पागलपन को पाला भी था। किन्तु शैलेन के सामने उसके पिता की यह दुर्बलता प्रकट हो, यह उसको जरा भी अच्छा न लगा। कितनी बार उसने पिता से कहा है, ‘‘नहीं पिताजी, यह तुम्हारा मिथ्या सन्देह है।’’ लेकिन इस तरह के तर्क का परिणाम उलटा होता। यह प्रमाणित करने के लिए कि उनका सन्देह निर्मूल नहीं था, वे सारी घटना का विस्तार से विश्लेषण करने लगते। तब कालीपद अनेक प्रयत्न करने पर भी किसी भी तरह उनको रोक न पाता। विशेषकर शैलेन को यह प्रसंग बिलकुल भी अच्छा न लगता था। कालीपद ने यह स्पष्ट रूप से देखा था। यही नहीं, वह भी कुछ विशेष उत्तेजित होकर मानों भवानीचरण की बातों का खण्डन करने का प्रयत्न करता। अन्य सब मामलों में तो भवानीचरण और सबका मत मान लेने को प्रस्तुत थे, लेकिन इस मामले में वे किसी से भी हार न मान पाते थे। उनकी मां पढ़ना-लिखना जानती थीं—उन्होंने स्वयं अपने हाथ से उनके पिता का वसीयतनामा और अन्य प्रमाणपत्र बक्स में बंद करके लोहे के संदूक में रख दिए थे; फिर भी उनके सामने ही जब माँ ने बक्स खोला तो देखा कि अन्य प्रमाण-पत्र तो ज्यों-के-त्यों थे, वसीयतनामा नहीं था। इसको चोरी न कहा जाय तो और क्या! कालीपद उनको ठण्डा करने के लिए कहता, ‘‘अच्छा तो है पिताजी, जो तुम्हारी संपत्ति का उपभोग कर रहे हैं वे भी तो तुम्हारे बेटे की ही तरह है, वे तुम्हारे भतीजे ही तो हैं। वह सम्पत्ति तुम्हारे पिता के वंश में ही रही—यही क्या कम खुशी की बात है।’’

शैलेन यह सब बातें बहुत देर तक नहीं सह पाता था, वह कमरे से उठकर चला जाता था। कालीपद मन-ही-मन दुखी होकर सोचता, शैलेन शायद उसके पिता को अपने मन में अर्थ-लोलुप-विषयी समझता है। उसके पिता में अर्थलोलुपता की गन्ध तक नहीं थी—अगर वह यह बात किसी तरह शैलेन को समझा पाता तो उसको बड़ा आराम मिलता।

इतने दिनों में शैलेन कालीपद और भवानीचरण को अपना परिचय अवश्य दे देता। लेकिन, इस वसीयतनामे की चोरी की चर्चा ने ही उसमें बाधा पहुँचाई। यह बात वह किसी भी तरह स्वीकार नहीं करना चाहता था कि उसके पिता तथा दादा ने वसीयतनामे की चोरी की है। लेकिन इसके साथ यह बात भी वह किसी तरह

अस्वीकार नहीं कर सका कि पैतृक सम्पत्ति के न्याययुक्त अंश से वंचित रखने से भवानीचरण के प्रति एक निष्ठुर अन्याय हुआ है। अब इस प्रसंग में किसी तरह का तर्क करना उसने बन्द कर दिया। वह बिल्कुल चुप रहता—और यदि कोई मौका पाता तो उठकर चला जाता।

अब भी शाम को कालीपद को थोड़ा ज्वर और सिरदर्द रहता था, लेकिन उसको वह बीमारी नहीं समझता था। पढ़ने के लिए उसका मन बेचैन हो उठा। एक बार वह छात्र-वृत्ति चूक गया, दुबारा तो इस तरह काम नहीं चलेगा। शैलेन से छिपकर उसने फिर पढ़ना शुरू कर दिया; इस विषय में डाक्टर की कड़ी मनाही है, यह जानते हुए भी उसने उसे अमान्य कर दिया।

भवानीचरण से कालीपद ने कहा, "पिताजी तुम घर लौट जाओ—वहां मां अकेली हैं। मैं तो काफी अच्छा हो गया हूँ।"

शैलेन ने भी कहा, अब आपके जाने से कोई हानि नहीं। अब तो चिन्ता की कोई बात मैं नहीं देखता। अब जो थोड़ा-बहुत रह गया है, वह दो दिन में सुधर जायगा। फिर, हम लोग तो हैं ही।"

भवानीचरण ने कहा, "यह तो मैं अच्छी तरह जानता हूं; कालीपद के लिए चिन्ता करने की कोई बात नहीं। मेरे कलकत्ता आने की कोई आवश्यकता थी ही नहीं, फिर भी भाई मन कहीं मानता है। खासकर तुम्हारी दादी जब जिद पर अड़ जाती हैं, उनसे पीछा छुड़ाने का तो फिर कोई रास्ता ही नहीं रहता।"

शैलेन हँसकर बोला, "दादा, तुम्हीं ने तो दुलार करके दादी को इतना बिगाड़ा है।"

भवानीचरण ने हँसकर कहा, "अच्छा भाई, अच्छा; घर में जब पोते की बहू आयगी तब तुम्हारी शासन-प्रणाली कैसा कठोर रूप धारण करेगी, देखा जायगा।"

भवानीचरण पूरी तरह से रासमणि की सेवा में पले हुए जीव थे। कलकत्ता का अनेक तरह सुविधापूर्ण आयोजन भी रासमणि के स्नेह और सेवा के अभाव को किसी तरह पूरा न कर सका। इस कारण घर जाने के लिए उनसे बहुत ज्यादा अनुरोध नहीं करना पड़ा। सवेरे सामान बाँधकर तैयार हुए थे, तभी कालीपद के कमरे में जाकर देखा, उसका मुँह और आँखें अत्यन्त लाल हो गई थीं—उसका शरीर जैसे आग के समान जल रहा था, कल आधी रात तक उसने लॉजिक कण्ठस्थ की थी, बाकी रात एक क्षण के लिए भी वह न सो सका।

कालीपद की दुर्बलता तो दूर न हुई, उसके ऊपर रोग का और प्रबल आक्रमण देखकर डॉक्टर विशेष चिन्तित हुए। शैलेन को अलग ले जाकर बोले, "इस बार तो दशा अच्छी नहीं मालूम होती।"

शैलेन्द्र ने भवानीचरण से कहा, "देखो, दादा, तुमको भी कष्ट हो रहा है, रोगी की भी शायद भली-भांति सेवा नहीं हो रही है, इससे मैं सोचता हूँ, और देरी न करके

दादी को बुला लिया जाय।''

शैलेन ने कितना ही छिपाकर क्यों न कहा हो, एक भीषण डर ने भवानीचरण के मन को आकर अभिभूत कर लिया। उनके हाथ-पैर थर-थर कांपने लगे। वे बोले, ''तुम जैसा ठीक समझो, वही करो।''

रासमणि के पास चिट्ठी गई। वे फौरन बगलाचरण को साथ लेकर कलकत्ता आ गईं। सन्ध्या समय कलकत्ता पहुंचकर वे केवल कुछ घण्टों के लिए ही कालीपद को जीवित देख सकीं। ज्वर की अवस्था में उसने रह-रहकर माँ को पुकारा था—वही आवाज उनके हृदय में चुभी रह गई।

यह आघात सहकर भवानीचरण किस तरह बच सकेंगे, इसी भय के कारण रासमणि अपने शोक को भली-भांति प्रकट करने का भी अवसर नहीं पा सकीं। उनका पुत्र फिर उनके पति में जाकर विलीन हो गया, फिर पति के रूप में दो व्यक्तियों का भार उन्होंने अपने व्यथित हृदय पर ले लिया।

उनके प्राणों ने कहा, ''अब अधिक मैं नहीं सह सकती।''

फिर भी उन्हें सहना ही पड़ा।

उस समय रात बहुत थी। गहरे शोक की भारी थकावट से रासमणि केवल क्षण-भर के लिए अचेत होकर सो गई थीं, लेकिन भवानीचरण को नींद नहीं आ रही थी। कुछ देर बिस्तर पर करवटें बदलकर अन्त में लम्बी साँस के साथ 'दयामय हरि' कहकर उठ पड़े। कालीपद जब गाँव की पाठशाला में पढ़ता था, जब वह कलकत्ता नहीं गया था, तब वह कोने के जिस कमरे में बैठकर पढ़ता-लिखता था—भवानीचरण ने काँपते हाथों में एक दीपक लिये हुए उसी निर्जन कमरे में प्रवेश किया। रासमणि के हाथ से चित्रित फटी हुई कथरी अब भी तख्त पर बिछी थी, उसमें अब भी कई जगह उस स्याही के दाग थे; मैली दीवार के ऊपर कोयले से खिंची उस रेखागणित की रेखाएँ दिख रही थीं; तख्त के एक कोने में हाथ से बँधी मैले कागजों की कई कॉपियों के साथ रॉयल रीडर के तीसरे भाग के फटे पन्ने आज भी बिखरे पड़े थे। और—हाय, हाय! उसके बचपन के छोटे पैरों से निकलकर एक पैर की चट्टी जिस कमरे में पड़ी थी, उसको इतने दिन किसी ने देखकर भी नहीं देखा था, आज वह आँखों को सबसे बड़ी होकर दिख रही थी। संसार में ऐसी कोई बड़ी चीज़ न थी जो आज इस छोटी चट्टी को ढँक सके।

ताक में दिया रखकर भवानीचरण आकर उस तख्त पर बैठ गए। उनके सूखे नेत्रों में जल नहीं आया, लेकिन उनके हृदय को न जाने कैसा लग रहा था—लम्बी साँस लेते हुए उनकी पसलियाँ मानों विदीर्ण हुई जा रही थीं। कमरे का पूर्व की ओर वाला एक दरवाजा खोलकर जँगले में से उन्होंने बाहर की ओर देखा—अँधेरी रात थी,

टप्-टप् करके वर्षा हो रही थी। सामने चहारदीवारी से घिरा घना जंगल था। उसमें पढ़ने के कमरे के ठीक सामने थोड़ी-सी जमीन में कालीपद ने बगीचा लगाने का प्रयत्न किया था। अब भी उसके अपने हाथ से लगाई हुई झूमका बेल बाँस के बेड़े के ऊपर खूब पल्लवित होकर हरिया रही थी—वह फूलों से लद गई थी। आज बालक के उस यत्नपालित बगीचे की ओर देखकर उनके प्राण जैसे मुँह को आ गए हों। और कोई आशा नहीं रह गई थी; गर्मी के समय और पूजा के अवसर पर कॉलेज की छुट्टी होती; लेकिन जिसके लिए उनका दरिद्र घर खाली पड़ा था, वह अब कभी किसी छुट्टी में लौटकर घर नहीं आयगा।

"हाय! मेरे बेटे!" कहते हुए भवानीचरण वहीं जमीन पर बैठ गए। अपने पिता की दरिद्रता को दूर करने के लिए ही कालीपद कलकत्ता गया था, लेकिन वह इस वृद्ध को संसार में बिलकुल निस्सहाय छोड़कर चला गया। बाहर वर्षा ने और भी जोर पकड़ लिया।

इसी समय अँधेरे में घास-पत्तों में पैरों की आहट सुनाई पड़ी। भवानीचरण का हृदय धड़कने लगा। जिस बात की कोई भी आशा न थी, उसकी भी मानों वे आशा कर बैठे। उन्हें लगा, मानों कालीपद बगीचा देखने आया हो, लेकिन मूसलाधार वर्षा जो पड़ रही थी—वह तो भीग जायगा, इस असम्भव उद्वेग के कारण जब उनका मन भीतर से चंचल हो उठा, तब जंगल के बाहर उनके कमरे के सामने आकर कोई क्षण-भर के लिए खड़ा हो गया। चद्दर से वह सिर ढँके हुए था—उसका चेहरा पहचानने का कोई उपाय न था। लेकिन, उसका सिर कालीपद के समान ही रहा होगा।

"आ गए बेटे!" कहते हुए भवानीचरण झटपट उठकर बाहर का दरवाजा खोलने गए। दरवाजा खोलकर बगीचे में आकर उसी कमरे के सामने उपस्थित हुए। वहां कोई न था। उस वर्षा में ही सारे बगीचे में घूमकर देखा, किसी को भी न देख पाए। आधी रात के उस अन्धकार में खड़े होकर टूटे स्वर में एक बार 'कालीपद' कहकर ज़ोर से पुकारा, कोई उत्तर न मिला। उस पुकार से 'नोटो' नौकर गोशाला से निकल आया और बड़े यत्नपूर्वक वृद्ध को कमरे में ले गया।

दूसरे दिन सवेरे नोटो ने कमरे में झाडू देते हुए देखा, जंगले के सामने ही कमरे के भीतर पोटली में बँधा कुछ पड़ा है। वह उसने लाकर भवानीचरण के हाथ में दे दिया। भवानीचरण ने खोलकर देखा, एक पुराना दस्तावेज-सा था। चश्मा निकालकर आँखों पर चढ़ाया। थोड़ा-सा पड़ते ही वे चटपट दौड़कर रासमणि के सामने जा उपस्थित हुए और कागज उनके सामने खोलकर रख दिया।

रासमणि ने प्रश्न किया, "यह क्या है?"

भवानीचरण बोले, "वही वसीयतनामा।"

रासमणि ने कहा, "किसने दिया।"

भवानीचरण ने कहा, "वह कल रात आया था, वही दे गया है।"

रासमणि ने प्रश्न किया, "इसका क्या होगा?"

"अब मुझे कोई जरूरत नहीं।" कहकर भवानीचरण ने उस वसीयतनामे के टुकड़े-टुकड़े कर डाले।

यह समाचार जब गाँव में फैला तब बगलाचरण ने सिर हिलाते हुए गर्व के साथ कहा, "मैंने कहा था न कि कालीपद के द्वारा ही वसीयतनामा मिल सकेगा?"

रामचरण मोदी ने कहा, "लेकिन दादाजी, कल रात जब दस बजे को गाड़ी आकर स्टेशन पर पहुंची, तब देखने में सुन्दर एक बाबू ने मेरी दुकान पर आकर चौधुरियों के घर का रास्ता पूछा था। मैने उसको रास्ता दिखा दिया था। उसके हाथ में ऐसा ही कुछ देखा था।"

"अरे हट !" कहते हुए बगलाचरण ने यह बात एकदम उड़ा दी।

प्रथम प्रकाशन/सबुज पत्र/बंगाब्द 1321
मूल शीर्षक : बोष्टमी

वैष्णवी

मैं लिखता रहता हूँ लेकिन लोकरंजन मेरी क़लम का धर्म नहीं, इसलिए लोग मुझे हमेशा जिस रंग से रंजित करते रहे हैं, उसमें स्याही का हिस्सा ही अधिक होता है। मेरे बारे में बहुत बातें सी सुननी पड़तीं। भाग्यक्रम से वे हितकथा नहीं होती और मन को अच्छी लगने वाली तो बिल्कुल नहीं।

शरीर पर जहाँ चोटें पड़ती रहती हैं वह स्थान कितना ही तुच्छ क्यों न हो, कष्ट के बल-बूते पर वह सारे शरीर को हिला देता है। तो व्यक्ति गाली खाकर ही पलता है, वह अपने स्वभाव को परे रखकर जैसे एक-सा हो जाता है। अपने चारों ओर का अतिक्रमण कर उसे केवल अपनी ही याद रहती है। उसमें आराम भी नहीं और कल्याण भी नहीं। अपने को भुला पाने में ही तो चैन है।

इसीलिए मुझे पल-पल में अकेलापन खोजना पड़ता। लोगों के धक्के खाते-खाते मन के चारों ओर जो गड्ढे हो जाते हैं, विश्व-प्रकृति के सेवानिपुण हाथों के गुण से वे भर जाते हैं। कलकत्ते से दूर एकांत में मेरे अज्ञातवास की व्यवस्था है। मैं अपनी चर्चा के उत्पात से बचने के लिए वहाँ अन्तर्धान हुआ रहता हूँ। वहाँ के लोग मेरे सम्बन्ध में अभी किसी एक निर्णय पर नहीं पहुँचे हैं। उन्होंने देखा है—मैं भोगी नहीं, गाँव की रात को कलकत्ते के कलुष से पंकिल नहीं करता; और योगी भी नहीं, क्योंकि दूर से मेरा जितना परिचय मिलता है, उसमें धनी होने के लक्षण हैं; मैं पथिक नहीं, गाँव के रास्ते पर घूमता अवश्य रहा हूँ पर किसी गन्तव्य की ओर मेरा कोई लक्ष्य नहीं; मैं गृही हूँ, ऐसा कहना भी मुश्किल है, क्योंकि इस बारे में घर के लोगों के प्रमाण का अभाव है। इसलिए परिचित जीव श्रेणी में मुझे किसी एक प्रचलित वर्ग में न रख सकने के कारण गाँववालों ने मेरे बारे में चिन्ता करना एक प्रकार से छोड़ ही दिया है, मैं भी निश्चिन्त हूँ।

कुछ दिन हुए ख़बर मिली है कि इस गाँव में एक व्यक्ति है जिसने मेरे बारे में मन में कुछ सोचा है, कम-से-कम मुझे बुद्धू तो नहीं ही समझा है।

उसके साथ जब पहली मुलाकात हुई, तब आषाढ़ महीने की दुपहरी थी। रोना-धोना हो जाने पर भी आँखों की पलकें भीगी रहने पर जैसा चेहरा रहता है, सवेरे की वर्षा के चुक जाने पर सारे पेड़-पौधे, आकाश और वातास वैसा ही था। अपने तालाब के ऊँचे कगार पर खड़े होकर मैं एक मोटी-ताज़ी काली गाय देख

रहा था, जो घास चर रही थी। उसकी चिकनी देह पर उतरी धूप को देखकर मैं सोच रहा था कि सभ्यता ने आकाश के प्रकाश से अपनी देह को अलग-अलग कर रखने को दर्जी की इतनी सारी दुकानें खोल रखी हैं। इन जैसा इतना अपव्यय तो और कहीं नहीं है। तभी मैंने अचानक देखा कि एक प्रौढ़ा महिला ने काफी नीचे झुककर मुझे प्रणाम किया। उसके आँचल में कई ठोंगों में कनेर, गन्धराज और दो-चार दूसरी तरह के फूल भी थे। उन्हीं में से एक फूल मेरे हाथ में रखकर भक्तिपूर्वक हाथ जोड़कर वह बोली, ''आपने ठाकुर जी को दिया।'' और इतना कहकर चली गयी।

मैं इतनी हैरानी में पड़ गया कि उसे अच्छी तरह देख ही नहीं सका।

बात बिल्कुल सीधी-सादी थी लेकिन मेरे पास वह ऐसी प्रकट हुई कि वह गाय जो दुपहरी की धूसर धूप में पूँछ से पीठ पर बैठी मक्खी उड़ाते-उड़ाते नववर्षा की रस कोमल घासों को लम्बी-लम्बी श्वास छोड़ते हुए शांति और आनन्द से चरती फिर रही थी, उसकी जीव-लीला मुझे अपरूप-सी दीख पड़ी। यह बात सुनकर लोग हँसेंगे लेकिन मेरा मन भक्ति से भर उठा। मैंने सहज आनन्दमय-जीवनेश्वर को प्रणाम किया। मैंने बाग़ में आम के पेड़ से पत्तोंवाली एक कोमल हरी डाल तोड़ी और उस गाय को खिला दी। मुझे लगा, मैंने देवता को सन्तुष्ट कर दिया।

इसके बाद दूसरे वर्ष जब वहाँ गया तो माघ का अन्त था। उस समय तक भी सर्दी थी। पूरब की खिड़की से सवेरे की धूप मेरी पीठ पर पड़ रही थी। मैंने उसे मना नहीं किया। दो तल्ले के एक कमरे में बैठा लिख रहा था। नौकर ने आकर बताया, आनन्दी वैष्णवी मेरे से मिलना चाहती है। मालूम नहीं कौन है! मैंने अन्य-मनस्क हो कहा, ''अच्छा, यहीं ले आ।''

वैष्णवी ने चरण की धूल लेकर मुझे प्रणाम किया। देखा, वही मेरी पूर्व-परिचिता महिला है। वह सुन्दरी है या नहीं, यह देखने की उम्र गुज़र चुकी है। दोहरी देह, साधारण स्त्रियों से लम्बी, नियमित भक्ति से उसकी देह तनिक झुकी हुई है, फिर भी उसमें बलिष्ठ निःसंकोच का भाव है। सबसे अधिक दृष्टि खींचने वाली हैं उसकी दो आँखें। उसकी बड़ी-बड़ी आँखों में भीतर की न जाने कौन-सी शक्ति है जो किसी दूर की वस्तु को निकट खींचकर देख लेती होंगी।

अपनी उन्हीं दोनों आँखों से जैसे मुझे ढकेलकर वह बोली, ''यह क्या मामला है। मुझे अपने इस राजसिंहासन के नीचे लाकर क्यों खड़ा किया? तुम्हें पेड़ के तले देखती थी, वही बड़ा अच्छा था।''

मैं समझ गया, पेड़ के नीचे इसने मुझे बहुत दिनों तक बड़े ध्यान से देखा है, पर मैंने इसे नहीं देखा। जुकाम होने की वजह से कई दिनों से रास्ते और बागों में घूमना बन्द कर छत पर ही सन्ध्या आकाश के साथ मुक़ाबला करता रहा हूँ, इसीलिए

कुछ दिनों से वह मुझे देख नहीं पा रही।

थोड़ा रुककर वह बोली, ''गौर, मुझे कुछ उपदेश दो।''

मैं मुश्किल में पड़ गया। बोला, ''न तो मुझे उपदेश देना आता है, और न लेना ही। आँखें खोलकर चुपचाप जो पाता हूँ उसी के सहारे मेरा कारोबार चलता है। तुम्हें जो सामने देख रहा हूँ, उसी से मेरा देखना भी हो रहा है और सुनना भी हो रहा है।''

वैष्णवी बड़ी खुश हुई और 'गौर गौर' कह उठी। कहा, ''भगवान केवल रसना से ही नहीं, एक-एक अंग से बोलते हैं।''

मैंने कहा, ''चुप होते ही सर्वाङ्ग से उनकी उस सर्वाङ्ग की बातें सुनायी देती हैं, जिसे सुनने के लिए ही मैं शहर छोड़कर यहाँ आता हूँ।

वैष्णवी बोली, ''यही तो मैंने भी जाना है, इसीलिए तो तुम्हारे पास आ बैठी हूँ।''

जाते समय मेरे चरणों की धूल लेने को झुकी तो, मेरे मोजे पर हाथ रखते हुए उसे बड़ी बाधा मालूम हुई।

दूसरे दिन सूर्योदय के पहले ही भोर में मैं छत पर आ बैठा। दक्षिणी बग़ीचे में खड़े झाऊ के पेड़ों की फुनगियों से एकदम दिगंत तक फैला मैदान भाँय-भाँय कर रहा है। पूरब में बाँस-झाड़ से घिरे गाँव के गिर्द गन्ने के खेत के इस छोर से प्रतिदिन मेरे सामने सूर्य उगता। गाँव का रास्ता पेड़ों की घनी छाया के बीच से सहसा निकलकर खुले मैदान के बीच से आड़ा-तिरछा होता सुदूर गाँवों के काम निपटाने चला गया है।

सूर्य निकला या नहीं, मालूम नहीं। कुहरे की एक सफेद चादर विधवा के आँचल की तरह गाँव के पेड़ों पर पड़ी हुई है। मैंने देखा, उस भोर के धुँधले प्रकाश के बीच से वैष्णवी एक चलायमान कुहरे की मूर्ति की तरह ताली बजा-बजाकर हरिनाम गाते पूरब वाले गाँव के सामने से चली आ रही थी।

तन्द्रा टूटी आँखों के पलक के समान एकबारगी कुहरा साफ़ हो गया और उस सारे मैदान और घर के काम-काज के बीच जाड़े की धूप पूरे गाँव के दादाजी की तरह पूरी तरह जमकर आ बैठी।

तब मैं सम्पादक के प्यादे को विदा करने के लिए लिखने की मेज़ पर आ डटा था। इतने में सीढ़ी पर पैर की आहट के साथ किसी पद का सुर सुन पड़ा। वैष्णवी गुनगुनाती हुई आयी और मुझे प्रणाम कर थोड़ी ही दूर फ़र्श पर बैठ गयी। मैंने लिखते हुए मुँह उठाया।

वह बोली, ''कल मैंने तुम्हारा प्रसाद पाया है।''

मैंने कहा, ''वह कैसै!''

वह बोली, ''कल शाम को, मैं इस आशा में कि कब तुम्हारा भोजन होगा,

दरवाज़े के बाहर बैठी थी। भोजन हो चुकने पर नौकर जब बरतन लेकर बाहर आया तो उसमें क्या कुछ बचा था मैं नहीं जानती, लेकिन मैंने खा लिया।"

मुझे आश्चर्य हुआ। मेरी विलायत-यात्रा की बात सभी जानते हैं। वहाँ मैंने क्या खाया, क्या नहीं, इसका अन्दाज़ा लगाना कोई मुश्किल नहीं, लेकिन गोबर नहीं खाया। यह सही है कि एक लम्बे अरसे से मांस-मछली में मेरी रुचि नहीं रही लेकिन मेरे रसोइये की जात-पांत की बात खुली सभा में न करना ही अधिक संगत है। मेरे चेहरे पर विस्मय के भाव देख वैष्णवी बोली, "यदि तुम्हारा प्रसाद ही न पा सकूँ तो फिर तुम्हारे पास आने की तो कोई जरूरत नहीं थी।"

मैंने कहा, "लोग जानेंगे तो तुम्हारे ऊपर उनकी भक्ति नहीं रहेगी।"

वह बोली, "मैं तो सभी को यह बताती फिर रही हूँ। सुनकर उन्होंने सोचा होगा, मेरी ऐसी ही दशा है।"

वैष्णवी किस गृहस्थी में थी, इस बारे में उसके पास से कोई विशेष सूचना नहीं मिली। केवल इतना ही सुना कि उसकी माँ की उम्र बहुत अधिक हो चली है और अभी तक वे जीवित हैं। उन्हें यह भी पता है कि उनकी बेटी की बहुत लोग भक्ति करते हैं। उनकी इच्छा है कि कन्या उनके पास जाकर रहे, लेकिन आनन्दी के मन की उसमें स्वीकृति नहीं है।

मैंने पूछा, "तुम्हारा गुज़ारा कैसे हो पाता है?"

उत्तर में सुना, उसके भक्तों में से किसी ने उसे थोड़ी-सी ज़मीन दे रखी है। उसी की पैदावार वह स्वयं खाती है और कई दूसरे खाते हैं, कैसे भी वह खत्म नहीं होती। यह कहकर वह तनिक हँसती हुई बोली, "मेरे तो सब ही था—सब छोड़ आयी, फिर दूसरों के पास से माँगकर जुटा ले रही हूँ। इसकी भी क्या जरूरत थी, बोलो तो?"

शहर में रहते यह प्रश्न उठता तो सहज ही छोड़ता नहीं। भिक्षा जीविका से समाज का कितना अनिष्ट होता है यह तो मैं समझता था लेकिन, इस जगह पर आकर मेरी पोथीपढ़ी विद्या का सारा दर्प एकदम समाप्त हो जाता। वैष्णवी के सामने मेरे मुँह से कोई तर्क नहीं निकल पाया, मैं चुप रहा।

मेरे उत्तर की प्रतीक्षा किये बिना ही वह अपने आप बोल उठी, "नहीं-नहीं, यही मेरे लिए अच्छा है। मेरे लिए माँगकर खाया गया अन्न ही अमृत है।"

उसके कहने का अभिप्राय मैंने समझ लिया।

"प्रतिदिन ही जो स्वयं अन्न जुटा देते है, भिक्षा के अन्न से उन्हीं का स्मरण हो आता है। और घर में लगता है, अपने ही अन्न का मैं अपनी ही शक्ति से जुटाकर भोग कर रही हूँ।"

मेरी इच्छा हुई कि मैं उसके पति और घर के बारे में पूछूँ, पर वह खुद कुछ नहीं

बोली। मैंने भी प्रश्न नहीं किया।

यहाँ जिस मुहल्ले में उच्चवर्ण के भद्रजन रहते हैं, उस मुहल्ले के प्रति वैष्णवी की श्रद्धा नहीं है। वह कहती रही, ठाकुरजी को वे लोग कुछ नहीं देते, और ठाकुरजी के भोग में वे ही सबसे ज़्यादा हिस्सा बटोर लेते हैं। ग़रीब लोग तो बस भक्ति करते हैं और उपवास करके मरते हैं।

मैंने इस मुहल्ले के दुष्कर्म के बारे में भी बहुत कुछ सुना था, तभी मैंने कहा, "इन सब मंदमति लोगों के बीच रहकर इनकी मति-गति ठीक करो। इसी से भगवान की सेवा होगी।"

इस प्रकार के ऊँचे मूल्यवान उपदेश मैंने बहुतेरे सुने हैं और दूसरों को सुनाना भी अच्छा लगता है। लेकिन वैष्णवी विस्मय से स्तब्ध नहीं हुई। मेरे चेहरे पर अपनी दो उज्ज्वल आँखें गड़ाती हुई बोली, "तुम्हीं तो कहते हो कि भगवान पापियों के बीच है, इसलिए उनका संग करने पर भगवान की ही पूजा होती है। यही न?"

मैंने कहा, "हाँ।"

वह बोली, "ये जब जीवित हैं, तब तो वह भी उन्हीं के साथ है अवश्य। पर, इससे मेरा क्या। मेरी पूजा तो वहाँ नहीं चलेगी। मेरा भगवान तो उनके बीच नहीं है। वह जहाँ है मैं वहीं उसे खोजती-फिरती हूँ।"

यह कहकर उसने मुझे प्रणाम किया। उसका कहना यह कि केवल सिद्धांत लेकर क्या होगा, सत्य चाहिए। भगवान सर्वव्यापी है, यह एक बात है। किन्तु हम उसे जहाँ देखते हैं वहीं वह हमारे लिए सत्य है।

इतनी बढ़ी-चढ़ी बातें भी किसी-किसी को बताना ज़रूरी है। वैसे मुझे निमित्त बनाकर वैष्णवी जो भक्ति करती है, उसे मैं न तो ग्रहण ही करता हूँ और न लौटाता हूँ। मुझे तो आज की हवा लगी है। मैं गीता पढ़ा करता हूँ और विद्वानों के पास जा उनसे धर्मतत्त्व की अनेक सूक्ष्म व्याख्याएँ सुनी हैं। केवल सुनते-सुनाते ही उमर बीत जाने को हुई, कहीं तो कुछ प्रत्यक्ष देखा नहीं। इतने दिनों बाद अपनी दृष्टि का अहंकार छोड़कर इस शास्त्रहीन स्त्री की दोनों आँखों के द्वारा सत्य को देखा। भक्ति के बहाने शिक्षा देने की यह कैसी अद्‌भुत प्रणाली है।

दूसरे दिन सवेरे-सवेरे वैष्णवी ने आकर मुझे प्रणाम किया और देखा कि उस समय भी मैं लिखने में ही लगा हुआ था। खीझकर बोली, "तुम्हें मेरे ठाकुर जी बेकार ही इतना खटाते क्यों हैं? मैं जब भी आती हूँ, देखती हूँ, तुम लिखने में ही लगे हुए हो।"

मैं बोला, "जो आदमी किसी भी काम का नहीं, ठाकुर जी उसे बैठे नहीं रहने देते ताकि वह मिट्‌टी न हो जाए। तरह तरह के बेकार के काम करने का भार उसी

के ऊपर है।"

मैं न जाने कितने परदों नें लिपटा हूँ, यह देखकर वह बेचैन हो जाती। मुझसे मिलने के लिए आने पर उसे अनुमति लेकर दोतल्ले पर चढ़ना होता, प्रणाम करने आकर हाथ से छू जाते मोजे की जोड़ी, और सामान्य दो-चार बातें कहने-सुनने के लिए। लेकिन मेरा मन किसी लेख में डूबा रहता।

वह हाथ जोड़कर बोली, "गौर, आज भोर में जैसे ही बिस्तर से उठी, वैसे ही तुम्हारे चरण प्राप्त हुए। ओह, वे तुम्हारे दो चरण जिन पर कोई आवरण नहीं। कितने शीतल! कितने कोमल! कितनी देर तक उन्हें माथे से लगाये रखा। फिर मेरे यहाँ आने का प्रयोजन क्या है? प्रभु, यह मेरा मोह तो नहीं? सच-सच बताओ।"

लिखने की मेज़ पर फूलदान में पहले दिन के फूल रखे थे। माली ने आकर उन्हें निकाला और नये फूल सजाने की तैयारी की।

वैष्णवी जैसे व्यथित हो बोल उठी, "अरे, ये फूल बासी हो गये? तुम्हें इनकी ज़रूरत नहीं ? तो दो, दो, मुझे दो।"

यह कहकर फूलों को अंजलि में ले, बहुत देर तक सिर झुकाकर, परम स्नेह से उन्हें अपलक देखने लगी। कुछ देर बाद मुँह उठाकर बोली, "तुम आँखें खोलकर नहीं देखते, इसी कारण तुम्हारे पास ये फूल मुरझा जाते हैं। जब उन्हें देखोगे, तब तुम्हारी पढ़ाई-लिखाई सब समाप्त हो रहेगी।" ऐसा कहकर बड़े जतन से फूलों को अपने आँचल के छोर में बाँध लिया और माथे से लगाकर बोली, "अपने ठाकुर जी को मैं ले ज़ाऊँ।"

केवल फूलदान में सजा रखने से ही फूल का आदर नहीं होता, यह समझने में मुझे देर नहीं हुई। मुझे लगा, स्कूल का पाठ न बता पाने वाले लड़के के समान, फूलों को प्रतिदिन में बेंच पर खड़ा रखता।

उसी दिन शाम के समय मैं जब छत पर बैठा था, वैष्णवी मेरे पैरों के पास आ बैठी। बोली, "आज सवेरे नाम सुनने के समय तुम्हारे प्रसादी फूलों को घर-घर पहुँचा आयी हूँ। मेरी भक्ति देख वेणी चक्रवर्ती हँसकर बोले, 'अरी पगली, तू किसकी भक्ति करती है? दुनिया भर के लोग तो उसे बुरा बताते हैं।' सच··· क्या सभी तुम्हें गालियाँ देते हैं?"

क्षण-भर के लिए मन कुंठित हो गया। स्याही के छींटे इतनी दूर तक भी फैलते हैं?

वैष्णवी बोली, "वेणी ने सोचा था, मेरी भक्ति को एक ही फूँक में बुझा देगा। लेकिन यह कोई तेल भीगी बत्ती नहीं, यह तो आग है। मेरे गौर, वे लोग तुम्हें गाली क्यों देते हैं भला ?"

मैंने कहा, "मेरा प्राप्तव्य है, इसीलिए। मैंने शायद एक दिन छिपकर उनके मन

को चुराने का लालच दिया था।"

वैष्णवी बोली, "मनुष्य के मन में कितना ज़हर है, यह तो तुमने देखा। अब वहाँ लालच टिकेगा नहीं।"

मैं बोला, "मन में लोभ के रहने पर ही मार के मुख में पड़ना पड़ता है। तब स्वयं को मारने का विष अपना मन ही प्रस्तुत कर देता है। इसलिए हमारे ओझा हम ही हैं। मन को विषमुक्त करने के लिए इतनी बेरहमी से झाड़ रहे हैं।"

वैष्णवी बोली, "दयालु ठाकुर जी मारते-मारते जब मार तक को खदेड़ देते हैं, तब अन्त तक जो सह पाता है, वही बच जाता है।"

उस दिन सन्ध्या समय अन्धकार में डूबी छत के ऊपर सन्ध्या तारा उदित हुआ फिर अस्त हो गया। वैष्णवी ने अपने जीवन की कहानी मुझे सुनायी :

"मेरे पति बड़े सीधे-सादे हैं। कई लोग सोचते हैं कि उनकी समझने की शक्ति कम है। पर मैं जानती हूँ कि जो सहज ढंग से समझ सकते हैं वास्तव में वे ही ठीक समझते हैं। मैंने यह भी देखा है कि अपनी खेती-बारी ज़मीन-जायदाद के मामले में वे ठगे जाते हों, ऐसी बात भी नहीं। विषय-सम्पत्ति और घर के काम-काज दोनों में ही वे ठीक-ठीक थे। धान, चावल और सन का जो छोटा-मोटा व्यापार करते रहे, उसमें कभी घाटा नहीं हुआ। क्योंकि उनमें लोभ नहीं था। अपनी ज़रूरत भर वे हिसाब से चलते, उससे अधिक की बात वे समझते भी नहीं थे और उसमें हाथ भी नहीं डालते थे।

मेरे विवाह के पहले ही मेरे ससुर की मृत्यु हो चुकी थी और मेरे विवाह के थोड़े दिनों के बाद ही सास की भी मृत्यु हो गयी। संसार में हमारे सिर पर कोई नहीं रहा। मेरे पति अपने सिर पर किसी ऊपरवाले को बिठाये बिना रह नहीं सकते थे। यहाँ तक कि ··· कहते लज्जा आती है, मेरी तो वह जैसे भक्ति करते थे। फिर भी मेरा विश्वास है कि वे मुझसे अधिक समझते थे और मैं उनसे अधिक बोलती थी। वे सबसे ज़्यादा भक्ति करते थे अपने गुरुदेव की। केवल भक्ति नहीं, वह प्रेम था। ऐसा प्रेम देखने को नहीं मिलता। गुरुदेव उम्र में उनसे कुछ छोटे थे। कैसा सुन्दर रूप था उनका!···"

कहते-कहते वैष्णवी थोड़ी देर रुकी और अपने दूरविहारी दोनों नेत्रों को बहुत दूर भेज गुनगुनाकर गाया :

"तरुणामृत भर अरुण किरण में
किस ब्रह्मा ने रची देह
यह निर्मल निर्मल।

इन गुरुदेव के साथ उन्होंने बचपन से ही खेला है, तभी से उन्हें अपने मनप्राण सौंप दिये हैं।

तब मेरे पति को गुरुदेव बुद्धू समझते थे, इसलिए उन पर बड़े जुल्म ढाये। अन्य

साथियों के साथ मिलकर मज़ाक-मज़ाक में ही उन्हें कितना परेशान किया था, उसकी कोई सीमा नहीं थी।

विवाह के बाद मैंने जब इस गृहस्थी में पाँव रखा, तब गुरुदेव को देखा नहीं। तब वे काशी में अध्ययन के लिए गये हुए थे। उनके वहाँ का सारा खर्च मेरे पति ही चलाते थे। गुरुदेव जब घर लौटे तब मेरी आयु शायद अठारह होगी। पन्द्रह वर्ष की उम्र में ही मेरे एक बेटा हुआ था। कच्ची उम्र के कारण मैं बच्चे का सार-सँभार करना सीख नहीं पायी थी। मुहल्ले के संगी-साथियों के साथ मिलने-जुलने के लिए ही मेरा मन दौड़ता। बच्चे के लिए घर में बँधे रहना पड़ता, इसलिए कभी-कभी उसके ऊपर मुझे क्रोध भी आता।

हाय रे, इधर बच्चा आ पहुँचा और उधर माँ पिछड़ गयी थी, इससे बड़ा संकट और क्या हो सकता है। मेरे गोपाल ने आकर देखा, उसके लिए मक्खन तो अब भी तैयार नहीं इसीलिए वह रूठकर चला गया। मैं आज भी उसे दर-दर भटकती, खोजती फिर रही हूँ। वह बच्चा पिता की आँखों का तारा था। मैंने उसकी सार-सँभार करनी नहीं सीखी इससे उसके पिता भी दुःखी होते। लेकिन उनका हृदय गूँगा था, आज तक अपने दुःख की बात किसी से कह भी नहीं सके।

वे स्त्रियों की तरह अपने लड़के की सार-सँभार करते। रात में उस लड़के के रोने पर मेरी कच्ची उम्र की गहरी नींद में वे बाधा नहीं डालना चाहते। स्वयं रात को उठकर दूध गरम करते और उसे पिलाकर न जाने कितनी ही बार बच्चे को गोद में लेकर सुलाते रहते; मैं यह जान भी नहीं पाती। उनके सब काम ही ऐसे चुपचाप होते। पूजा-पर्व में ज़मीदार के घर जब जात्रा का अभिनय होता या कथा होती तो वे कहते, 'मैं रात में जग नहीं पाता, तुम चली जाना, मैं घर पर ही रहूँगा।' उनके बच्चे को साथ लेकर तो मेरा जाना सम्भव नहीं, इसीलिए यही उनका बहाना होता।

आश्चर्य यह कि बच्चा फिर भी मुझे ही सबसे अधिक चाहता। वह जैसे समझता था कि मौक़ा पाते ही मैं उसे छोड़कर चली जाऊँगी, इसलिए जब वह मेरे पास रहता तब सहमा-सहमा ही रहता। मुझे उसने अधिक पाया नहीं था, इसीलिए मुझे पाने की ललक उसकी किसी भी तरह तृप्त नहीं हो पाती थी। मैं जब नहाने के लिए घाट पर जाती, तो वह भी साथ जाने के लिए रोज़ मुझे परेशान करता। घाट सहेलियों के साथ मेरे मिलन की जगह थी, वहाँ बच्चे को लेकर जाना और उसकी देखभाल करना मुझे अच्छा नहीं लगता। इसलिए सम्भव होने पर भी मैं उसे कभी ले जाना नहीं चाहती थी।

वह सावन का महीना था। तह पर तह घने काले बादलों ने इस दोपहरी को सिर से पैर तक काली चादर ओढ़ाकर रख छोड़ी थी। ठीक नहाने के लिए जाते समय मुन्ना रोने लगा। निस्तारिणी हमारे चौके का काम करती थी, उससे कह गयी, "बच्ची, ज़रा मुन्ने को देखती रहना, मैं घाट पर एक डुबकी

लगाकर तुरंत आयी।''

घाट पर उस वक्त और कोई नहीं था। सहेलियों के आने की प्रतीक्षा में मैं तैरने लगी। यह पोखर बहुत पुराना था, किसी रानी ने कभी इसे खुदवाया था, इसी से इसका नाम पड़ा गया था 'रानी-सागर'। इस पोखर को तैरकर पार करने वाली स्त्रियों में केवल मैं ही अकेली थी। वर्षा में इसके किनारे जल से लबालब भरे थे। मैं जब यह पोखर क़रीब-क़रीब आधा पार कर चुकी ते इतने में पीछे से सुनाई पड़ा, ''माँ!'' मैंने मुड़कर देखा, मुन्ना घाट की सीढ़ियों पर नीचे उतरता हुआ मुझे बुला रहा है। मैंने चिल्लाकर मना किया, ''और आगे मत बढ़ा, मैं आ रही हूँ।'' मनाही सुनकर भी वह हँसता-हँसता आगे बढ़ने लगा। मेरे हाथ-पैर डर से जैसे कील दिये गये हों, किसी भी तरह जैसे मुझसे तैरा नहीं जा रहा है। मैंने आँखे बन्द कर लीं। पता नहीं क्या देखना पड़े। इतने में एक रपटीली घाट पर, उस पोखर के पानी में मुन्ने की हँसी सदा के लिए थम गयी। घाट पार कर उस माँ की गोद के अनाथ शिशु को पानी की सतह से उठाकर गोद में भरा, लेकिन फिर भी उसने 'माँ' कहकर बुलाया नहीं।

अपने गोपाल को मैंने एक दिन खूब रुलाया है, तभी वे सारे अनादर आज लौटकर मुझे मारने लगे। जीवितावस्था में उसे बराबर छोड़कर जो जाती रही, इसी से आज वह दिन-रात मेरे मन को अपनी पकड़ में कसकर जकड़े हुए है।

मेरे पति के हृदय पर कितनी गहरी चोट पहुँची यह तो बस उनके अन्तर्यामी ही जानते थे। यदि मुझे उन्होंने गालियाँ दी होतीं तो अच्छा होता। पर वह तो केवल सहना ही जानते थे, कहना जानते ही नहीं थे।

और इस तरह जब मैं प्रायः पागल हो चुकी थी, उसी समय गुरुदेव घर लौटे।

बचपन में मेरे पति जब उनके साथ खेलते-कूदते रहे थे, तब वहाँ एक दूसरे प्रकार का भाव था। अब फिर इतने सालों से अलग होने के बाद जब उनका बाल-सखा विद्या प्राप्त कर लौटा, तब उन पर मेरे पति की भक्ति एकबारगी परिपूर्ण हो उठी। इन्हें कौन कहेगा लँगोटिया यार, इनके सामने तो वे जैसे एकदम बोल तक नहीं पाते। मेरे पति ने मुझे सान्त्वना देने के लिए अपने गुरु से अनुरोध किया। गुरु मुझे शास्त्र-वचन सुनाने लगे। शास्त्र की बातों से मुझे कोई विशेष लाभ हुआ, ऐसा तो नहीं लगता। मेरे लिए उन सब बातों का जो कुछ मूल्य था वह केवल उनके मुख की सुनी बातों के कारण। मनुष्य के कण्ठ द्वारा ही भगवान अपना अमृत मनुष्य को पान कराता है, ऐसा सुधापात्र तो उनके हाथ में दूसरा नहीं। फिर, उसी मनुष्य के कण्ठ से ही तो वे भी सुधा पान करते।

गुरु के प्रति मेरे पति की अनंत भक्ति ने हमारी गृहस्थी को हर तरह मधुमक्खी के छत्ते के अन्दर शहद के समान भर रखा था। हमारा खाना-पीना, आना-जीना सभी कुछ इसी भक्ति से भरा था, कहीं कोई कमी नहीं थी। मैंने उस रस में अपने सम्पूर्ण

मन से डूबकर तब सान्त्वना पायी। इसलिए देवता को अपने गुरु के रूप में ही देख पाया।

वे आयेंगे, भोजन करेंगे और उसके बाद मैं उनका प्रसाद पाऊँगी। हर दिन सुबह नींद से जागते ही यही बात याद आती और मैं उस आयोजन में जुट जाती। उनके लिए तरकारी काटते, मेरी अँगुलियों के बीच आनन्द-ध्वनि बज उठती। मैं ब्राह्मण नहीं हूँ, उन्हें अपने हाथों से पकाकर खिला नहीं सकती, इस बात से मेरे हृदय की सारी भूख मिट नहीं पाती थी।

वे तो हैं ज्ञान के समुद्र, उस ओर तो उनका कोई अभाव नहीं। मैं सामान्य स्त्री, मैं तो उन्हें बस थोड़ा-बहुत खिला-पिलाकर ही खुश कर सकती थी और उसमें भी इतनी सारी कमियाँ थी।

मेरी गुरु-सेवा देख मेरे पति का मन प्रसन्न होता रहता और मुझ पर उनकी भक्ति और भी बढ़ जाती। वे जब देखते कि मेरे पास शास्त्र की व्याख्या करने के लिए गुरु में विशेष उत्साह है, तब वे सोचते, गुरु के निकट बुद्धिहीनता के लिए उन्होंने बराबर अश्रद्धा पायी है, अब उनकी पत्नी बुद्धि के बल पर गुरु को प्रसन्न कर पायी, यही उनका सौभाग्य है।

इस प्रकार चार-पाँच वर्ष कहाँ-कैसे बीत गये, वह आँखों से देख नहीं पायी।

सारा जीवन ही ऐसे बीत सकता था। लेकिन चोरी-छिपे ही कहीं एक चोरी चल रही थी, वह मेरी पकड़ में नहीं आयी थी, अन्तर्यामी की पकड़ में आयी। उसके बाद एक दिन में एक क्षण में सारा उलट-पलट हो गया।

उस दिन फागुन के सवेरे घाट पर जाने के छायादार पथ से नहाकर भीगे वस्त्रों में घर लौट रही थी। रास्ते के एक मोड़ पर, आम के पेड़ के नीचे गुरुदेव के साथ मुलाकात हुई। वे कंधे पर एक अँगोछा डाले किसी संस्कृत मंत्र का पाठ करते-करते स्नान के लिये जा रहे थे। भीगे वस्त्रों में उनके साथ मुलाकात होने पर लज्जा से एक ओर हो जाने की कोशिश कर रही थी, इतने में उन्होंने मेरा नाम लेकर पुकारा। मैं सिकुड़कर सिर नीचा किये खड़ी हो गयी। वे मेरे मुख पर दृष्टि गड़ाये बोले, "तुम्हारी देह सुन्दर है।"

डाल-डाल पर असंख्य पक्षी चहक रहे थे, रास्ते के किनारे-किनारे झाड़-झंखाड़ में भांडीर के फूल खिले थे, आम की डाल पर बौर आ रहे थे। लगा, सारा आकाश-पाताल उन्मत्त और अस्त-व्यस्त हो उठा हो। कैसे घर पहुँची, कुछ होश नहीं। एकदम से उन्हीं भीगे वस्त्रों में ही पूजागृह में घुस गयी। आँखे जैसे ठाकुरजी को नहीं देख पायीं। उस घाट के पथ की छाया के ऊपर के प्रकाश के बुन्दे ही मेरी आँखों के सामने नाचने-झिलमिलाने लगे।

उस दिन जब गुरु भोजन करने आये तो उन्होंने पूछा, "आनन्दी कहाँ है?"

मेरे पति मुझे ढूँढ़ते फिरे, कहीं देख नहीं पाये।

वह दिन कहाँ कैसे बीता, ठीक मालूम नहीं। रात में पति के साथ भेंट होगी। उस समय तो सब नीरव और अन्धकार। उसी समय मेरे पति का मन जैसे तारे के समान खिल उठता। उस अँधेरे में किसी-किसी दिन उनके मुख से एकाध बातें सुनकर सहसा समझ पाती, यह सरल व्यक्ति जो कुछ समझता है, वह कितने सहज ही में समझ लेता है।

घर-गृहस्थी के काम निबटाकर आने में मुझे देर होती। वे मेरे लिए बिछौने के पास प्रतीक्षा करते। अक्सर उस समय हम दोनों में अपने गुरु की कुछ-न-कुछ बातें भी होती। बड़ी रात कर दी। तब तीन प्रहर होगा, कमरे में आकर देखा मेरे पति तब भी खाट पर नहीं लेटे हैं, ज़मीन पर ही सो गये है। मैं बड़ी सावधानी से बिना आहट किये उनके पैरों की ओर लेट गयी। नींद में एक बार उन्होंने पैर भी चलाया, वह मेरे सीने पर आ लगा। उसी को मैंने अन्तिम दान के रूप में ग्रहण किया।

दूसरे दिन भोर में जब उनकी नींद खुली, तब मैं उठकर बैठी थी। खिड़की के बाहर कटहल के पेड़ की फुनगी पर अँधेरे में एक कोने में कुछ हल्का-सा रंग जम रहा था, तब तक कौए बोले नहीं थे।

मैंने पति के पैरों के पास माथा टेककर प्रणाम किया। वे जल्दी से उठ बैठे और मेरे मुँह की ओर चकित होकर तकते रहे।

मैंने कहा, ''मैं अब घर-गृहस्थी नहीं करूँगी।''

पति ने शायद सोचा, वे स्वप्न देख रहे हैं। कुछ बोल ही न सके।

मैं बोली, ''तुम्हें मेरे सिर की क़सम है, तुम दूसरा विवाह कर लो। मैंने विदा ली।''

पति बोले, ''तुम यह क्या कह रही हो। तुम्हें घर-गृहस्थी छोड़ने को किसने कहा?''

मैं बोली, ''गुरुदेव ने।''

पति भौंचक रह गए, ''गुरुदेव! ऐसी बात उन्होंने कब कही?''

मैं बोली, ''आज सवेरे जब स्नान करके लौट रही थी तो उनके साथ साक्षात्कार हुआ था। तभी कहा था।''

पति का स्वर काँप गया। पूछा, ''ऐसा आदेश क्यों दिया?''

मैंने कहा, ''मालूम नहीं। उन्हीं से पूछकर देखो, वही समझा देंगे।''

पति ने कहा, ''संसार में रहकर भी तो संसार त्यागा जा सकता है, मैं यही बात गुरु को समझाकर कहूँगा।''

मैं बोली, ''हो सकता है गुरु समझ जाएँ, पर मेरा मन नहीं मानेगा। मेरी घर-गृहस्थी आज से समाप्त हुई।''

पति चुपचाप बैठे रहे। आकाश जब प्रकाश से उज्ज्वल हो गया तो वे बोले, ''चलो न, दोनों एक बार उन्हीं के पास चलें।''

मैंने हाथ जोड़कर कहा, ''उनके साथ अब मेरी भेंट नहीं होगी।''

उन्होंने मेरे मुँह की ओर देखा, मैंने सिर झुका लिया। वे और कुछ नहीं बोले।

मैं जानती हूँ, उन्होंने मेरे मन को एक प्रकार से देख लिया।

दुनिया में दो व्यक्तियों ने मुझे सबसे अधिक प्यार किया था, मेरे पुत्र और मेरे पति ने। वह प्यार ही मेरा नारायण है, इसीलिए वे मिथ्या नहीं सह सके। एक मुझे छोड़ गया, दूसरे को मैंने छोड़ा। अब सत्य को खोज रही हूँ, और प्रवंचना नहीं।''

यह कहकर उसने साष्टांग प्रणाम किया।

सामयिक पत्रों में प्रकाशित रवीन्द्रनाथ टैगोर की समस्त कहानियों की सूची

1.	भिखारिणी	भारती	श्रावण-भाद्र बंगाब्द 1284
2.	करुणा	भारती	आश्विन 1284-भाद्र 1285
3.	घाटेर कथा	भारती	कार्तिक 1291
4.	राजपथेर कथा	नवजीवन	अग्रहायण 1291
5.	मुकुट	बालक	1292
6.	देना पाउना	हितवादी	1298
7.	पोस्टमास्टर	हितवादी	1298
8.	गिन्नी	हितवादी	1298
9.	रामकानाहेयेर निर्बुद्धिता	हितवादी	1298
10.	व्यवधान	हितवादी	1298
11.	ताराप्रसन्नेर कीर्ति	हितवादी	1298
12.	खोकाबाबूर प्रत्यावर्तन	साधना	अग्रहायण 1298
13.	सम्पत्ति समर्पण	साधना	पौष 1298
14.	दालिया	साधना	माघ 1298
15.	कंकाल	साधना	फाल्गुन 1298
16.	मुक्तिर उपाय	साधना	चैत्र 1298
17.	त्याग	साधना	बैशाख 1299
18.	एकरात्रि	साधना	ज्येष्ठ 1299
19.	एकटा आषाढ़े गल्प	साधना	आषाढ़ 1299
20.	जीवित ओ मृत	साधना	श्रावण 1299
21.	स्वर्णमृग	साधना	भाद्र-आश्विन 1299
22.	रीतिमत नभेल	साधना	भाद्र-आश्विन 1299
23.	जय-पराजय	साधना	कार्तिक 1299
24.	काबुलिओयाल	साधना	अग्रहायण 1299
25.	छुट्टी	साधना	पौष 1299
26.	सुभा	साधना	माघ 1299
27.	महामाया	साधना	फाल्गुन 1299
28.	मान अभिमान	साधना	चैत्र 1299
29.	सम्पादक	साधना	बैशाख 1300

30.	मध्यवर्तिनी	साधना	ज्येष्ठ 1300
31.	असम्भव कथा	साधना	आषाढ़ 1300
32.	शान्ति	साधना	श्रावण 1300
33.	एकटि क्षुद्र पुरातन गल्प	साधना	भाद्र 1300
34.	समाप्ति	साधना	आश्विन-कार्तिक 1300
35.	खाता	साधना	आश्विन-कार्तिक 1300
36.	समस्यापूरण	साधना	अग्रहायण 1300
37.	अनधिकार प्रवेश	साधना	श्रावण 1301
38.	मेष ओ रौद्र	साधना	आश्विन-कार्तिक 1301
39.	प्रायश्चित	साधना	अग्रहायण 1301
40.	विचारक	साधना	पौष 1301
41.	निषिथे	साधना	माघ 1301
42.	आपद	साधना	फाल्गुन 1301
43.	दीदी	साधना	चैत्र 1301
44.	मानभंजन	साधना	बैशाख 1302
45.	ठाकुरदा	साधना	ज्येष्ठ 1302
46.	प्रतिहिंसा	साधना	आषाढ़ 1302
47.	क्षुधित पाषाण	साधना	श्रावण 1302
48.	अतिथि	साधना	भाद्र-कार्तिक 1302
49.	इच्छापूर्ण	सखा ओ साथी	आश्विन 1302
50.	दुराशा	भारती	बैशाख 1305
51.	पुत्र यज्ञ	भारती	ज्येष्ठ 1305
52.	डिटेक्टिव	भारती	आषाढ़ 1305
53.	अध्यापक	भारती	भाद्र 1305
54.	राजटीका	भारती	आश्विन 1305
55.	मणिहारा	भारती	अग्रहायण 1305
56.	दृष्टिदान	भारती	पौष 1305
57.	सदर ओ अंदर	प्रदीप	आषाढ़ 1306
58.	उद्धार	भारती	श्रावण 1306
59.	दुर्बुद्धि	भारती	भाद्र 1306
60.	फेल	भारती	आश्विन 1306
61.	शुभदृष्टि	प्रदीप	आश्विन 1306
62.	योगेश्वरे यज्ञ		

63. उलूखरेर विपद		
64. प्रतिवेशिणी		
65. नष्ट नीड़	भारती	बैशाख-अग्रहायण 1308
66. दर्पहरण	बंगदर्शन	फाल्गुन 1309
67. माल्यदान	बंगदर्शन	चैत्र 1309
68. कर्मफल		
69. गुप्तधन	बंगभाषा	कार्तिक 1311
70. मास्टर मोशाय	प्रवासी	आषाढ़-स्तवन 1314
71. रासमणिर छेले	भारती	अग्रहायण 1318
72. पण रक्षा	भारती	पौष 1318
73. हालदार गोष्ठी	सबुजपत्र	बैशाख 1321
74. हेमन्ती	सबुजपत्र	ज्येष्ठ 1321
75. बोष्टमी	सबुजपत्र	आषाढ़ 1321
76. स्त्रीर पत्र	सबुजपत्र	श्रावण 1321
77. भाई फोंटा	सबुजपत्र	भाद्र 1321
78. शेषेर रात्रि	सबुजपत्र	आश्विन 1321
79. अपरिचित	सबुजपत्र	कार्तिक 1321
80. तपस्विनी	सबुजपत्र	ज्येष्ठ 1324
81. पयला नम्बर	सबुजपत्र	आषाढ़ 1324
82. पात्र ओ पात्री	सबुजपत्र	पौष 1324
83. नामंजूर गल्प	प्रवासी	अग्रहायण 1332
84. संस्कार	प्रवासी	आषाढ़ 1335
85. बलाई	प्रवासी	अग्रहायण 1335
86. चित्रकर	प्रवासी	कार्तिक 1339
87. चोराहे धन	छोट गल्प	कार्तिक 1340
88. रविवार	आनन्द बाजार पत्रिका शारदीया संख्या 25	आश्विन 1346
89. शेषकथा	शनिवारेर चिट्ठी	फाल्गुन 1346
90. शोटो गल्प	देश	30 अग्रहायण 1346
91. ल्याबरेटरि	आनन्द बाजार पत्रिका शारदीया संख्या 15	आश्विन 1347

कुछ नूतन संस्करण

92. बदनाम	प्रवासी	आषाढ़ 1348
(रचनाकालः 15-22 मई 1941)		
93. प्रगतिसंहार	आनन्द बाजार पत्रिका	
पूर्वनाम : कापुरुष	शारदीया संख्या	3 आश्विन 1348
(रचनाकाल : 11-21 जून 1941)		
94. शेष पुरस्कार	विश्वभारती पत्रिका	श्रावण 1349
95. मुसलमानीर गल्प	ऋतुपत्र	वर्षा-संख्या, आषाढ़ 1362
(रचनाकाल : 24-25 जून 1941)		

शान्ति निकेतन में रवीन्द्र सदन की ओर से शोभना लाल गंगोपाध्याय के अनुसार उपरोक्त चार गल्प डिक्टेट करके लिखाए गए प्रतीत होते हैं क्योंकि इनका कोई हस्तलिखित प्रमाण नहीं मिला। केवल 'बदनाम' गल्प का एक अंश उनकी हस्तलिपि में संशोधित है। 'प्रगति संहार' की विभिन्न प्रतियों में संयोजन व संशोधन किया है। इसमें प्रतिभा ठाकुर और श्रीमती रानी चन्द की हस्तलिपियां हैं। शेष दो की प्रथम प्रति उनके देहान्तोपरांत रवीन्द्र सदन में संरक्षित प्रति से सामयिक पत्र में छपी। इनमें हाथ का कोई संशोधन या संयोजन भी नहीं है।

('विश्वभारती' द्वारा प्रकाशित 'छोट गल्प' से साभार अनूदित)

रवीन्द्रनाथ टैगोर का वंशवृक्ष

वंशवृक्ष रवीन्द्रनाथ टैगोर

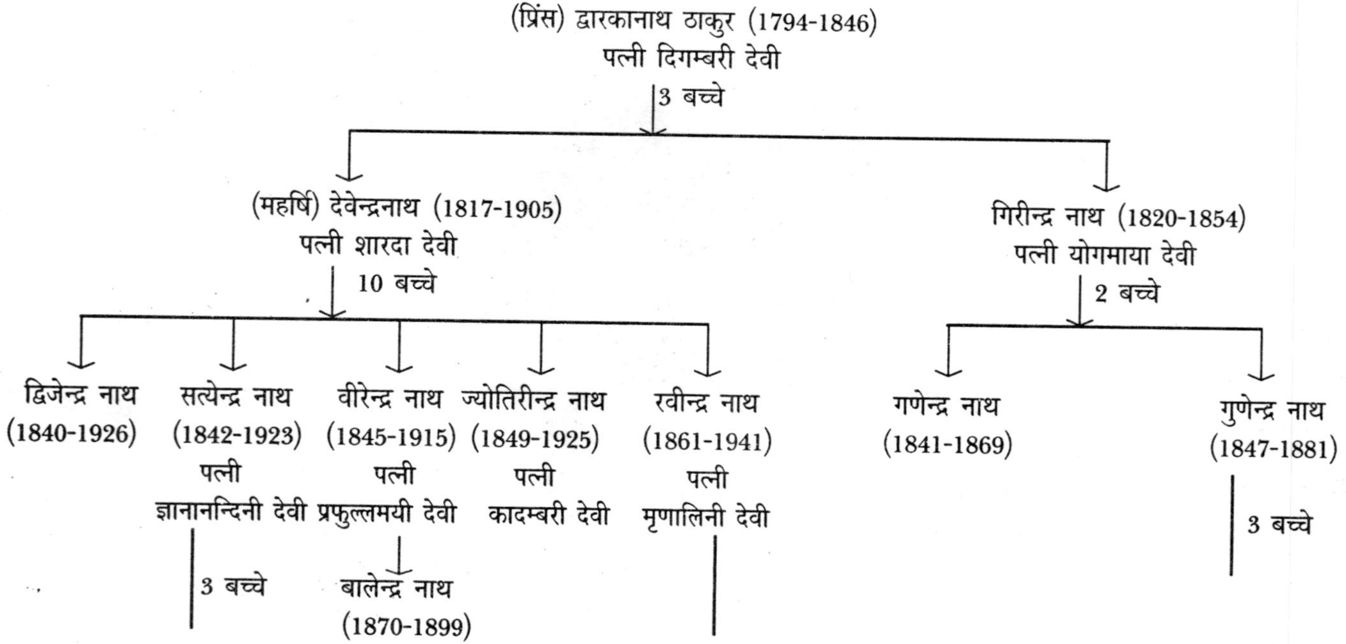

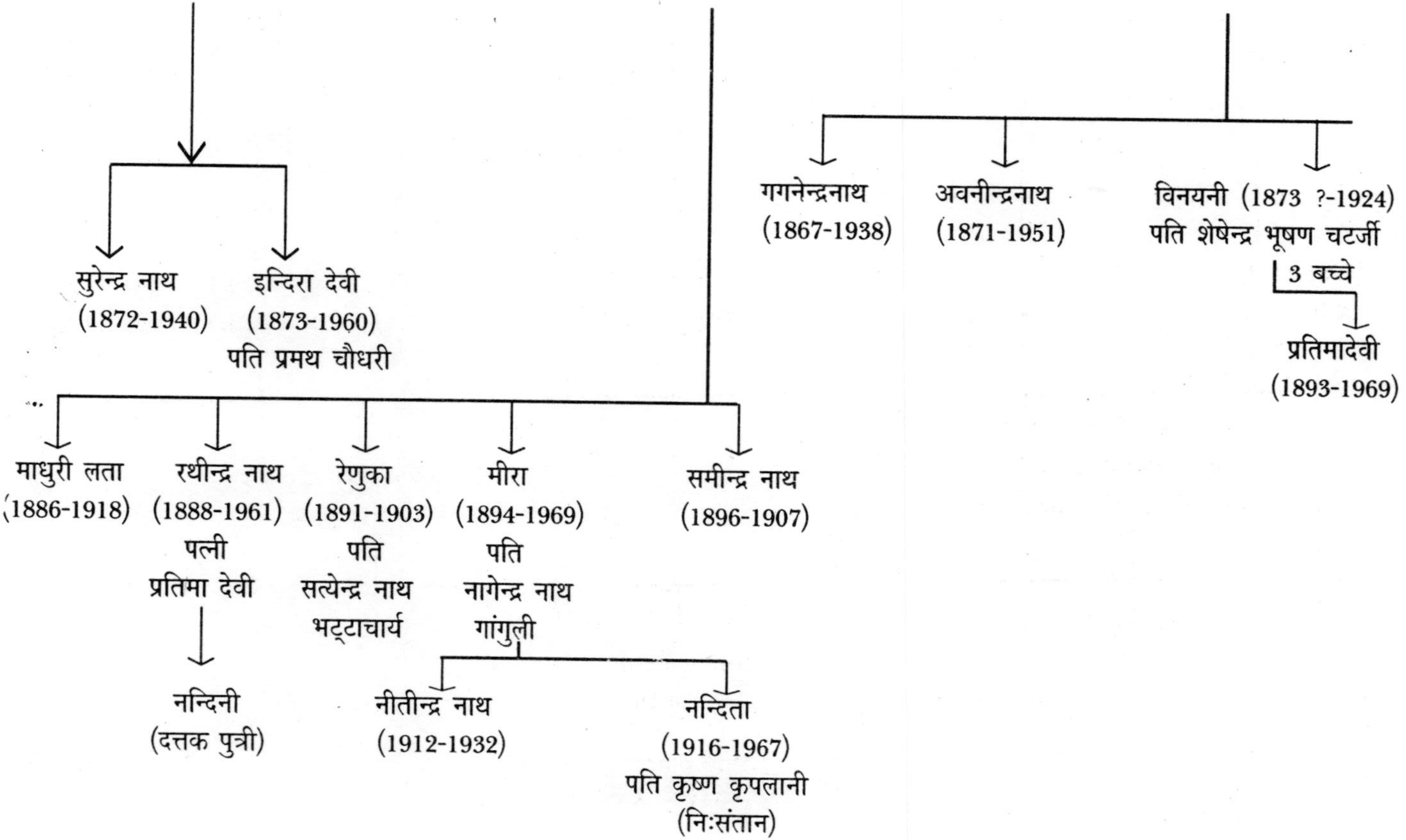

सुरेन्द्र नाथ (1872-1940)
इन्दिरा देवी (1873-1960) पति प्रमथ चौधरी
गगनेन्द्रनाथ (1867-1938)
अवनीन्द्रनाथ (1871-1951)
विनयनी (1873 ?-1924) पति शेषेन्द्र भूषण चटर्जी
3 बच्चे
प्रतिमादेवी (1893-1969)
माधुरी लता (1886-1918)
रथीन्द्र नाथ (1888-1961) पत्नी प्रतिमा देवी
रेणुका (1891-1903) पति सत्येन्द्र नाथ भट्टाचार्य
मीरा (1894-1969) पति नागेन्द्र नाथ गांगुली
समीन्द्र नाथ (1896-1907)
नन्दिनी (दत्तक पुत्री)
नीतीन्द्र नाथ (1912-1932)
नन्दिता (1916-1967) पति कृष्ण कृपलानी (निःसंतान)